BIBLIOTHÈQUE

CHRÉTIENNE ET MORALE

APPROUVÉE PAR

MONSEIGNEUR L'EVÊQUE DE LIMOGES.

Tout exemplaire qui ne sera pas revêtu de notre griffe sera réputé contrefait et poursuivi conformément aux lois.

Barbou frères

LE LITTÉRATEUR DES COLLÉGES.

RACINE

LE

LITTÉRATEUR

DES COLLÉGES

ou

MORCEAUX CHOISIS DE LITTÉRATURE CONTEMPORAINE

PAR M. O.

MEMBRE DE PLUSIEURS SOCIÉTÉS SAVANTES.

LIMOGES

BARBOU FRÈRES, IMPRIMEURS-LIBRAIRES.

INTRODUCTION

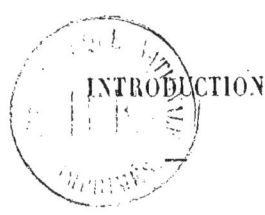

COUP D'ŒIL SUR L'ÉTAT ACTUEL DE LA LITTÉRATURE.

L'un de nos plus habiles professeurs de rhétorique, M. Laya, mort depuis peu de temps, regretté de ses anciens élèves et de tous les hommes de lettres, nous disait dans ses cours, il y a une quinzaine d'années, en parlant de monsieur de Châteaubriand, « qu'il perdait la littérature, malgré les beautés de premier ordre qu'on trouvait dans ses œuvres, parce que la génération qui le suivrait, et pour laquelle il devait naturellement devenir chef d'école, n'imiterait que ses défauts. »

La prévision du professeur ne s'est que trop réalisée ; les hommes du siècle précédent disparaissent, et chaque jour avec eux s'évanouissent les idées vraies des règles positives sur lesquelles doit reposer une saine et belle littérature ; puis notre génération, fille d'une révolution politique, vient leur succéder avec l'idée grande, mais difficile à réaliser, de faire une révolution littéraire.

Cependant la masse entière ne prend pas encore part à cette révolte : l'homme de génie possédant une véritable instruction pense que les langes de la littérature qui avaient permis aux Racine, aux Boileau et aux Voltaire de se développer, ne sont pas tellement resserrés qu'on ne puisse, avec leur secours, espérer de pouvoir élever encore des grands hommes ; mais celui qui se trouve privé de cette instruction modératrice se débat dans ces langes auxquels il ne veut pas se donner le temps de s'habituer, il s'échappe, et bientôt, libre et sans entraves, il prend seul et témérairement son essor.

Néanmoins, comme la majorité des hommes instruits pense que les lois sont utiles en littérature comme en administration, apprenez, mes jeunes amis, comment on peut devenir bon écrivain, et ce qu'il est possible d'admettre ou de rejeter dans le nouveau système de littérature qui veut aujourd'hui faire dominer son mélange de vérités et d'erreurs.

Du sein de cette vieille école, qui régnait en souveraine paisible sur le monde littéraire, disait un jeune professeur, M. Gaulmier, mort il y a quelque temps, une nouvelle école a surgi tout à coup. Fille adultérine, elle prétend détrôner sa mère ; elle ose citer deux mille ans au tribunal de l'opinion d'un jour, et elle rêve la victoire. Malheureusement, de même que le progrès politique succombe sous les entraves oppressives du pouvoir et sous les imprudents excès de la licence ; de même le progrès littéraire s'évanouit sous les préjugés de la vieille école et les saturnales de la nouvelle. Les émeutes dans l'art font donc le même tort que les émeutes en politique : elles arrêtent et tuent le progrès.

Dans cette contagion qui va croissant de jour en jour, continue M. Gaulmier, la prose, jusqu'à présent, est restée la plus respectée. Quelques essais malheureux ont arrêté les progrès du mal ; la raison publique a fait rentrer dans les ténèbres les enfantements, ou pour mieux dire les avortons monstrueux de certaines imaginations grotesquement originales.

Demandez à ces écrivains qui occupent aujourd'hui les sommités littéraires, s'ils approuvent tout ce qui se fait en leur nom ; demandez-leur s'ils ne sont pas effrayés eux-mêmes des conséquences imprévues qu'on a déduites de leurs principes, et de l'application déplorable qu'on en fait tous les jours. Leur indépendance a produit son effet inévitable, la licence. Ils ont ouvert de nouvelles sources ; ils y ont puisé des richesses inconnues, mais qui n'étaient pas sans mélange. Leurs disciples arrivent : aveugles imitateurs, ils se jettent lourdement sur le modèle qui leur est signalé ; s'il n'embrassent des beautés qu'une vaine image, en revanche ils exagèrent les défauts ; comme ces miroirs à double glace, qui grossissent d'un côté les traits qu'ils atténuent de l'autre, et les font toujours grimacer. N'empruntez pas au ciel du nord des inspirations exotiques que notre soleil réprouve; défiez-vous de ces novateurs qui n'ont d'autres règles que celle de n'en avoir aucune; conservez religieusement l'héritage de cette littérature jeune encore, qu'il est plus facile de déprécier que de remplacer; restez fidèles aux traditions ineffaçables du vrai et du beau; serrez vos rangs autour de l'arche sainte.

Enfin l'écrivain qui aspire à la gloire ne doit pas ignorer qu'il n'y saurait atteindre en plaidant la cause du vice, en se faisant l'apôtre des passions, en déshéritant le cœur de l'homme de ses plus nobles et de ses plus chères espérances; il voit que la vertu seule obtient un hommage unanime et durable, et il doit se convaincre que l'on ne peut peindre avec force que ce que l'on sent avec énergie; il commence donc par interroger son propre cœur, par y allumer d'avance le foyer où il viendra chercher ses inspirations; pour être éloquent, il n'aura besoin que d'être vrai; les expressions jailliront en traits de feu de son âme; elles prendront la teinte de l'impression intime; elles seront le reflet rapide et lumineux de sa pensée.

Amis des lettres, si vous ne prétendez pas au titre brillant d'écrivain, l'étude n'en sera pour vous ni moins féconde ni moins salutaire. Tous les génies bienfaiteurs du monde vous ouvrent leurs trésors; leurs ouvrages sont votre patrimoine; il n'est pas une situation dans la vie où vous n'ayez un conseil, un secours à y prendre. En vain vous consultez les hommes, ils manquent presque tous à vos besoins : les grands vous dédaignent, vos inférieurs vous flattent, vos amis vous ménagent; les livres n'ont ni flatterie, ni ménagement, ni dédain. Ils vous disent la vérité, et leur langage n'est pas inconstant et variable comme celui du monde : l'avis qu'ils vous donnent aujourd'hui, ils le répètent demain, et toujours; la leçon sera d'autant plus efficace qu'elle sera plus soudaine, et que l'amour-propre n'aura pas eu le temps de se montrer sous les armes. Et qu'on ne craigne pas l'ennui de l'uniformité ; nulle part le charme et l'intérêt de la vérité ne se font mieux sentir.

Pourtant il ne faut pas croire qu'il ne se trouve aucune véritable beauté dans la littérature de notre époque : d'abord on y rencontre celles offertes avec connaissance de cause par les hommes ayant encore conservé les principes littéraires d'autrefois; puis l'on aime à y voir, quoique mêlées confusément, celles projetées comme au hasard par les adeptes de la nouvelle école. Nous allons tâcher de présenter ici un tableau fidèle des morceaux les plus remarquables de tous ces écrivains. Notre intention étant de considérer comme bon à imiter tout ce qui sera véritablement beau, nous passerons en revue chacun des principaux écrivains contemporains, et sans avoir égard à leur école, nous en citerons quelques pages, sinon toujours pour exemple, du moins pour en faire connaître la manière d'écrire. Cependant, comme notre but a été spécialement de travailler pour les élèves, qui plus tard doivent avoir entre les mains le précieux *Cours de littérature* de MM. Noël et de Laplace, nous avons cru devoir de temps en temps adopter quelques fragments des morceaux déjà choisis par ces professeurs , afin d'amener peu à peu nos jeunes lecteurs à mieux sentir les nombreuses beautés si richement amassées dans ce trésor de la littérature française.

DIVERS GENRES DE LITTERATURE.

Après avoir fait connaître la littérature moderne et ancienne , présentons les règles propres à nous guider dans la carrière des lettres. Dans leur Cours, MM. Noël et de Laplace ont divisé la prose en dix genres, savoir : *Narrations , tableaux , définitions , fables* et *allégories , morale religieuse* ou *philosophie pratique , lettres , discours* et *morceaux oratoires , dialogues , caractères* ou *portraits* et *parallèles.* Un autre professeur aussi aimable que gracieux , et dont les lettres pleurent encore la perte récente , M. Andrieux , a de son côté classé les belles-lettres en quatre genres, auxquels il a donné les noms de *genre philosophique , genre historique , genre oratoire* et *genre épistolaire* , rapportant à chacun d'eux comme subdivisions les *définitions, analyses , dissertations , descriptions , tableaux , narrations , portraits* et *parallèles , discours , proclamations* et *lettres.*

Le *genre philosophique*, disait M. Andrieux, comprend tous les ouvrages qui ont pour objet de rechercher, d'éclaircir, d'exposer des vérités, de discuter des opinions, de combattre des erreurs, de donner des règles et des instructions sur les sciences et les arts, enfin de traiter de toutes les connaissances humaines. Il subdivisait ce genre en ouvrages *analytiques*, *scientifiques*, *didactiques*, *critiques et polémiques*.

Il entendait par *ouvrages analytiques* ceux dans lesquels on exposait ses propres idées ou celles des autres, en les analysant sous le jour le plus clair, après s'en être parfaitement rendu compte. Il ramenait à cette classe les *dissertations*, *mémoires* et *rapports*.

Il faisait entrer dans les *ouvrages scientifiques* ceux qui traitent des sciences et des arts, depuis la théologie jusqu'à la littérature, depuis les sciences naturelles jusqu'aux arts et métiers ; ainsi les théogonies, les sciences naturelles, et les ouvrages de morale, de métaphysique, de jurisprudence, de littérature, de mécanique, de mathématiques, physique et chimie, et de tous les arts libéraux, font partie de cette classe ; ouvrages ayant pour objet d'exposer avec clarté, correction et exactitude dans le style, soit un système entier, soit une portion de système d'une science ou d'un art.

Quant aux *ouvrages didactiques* qui ne sont que des traités *élémentaires* des mêmes sciences et des mêmes arts, c'est-à-dire des rudiments et des méthodes particulières d'enseignement, ils veulent, avant tout, être clairs et simples, faciles à comprendre et divisés avec une méthode qui fixe le plus aisément possible les faits , les observations et les préceptes dans la mémoire des élèves.

Passant ensuite aux ouvrages de critique qu'il a appelées simplement art de juger , M. Andrieux le fait consister à séparer le vrai d'avec le faux, et à discerner l'un de l'autre , soit qu'on y mêle ou non une censure maligne ; mais dans tous les cas il recommande surtout dans ces sortes d'ouvrages la justice et la justesse : la première venant du cœur et étant un devoir de tout honnête homme , et la seconde résultant de l'esprit , des connaissances acquises et du goût plus ou moins exercé et plus ou moins délicat.

Enfin dans les *ouvrages polémiques*, on fait pour ainsi dire la guerre , c'est-à-dire que l'on y défend une opinion que l'on croit utile au projet que l'on propose comme avantageux ; mais , disait cet habile professeur , cette défense doit toujours être modeste et modérée ; car il faut bien se persuader qu'on ne réussit guère à convaincre ceux qu'on offense.

Maintenant , si nous voulons savoir ce que c'est que le GENRE HISTORIQUE, nous le trouverons dans M. de Châteaubriand, dont nous allons résumer les idées en peu de mots.

En France, l'école historique ancienne , dit-il , c'est-à-dire l'école historique qui précéda la révolution française de 1789 , se subdivise en deux , savoir : *l'école historique du dix-septième siècle*, érudite et religieuse , dans laquelle les bénédictins rassemblaient les faits que Bossuet proclamait à la terre ;

Et *l'école du dix-huitième siècle*, qui fut critique et philosophique, dans laquelle les encyclopédistes critiquaient les faits que Voltaire livrait aux disputes du monde.

Mais, au-delà du détroit, l'Angleterre fondait à la même époque son *école historique exacte*, plus dégagée que la nôtre des préjugés anti-religieux, toujours selon M. de Châteaubriand.

Plus tard vint *l'école historique moderne* du dix-neuvième siècle, que cet habile auteur des Études historiques appelle aussi *école politique* en la reconnaissant également philosophique, mais autrement que celle du dix-huitième siècle.

En effet, *l'école historique moderne*, continue M. de Châteaubriand, se divise en deux systèmes. Le premier comprend l'*histoire descriptive*, présentant l'histoire écrite sans mélange d'aucune réflexion et consistant dans un simple narré des événements, et dans la peinture des mœurs, en présentant un tableau naïf, varié et rempli d'épisodes, tout en laissant à chaque lecteur, selon la nature de son esprit, liberté de tirer les conséquences des principes et de dégager les vérités générales des vérités particulières.

Cependant, ajoute-t-il, l'histoire descriptive poussée ainsi à ses dernières limites rentrerait trop dans la nature du mémoire ; la pensée philosophique peut être employée avec sobriété pour donner à l'histoire sa gravité, pour lui faire prononcer les arrêts qui sont du ressort de son dernier et suprême tribunal. L'histoire descriptive, sans être un ouvrage philosophique, est donc un tableau, et il faut joindre à la narration la représentation de l'objet ; il faut à la fois dessiner et peindre, il faut donner aux personnages le langage et les sentiments de leur temps, ne pas les regarder à travers nos propres opinions , et de ne pas appliquer à l'ancien ordre de choses ce que nous croyons de la liberté, de l'égalité , de la religion et de tous les principes politiques , et surtout ne pas entièrement bannir l'histoire de l'*espèce* devant l'histoire de *l'individu.*

Le second système de l'école historique moderne est l'*histoire fataliste*, racontant les faits généraux, en supprimant une partie des détails, substituant en outre l'histoire de l'espèce à celle de l'individu , et en restant impassible devant le vice et la vertu de même que devant les catastrophes les plus tragiques.

Ce système , selon M. de Châteaubriand , a le grave inconvénient de séparer la morale de l'action humaine, et de bannir au contraire d'une manière trop absolue l'histoire de l'individu, pour ne s'occuper que de l'espèce; car, ajoute-t-il avec raison, de même qu'un siècle influe sur un homme , un homme influe sur un siècle , et si un homme est le représentant des idées du temps , plus souvent aussi le temps est le représentant des idées d'un homme,

Enfin, dit-il en terminant, la perfection serait de marier les trois systèmes : l'histoire philosophique , l'histoire particulière et l'histoire générale , d'admettre les réflexions , les tableaux , les grands résultats de la civilisation , en rejetant des trois systèmes ce qu'ils ont d'exclusif et de sophistique. Du reste chacun écrira donc comme il voit, comme ilsent; vous ne pouvez exiger de l'historien que la connaissance des faits, l'impartialité des jugements et le style.

Si nous arrivons au GENRE ORATOIRE, qui comprend les harangues et les discours que l'on prononce en public, nous le trouverons renfermant les six classes, savoir : *éloquence de la chaire*, *éloquence du barreau*, *éloquence politique*, *éloquence militaire*, *éloquence didactique* et *éloquence académique*.

L'éloquence de la chaire consiste à s'attendrir pour convaincre et à émouvoir les autres pour les gagner. Ainsi le cardinal Maury, pour personnaliser cette éloquence, la comparait à un homme sensible qui, voyant son ami engagé dans les projets contraires à ses intérêts, veut l'en détourner sans perdre sa confiance par une opposition trop brusque; il s'insinue donc dans son esprit avec douceur, discute d'abord; n'est point écouté; mais il demande seulement à être entendu : alors il prend l'accent de la pitié et peu à peu il expose les raisons de l'évidence avec la réserve du doute. On ne lui répond rien, on feint de ne pas comprendre; alors il se plaint du silence et non de l'obstination; il va au devant des objections et les réfute avec le langage du sentiment; bientôt il abandonne les reproches, et montre à l'imagination de son ami toute la profondeur du danger. Alors il s'abaisse jusqu'à la supplication, et fait triompher la vérité par son éloquence persuasive, qui toujours doit être celle de la chaire.

L'éloquence du barreau consiste à exposer toute sa cause avec une extrème clarté, à la défendre avec une logique toujours sûre et pressante, et enfin à ne point négliger ni les ornements dont elle peut être susceptible, ni les mouvements qui peuvent naître du fond de la cause même. Un avocat doit donc savoir d'abord à fond les lois de son pays, être amateur éclairé des lettres, connaître et savoir apprécier les modèles en éloquence et en poésie; éclaircir les affaires embrouillées en faisant la narration ou exposition des faits avec simplicité, et poser les questions à juger avec netteté, ce qui s'obtient facilement par une analyse exacte des faits de la cause; enfin il lui est permis de chercher à faire impression sur les juges et sur son auditoire, pourvu, dit M. Andrieux, que ces mouvements sortent du sujet même et du fond de la cause, qu'ils n'aient rien de forcé et d'exagéré, et qu'ils ne viennent qu'après les raisonnements et les preuves dont ils doivent être seulement la conséquence.

L'éloquence politique, qui se trouve à la tribune des parlements, s'applique à résoudre comme celle du barreau des questions en suspens, mais questions toujours relatives à la législation, à l'administration ou à l'ordre public; elle se modifie suivant les besoins et les lumières des sociétés.

L'éloquence militaire consiste moins dans la parole que dans un certain air d'autorité qui impose, et encore plus dans l'inestimable avantage d'être aimé des troupes. Cependant, avant un combat, rappeler aux soldats l'amour de la patrie, l'obligation de la défendre au prix de son sang, les victoires passées, la nécessité de soutenir l'honneur de la nation, l'injustice d'un ennemi violent et cruel et le danger où sont exposés les parents laissés derrière l'armée : voilà les motifs que doit invoquer un général pour faire impression sur l'esprit de ses soldats ; voilà quelle était la brusque éloquence militaire de Bonaparte.

L'éloquence didactique exige du professeur non-seulement qu'il possède la science, mais qu'il sache enseigner avec clarté, et soit en outre doué du rare talent de la parole.

L'éloquence académique, fille du dix-huitième siècle, a fait remplacer les oraisons funèbres par les éloges académiques ; mais, a dit M. Villemain, ce genre n'est-il pas trop voisin de la critique, pour s'élever à l'éloquence et donner de grandes beautés oratoires et, quoique pour analyser l'éloquence d'un grand écrivain il soit nécessaire d'écrire éloquemment soi-même, il en résultera toujours un livre sur un livre ; c'est le rhéteur ingénieux examinant l'écrivain sublime. Ce genre ne pourra donc probablement jamais atteindre à la haute éloquence, ni se placer au rang des monuments oratoires de notre littérature.

Que dire sur le GENRE ÉPISTOLAIRE, sinon qu'il renferme tour à tour des morceaux appartenant à chacun des trois genres précédents ? Cependant il peut se subdiviser, d'après M. Andrieux, en *lettres d'affaires*, *lettres de devoir*, et *lettres d'amitié*.

Les premières, ou *lettres d'affaires*, sont, dit-il, destinées à former une demande, à éclaircir une difficulté, à résoudre une question, à défendre une opinion, à blâmer ou justifier une action, à donner une commission, à rendre compte d'une affaire et à discuter des intérêts ou à donner des recommandations ; elles sont faciles à écrire, puisque ce sont des espèces de mémoires dont le sujet qu'on traite et la fin ou le but ne doivent seulement jamais être perdus de vue tout en les traçant avec clarté, correction et même élégance, surtout quand le sujet l'exige, comme dans les lettres de recommandation.

Les secondes, ou *lettres de devoir*, exigent particulièrement de la politesse, le ton du monde, le tact des convenances; du respect envers ceux dont l'âge, le mérite et le rang les placent au-dessus de nous, et un ton affectueux avec ses égaux. Ces lettres veulent contenir des sentiments vrais, des idées justes et non recherchées, des images vives et agréables, des traits d'esprit sans recherche, et surtout rien qui sente l'affectation ; prendre garde enfin dans ces lettres à ne rien oublier de tout ce qui tient au protocole et aux formules admises, misérable aliment de la vanité, auquel il faut strictement sacrifier.

Les dernières lettres, ou *lettres d'amitié*, ne peuvent être soumises à aucun précepte, il n'est point de règles à prescrire aux épanchements de l'amitié : c'est le cœur qui doit dicter et la plume n'a qu'à suivre. Cependant il ne faut pas que cet abandon aille jusqu'à la négligence et au désordre.

Quelles que soient ces lettres, comme l'a dit Andrieux, leur style doit être pur, et l'on peut même écrire comme on parle, si l'on parle très-bien; mais très-peu de personnes, et personne peut-être ne parle comme il faut écrire. On est obligé, même dans les plus simples lettres, d'user de plus de précision, de plus de soins, de plus d'élégance, d'éviter les répétitions et les longueurs de la conversation ordinaire. Il y a beaucoup de choses aussi qu'on peut dire en courant, que l'à-propos, la gaîté, le ton et le geste du moment font passer et qui paraîtraient fort mauvaises si elles étaient écrites. Les femmes surtout, qui n'ont pas l'habitude d'écrire, doivent éviter de mettre dans leurs lettres tout ce qu'elles diraient et comme elles le diraient, sans règle ni mesure, tantôt répétant vingt fois les mêmes choses et dans les mêmes termes, tantôt faisant des phrases d'une longueur interminable ; tantôt employant des constructions louches, incorrectes ; car alors ces mots, que la bouche d'une femme fait toujours passer d'une manière agréable, la feraient paraître, en les écrivant, beaucoup plus mal écrire qu'elle ne parle.

Enfin, il est inutile d'ajouter surtout aux personnes de bon sens et ayant de l'éducation, qu'il faut observer les convenances des temps, des lieux, de l'âge, du caractère et du rang de ceux à qui on écrit ; il faut donc avoir un style grave pour les choses sérieuses ; clair et facile, sans être négligé, pour les sujets ordinaires ; flatteur, insinuant, énergique et même pathétique, quand on veut persuader, toucher ou entraîner ; léger, pour parler gaîment de bagatelles ; et enfin triste et lent, pour consoler un ami malheureux.

Maintenant, comme on l'a vu, il n'a point été question dans tout cet exposé des genres de littérature reconnus comme tels par MM. Noël et de la Place, et dont la plupart vont devenir pour nous, par suite de ce qui précède, des *sous genres* que nous allons expliquer, chacun d'eux pouvant tour à tour se rencontrer dans les genres que nous venons d'indiquer.

Narrations. Par ce mot, on entend, suivant Cicéron, l'exposition des faits ou propres ou étrangers à la cause, mais toujours relatifs à la cause ; si la *narration est oratoire* elle demande d'être courte et précise, de ne pas remonter et de ne pas s'étendre au-delà de la cause, d'exposer les faits en masse en négligeant les détails, de ne se permettre aucun écart, de faire entendre simplement ce qu'elle ne dit pas, et d'omettre ce qui serait utile ou nuisible à la cause.

Elle veut aussi être claire, en mettant les faits à leur place et dans leur ordre naturel, sans qu'il y ait rien de louche ou de contourné, sans digression ni oubli de ce qu'on doit dire, et surtout avec un parfaite clarté d'expression.

Enfin, elle veut la vraisemblance, et exige alors , suivant Marmontel, qu'on présente les choses comme on les présente dans la nature; qu'on observe les convenances relatives au caractère, aux mœurs, et à la qualité des personnes ; qu'on fasse accorder le récit avec les circonstances du lieu, de l'heure où l'action s'est passée et de l'espace de temps qu'il a fallu pour l'exécuter, et qu'on l'appuie de la rumeur publique et de l'opinion même des auditeurs.

La *narration historique* exige également, comme la narration oratoire, brièveté et clarté, mais au lieu de simple vraisemblance, elle veut la vérité.

La narration demande à être employée à propos et jamais là où elle pourrait nuire, ce qui arriverait si l'on racontait un tort que l'on aurait eu soi-même et qu'on fût ensuite obligé de chercher à l'affaiblir. La narration est inutile, si le fait est déjà connu et que l'on n'ait pas une autre face sous laquelle on puisse le présenter; elle veut surtout qu'on ne laisse pas dans l'ombre tout ce qui pourrait être favorable à la cause, et demande au contraire que l'on passe légèrement et que l'on dissimule avec talent tout ce qui peut nous accuser, en ne s'étendant que sur ce qui nous est avantageux.

L'orateur dans sa narration doit d'abord employer le pathétique indirect et tracer en simple témoin son récit, puis, quand son exposé et sa peinture causent de l'émotion sur ses auditeurs, alors il emploie le pathétique direct pour frapper à coup sûr, il s'identifie avec la foule qu'il vient d'irriter ou d'attendrir, et il semble suivre en l'échauffant l'impulsion qu'elle lui donne, tandis qu'en réalité c'est elle qu'il la reçoit.

Tableaux. Jeter au milieu de la narration la peinture d'un fait avec les couleurs dont la vivacité dépend de l'esprit et du génie du peintre, tel est le sous-genre qui constitue celui des tableaux.

Description oratoire ou historique. Elle ne se borne pas à caractériser son objet, elle en présente aussi un tableau dans ses détails les plus intéressants et avec les couleurs les plus vives; ainsi le combat des Horaces peut indifféremment être regardé comme un tableau ou comme une description ; seulement la description pour l'orateur est un moyen de sa cause, moyen qu'il fortifie pour chaque trait qu'il emploie.

Définition oratoire et philosophique. — Définir, c'est caractériser un fait ou une chose, accumuler les traits, les exemples, les circonstances qui peuvent aider à dessiner le caractère de ce fait ou de cette chose d'une manière bien tranchée, présenter ce tableau avec le mélange des ombres et de la lumière propre à faire ressortir le mieux possible tout ce qui est favorable à l'opinion que nous voulons donner, c'est le propre du grand orateur.

La définition, dans le genre judiciaire, est le centre de l'action, et il faut le munir de tous les côtés de toutes les forces de l'éloquence ; tandis que dans les éloges, dit Marmontel, la définition peut-être comparée au frontispice ou au vestibule d'un palais ou d'un temple, et l'éloquence alors doit y réunir la pompe et la solidité.

Quant aux définitions philosophiques, elles sont d'un usage journalier, et l'on peut dire que la conversation familière repose sur un enchaînement continuel de définitions qui naissent à chaque instant, par suite de la manière différente dont on comprend un mot, ce qui nécessairement amène de part et d'autre une définition nouvelle et contradictoire de ce mot. Ces définitions, pour ainsi dire de tous les moments, veulent donc être faciles à saisir et laisser une impression vive.

Fables et allégories. De tout temps la vérité paraissant avoir fait peur aux hommes, on est arrivé à l'envelopper d'une gaze légère, et sous ce charmant déguisement on lui a donné le nom de fable, d'apologue ou d'allégorie. Par cet heureux artifice, dit Laharpe, la vérité, avant de se présenter aux hommes, compose avec leur orgueil, et s'empare de leur imagination. Elle leur offre le plaisir d'une découverte, leur épargne l'affront d'un reproche et l'ennui d'une leçon. Occupé à démêler le sens de la fable, l'esprit n'a pas le temps de se révolter contre le précepte, et quand la raison se montre à la fin, elle nous trouve désarmés. Nous avons déjà prononcé contre nous-mêmes l'arrêt que nous voudrions ne pas entendre d'un autre, car nous voulons bien quelquefois nous corriger, mais nous ne voulons jamais qu'on nous condamne.

Morale religieuse et philosophie pratique. L'écrivain moraliste ou philosophe se propose de tracer ou d'éclaircir quelques points de la science de la vie en vue de l'éternité, suivant la définition que Marmontel fait de la morale ; c'est donc le champ littéraire où l'homme vient donner un libre cours aux hypothèses plus ou moins hasardées que forme chaque jour son orgueil sur des causes qui ne lui seront jamais bien connues.

Lettres. Déjà Andrieux a dit comment ce genre devait être traité.

Discours et morceaux oratoires. C'est dans la composition des discours que doit surtout régner la véritable éloquence ; c'est alors qu'en s'adressant à ses auditeurs, l'orateur doit faire usage tour à tour et avec adresse, suivant que l'occasion s'en présente, des moyens divers précédemment indiqués ; c'est alors qu'il doit s'adresser aux passions, chercher à pénétrer jusqu'au cœur et finir par avoir l'art d'amener à sa manière de voir tout ce qui l'écoute, mais avec plus de hardiesse que dans l'éloquence de la chaire ; aussi le général à la tête de son armée, ou le tribun au forum, peuvent oser dire des choses qu'il ne serait pas permis de hasarder même dans un discours scientifique. Foy et Bonaparte en fournissent de nombreux exemples.

Dialogues. Amuser et instruire, telle est la perfection du dialogue philosophique et littéraire. Il doit donc, comme ceux de Platon ou de Cicéron, avoir pour objet un résultat de sentiment ou d'idée ; quant à celui qui ne présente qu'un jet d'esprit ou un choc d'opinions ne laissant dans l'esprit qu'incertitude et obscurité, on lui donne le nom de dialogue sophistique. Les dialogues sont par conséquent des discussions ou même des leçons entre deux interlocuteurs, dont l'un peut être ignorant quoique toujours avec esprit, car il ne faut pas que son erreur paraisse niaise. Ainsi des modèles de dialogues philosophiques sont ceux de Platon, de Fontenelle et de Fénélon ; dialogues en leçons d'histoire de ceux de Sylla et d'Eucrate, de Montesquieu ; et dialogues littéraires de ceux de Cicéron.

Caractères ou portraits et parallèles. Peindre la figure seule en y joignant même le caractère d'une personne, c'est un portrait ; mais peindre une espèce d'individu particulière, tel qu'un avare, une coquette, c'est un caractère ; rapprocher l'un de l'autre deux portraits et les comparer, c'est l'objet des parallèles : poésie, éloquence louangeuse, critique, histoire admettent facilement des portraits. Cependant l'histoire ne demande ces résumés d'un individu, qu'à la fin de sa vie ou de ses travaux ; on doit surtout éviter les portraits de fantaisie, car ils décèlent l'ignorance de l'écrivain aux yeux de l'homme instruit

LE LITTÉRATEUR DES COLLÉGES.

A la naissance du dix-neuvième siècle, l'on voyait encore une foule d'écrivains dont la pureté du style pouvait faire école. Cependant, élevés dans les illusions de la poésie ancienne, on apercevait au milieu d'eux fort peu de prosateurs, du moins parmi ceux que la mort fit regretter dans les quinze premières années de notre siècle. Ainsi, sans parler d'Anquetil, auquel nous devons la seule histoire de France un peu complète que nous ayons, sans parler des voyages de Bougainville, ni des travaux de Bitaubé, passons de suite à Cabanis, Dupuis et Naigeon.

Le premier, plus connu par sa coopération à la réaction politique de 1789, fut pourtant un écrivain estimable, dont plusieurs ouvrages sont remarquables. Le second, grâce à son origine de tous les cultes, ouvrage souvent prôné par un bon nombre d'individus qui ne pourraient pas le comprendre, n'est point un écrivain agréable, et sa théorie antireligieuse n'a ébranlé aucune croyance; car toute croyance, comme on l'a dit avec raison, est un sentiment et non un calcul. Quant à Naigeon, il était de l'école des philosophes du xviiie siècle ; il fut le collaborateur de Raynal et l'ami de Diderot et du baron d'Holbach ; leurs principes furent les siens, et c'est avec la plus grande réserve, et seulement arrivé à un âge mûr, qu'on doit lire ses écrits et surtout les articles qu'il rédigea dans l'encyclopédie méthodique, sur l'histoire philosophique ancienne et moderne. L'âge, les travaux et les secousses politiques, ne permirent pas à plusieurs habiles écrivains, nés dans le siècle précédent de nous éclairer encore longtemps de leurs lumières ; aussi vit-on Delandine, Gail, Maury, Morellet, Ginguené, Garat, Volney, Sigard, Suard et madame de Staël, disparaître dans les quinze années qui séparèrent l'instant de la restauration de l'époque de la révolution française de 1830.

Plus savant que bon écrivain, Delandine laissa dans son dictionnaire historique un grand nombre d'articles fort bien écrits; mais il serait imprudent de les regarder comme sortis de sa plume ; car, aidé par beaucoup de collaborateurs anonymes, on lui prêterait probablement des richesses qu'il n'eut pas le temps d'abandonner au papier. Lancé dans une carrière également toute scientifique, Sicard se fit grammairien et rendit sa mémoire précieuse à l'humanité, en continuant à diriger de la manière la plus louable l'institution des sourds et muets fondée par l'abbé de l'Épée : il fut souvent obscur, mais toujours écrivain hon-

nête homme ; les paroles de l'abbé Sicard ne peuvent avoir sur la jeunesse qu'une heureuse influence.

Quant à Suard, il fut continuellement journaliste, et, comme le prodigue, il dispersa de tous côtés une foule de charmants articles dont on
ne retrouve qu'un petit nombre dans ses variétés littéraires et dans ses
mélanges de littérature. Il en fut de même de son ami Morellet, qui,
faisant partie de ces savants du XVIIIe siècle auxquels on donnait le nom
d'encyclopédistes, perdit ses pensées dans un grand nombre de brochu-
res sur l'économie politique.

Un autre ami de Suard, Garat, connu plus particulièrement comme
politique et journaliste, a laissé cependant un assez riche bagage comme
écrivain : ses éloges l'ont placé au premier rang des prosateurs français,
et parmi ces éloges on remarque surtout celui de Fontenelle. Il profita
en outre de son ancienne amitié avec Suard pour rappeler au public,
en 1821, dans des mémoires fort élégamment écrits, les titres qui devaient empêcher à notre siècle d'oublier ce vieux doyen du journalisme,
que la mort avait enlevé quatre ans auparavant. Garat avait une plume
vive et entraînante. Voici le caractère et le portrait qu'il trace de *saint
Bernard*.

« Alors vivait dans un cloître un homme dont les dépositaires du
pouvoir suprême devaient ambitionner les suffrages autant que ceux d'un
sénat ou d'un peuple législateur. A ce trait seul on doit reconnaître
cet abbé de Clairvaux, devenu si célèbre sous le nom de saint Bernard.

Nul homme n'a exercé sur son siècle un empire aussi extraordinaire:
entraîné vers la vie solitaire et religieuse par un de ces sentiments im-

périeux qui n'en laissent pas d'autres dans l'âme, il alla prendre sur
l'autel toute la puissance de la religion. Lorsque, sortant du désert, il
paraissait au milieu des peuples et des cours, les austérités de sa vie,
empreintes sur des traits où la nature avait répandu la grâce et la beauté, remplissaient toutes les âmes d'amour et de respect. Eloquent dans
un siècle où le pouvoir et le charme de la parole étaient absolument in-
connus, il triomphait de toutes les hérésies dans les conciles ; il faisait
fondre en larmes les peuples au milieu des campagnes et des places publiques : son éloquence paraissait un des miracles de la religion qu'il
prêchait. Enfin l'Eglise, dont il était la lumière, semblait recevoir les
volontés divines par son entremise. Les rois et leurs ministres, à qui
il ne pardonnait jamais ni un vice ni un malheur public, s'humiliaient
sous ses réprimandes comme sous la main de Dieu même, et les peuples, dans leurs calamités, allaient se ranger autour de lui, comme ils
vont se jeter aux pieds des autels.

Egaré par l'enthousiasme même de son zèle, il donna à ses erreurs
l'autorité de ses vertus et de son caractère, et entraîna l'Europe dans
de grands malheurs. Mais gardons-nous de croire qu'il ait jamais voulu
tromper, ni qu'il ait eu d'autre ambition que celle d'agrandir l'empire
de Dieu. C'est parce qu'il était trompé lui-même qu'il était toujours si
puissant ; il eût perdu son ascendant avec sa bonne foi. L'Eglise, malgré les erreurs qu'elle lui a reconnues, l'a mis au rang des saints ; le
philosophe, malgré les reproches qu'il peut lui faire, doit l'élever au
rang des grands hommes. » (*Eloge de Suger*)

Un autre écrivain, à la plume beaucoup plus politique et plus mor-
dante que celle de Garat, vivait aussi après la restauration, c'était Gin-

gnené, dont l'histoire littéraire de l'Italie est particulièrement remarquable ; il fit encore un grand nombre d'articles de critique littéraire et
de forts jolis vers que nous rappellerons en parlant de la poésie. Voici
le portrait du Dante, tel qu'il l'a tracé dans le premier ouvrage que nous
venons de citer :

Dans la poésie, le Dante s'élève tout à coup comme un géant parmi
des pygmées. Non-seulement il efface tout ce qui l'avait précédé, mais
il se fait une place qu'aucun de ceux qui lui succèdent ne peut lui ôter.
Pétraque lui-même ne le surpasse point dans le genre gracieux, et n'a
rien qui en approche dans le grand et le terrible. Sans doute, l'âpreté
de son style blesse souvent cet organe superbe que Pétraque flatte toujours. Mais, dans ses tableaux énergiques où il prend son style de maître, il ne conserve de cette âpreté que ce qui est imitatif, et, dans les
peintures plus douces, il fait place à tout ce que la grâce et la fraîcheur
du coloris ont de plus suave et de plus délicieux. Le peintre terrible
d'Ugolin est aussi le peintre touchant de Françoise de Rimini. Mais, de
plus, combien dans toutes les parties de son poëme n'admire-t-on pas
de comparaisons, d'images, de représentations naïves des objets les
plus familiers et surtout des objets champêtres, où la douceur, l'harmonie, le charme poétique, sont au-dessus de tout ce qu'on peut se figurer, si on ne le lit pas dans la langue originale; et, ce qui lui donne encore dans ce genre un grand et précieux avantage, c'est qu'il est toujours
simple et vrai ; jamais un trait d'esprit ne vient refroidir une expression
de sentiment ou un tableau de nature. Pendant un ou deux siècles sa
gloire parut s'obscurcir dans sa patrie ; on cessa de le tant admirer, de
l'étudier, même de le lire. Aussi la langue s'affaiblit, la poésie perdit
sa force et sa grandeur. On est revenu au grand Padre Alighieri, et les
Alfieri, les Parini ont fait vibrer avec une force nouvelle les cordes long-

temps amollies et détendues de la lyre de Toscane. » (*Histoire litt. d'Italie*).

—⁂—

Dans la même période, le sardonique Geoffroy et son habile successeur Hoffmann abandonnèrent le journalisme pour la tombe, et nous laissèrent, dans une grande quantité d'articles réunis aujourd'hui en corps d'ouvrage, chacun un cours complet de littérature, où nous apprenons comment on devait estimer et les acteurs et les pièces qui brillaient à leurs époques. Cependant, déjà le journalisme sentait sa force, déjà son absolue volonté demandait très-haut à être obéie, et, dans les œuvres de ces deux grands critiques, plus d'un article se sent d'une partialité, ou d'une bouderie, ou d'un moment de colère tout à fait prononcé.

Un savant, dont la flexibilité du caractère politique ne plaisait pas aux journalistes, se distinguait alors par sa plume brillante; nouveau Buffon, il exploitait au profit de sa réputation l'histoire naturelle : c'était Lacépède, qui laissa un nom justement célèbre comme écrivain; ainsi, veut-il peindre les bienfaits des sciences, il le fait en traits brillants dans un morceau du genre philosophique :

« L'homme ne résiste pas seulement aux éléments, il les dompte; il les fait servir en esclave à sa volonté souveraine. A-t-il voulu franchir rapidement de grands intervalles, il a soumis le cheval; traverser les déserts, il s'est donné le dromadaire; braver les orages sur la plaine liquide, il a créé des cités flottantes qu'il a su, en contraignant les vents, diriger à son gré; se garantir, en voyageant sur terre, des intempéries, des saisons; il a forcé le feu à fondre les cailloux en glaces transparentes dont il a environné sa demeure mobile ; s'élever dans les plaines éthérées, une vapeur légère produite par la flamme qu'il a allumée, ou par l'eau qu'il a décomposée, l'a enlevé avec vitesse jusqu'au dessus des nues. La terre, l'eau, le feu, ont été ses ministres dociles. »

Veut-il nous décrire dans le même morceau la migration annuelle des oiseaux, il le fait encore à la manière de Buffon.

« Pendant que les oiseaux déploient, vers le haut de l'atmosphère, et leur puissance et leur beauté, pendant que, volant en troupes serrées, ils resplendissent des rayons reflétés par leurs plumes luisantes et richement colorées, et, qu'obscurcissant en quelque sorte les campagnes au-dessus desquelles ils passent, ils indiquent leur route par les ombres qui en dessinent l'image fugitive ; ils font souvent entendre leur voix retentissantes, et, réveillant l'écho des bois et des vallées, ils entonnent pour ainsi dire l'hymne annuel de leur victoire contre le froid, le vent et les tempêtes. C'est ainsi qu'ils franchissent sans s'arrêter, et dans une espace de quelques heures, des intervalles de plus de cent lieues. »

(Voyages des oiseaux.)

Mais c'est particulièrement dans ses discours d'apparat que Lacépède était remarquable ; ses phrases arrondies avec un moelleux tout spécial, présentaient, pour ainsi dire, autant d'images admirables; écoutons-le nous décrire le bonheur attaché à l'étude des sciences naturelles : c'est un modèle d'éloquence didactiques qu'il ne sera pas donné à beaucoup de monde de pouvoir imiter.

« Solitudes profondes, déserts immenses, bois majestueux, retraites sacrées du silence, quelles idées vous réveillez! quels sentiments inspire votre image! on voudrait s'enfoncer sous vos ombrages épais, respirer sans contrainte le parfum de vos fleurs, errer en liberté sur les bords de vos fleuves, et, tout entiers à l'enthousiasme que vous faites naître, goûter sans nul regret le charme consolateur de l'oubli de la vie.

Et lorsqu'après avoir gravi avec effort au sommet de ces Andes, dont les têtes s'élèvent jusqu'au-dessus des nuages comme les îles au dessus de la mer, lorsqu'après avoir bravé et les noirs précipices, et les glaces amoncelées, et les laves ardentes vomies par les volcans au milieu des neiges éternelles, vous serez près de tomber sans force sur les extrémités élancées de ces cimes orgueilleuses, que le découragement s'emparera de votre âme, que l'immense horizon déployé et, pour ainsi dire, s'enfuyant sous vos pas, ne vous montrera que le néant de l'espace menaçant de vous engloutir ; un cristal, une coquille, un insecte, un brin d'herbe, ne suffiront-ils pas pour vous rendre votre ardeur première! et la vérité, que la découverte de ces objets fera naître pour vous, n'aura-t-elle pas bientôt, par sa puissance enchanteresse, changé ces tableaux funèbres en spectacle magnifique, ces pics horribles en monuments sublimes, et ces vastes tombeaux en théâtres éclatants de votre gloire?

Réunissant tout ce qui peut maintenir l'âme au dessus des passions méprisables, montrant ces objets de l'ambition humaine, comme de petits points que l'œil peut à peine apercevoir dans l'étendue, familiarisant l'esprit avec l'ordre, la convenance et la justesse des rapports, apprenant à la raison à se soumettre à l'inévitable nécessité, tenant nos regards élevés vers des mondes sans nombre, portant notre imagination jusque dans l'infini, et plaçant le génie assez haut pour contempler le temps, l'espace et l'immensité de la création; l'étude de la nature produit l'élévation des sentiments, cette force de caractère, cette réflexion profonde qui donne naissance à la vertu et peuvent briser les traits de l'infortune.

Et lorsqu'enfin vous serez arrivé à ce terme de la vie, où le commun des hommes ne tient au bonheur que par de légers souvenirs, il vous restera, dans l'étude qui vous est chère, une occupation agréable qui, répandant un baume salutaire sur vos maux, réchauffant votre cœur, lui parlant pour ainsi dire un langage bien connu, dérobant au passé tout ce qui n'inspirait que des regrets, voilant dans l'avenir tout ce qui ne ferait naître que des craintes, vous consolant si vous avez eu le malheur de survivre à tout ce que vous aimiez, vous attachant encore au monde près de vous échapper, par des rapports plus intimes avec tous les êtres qui vous environnent, vous montrant, en quelque sorte, des compagnons fidèles dans ces végétaux qui auront crû avec vous, que vous n'aurez cessé ni de cultiver ni d'observer, et sous lesquels vous vous plairez à mettre à l'abri votre tête octogénaire, rendre doux et serein le déclin de vos jours. » (*Discours de clôture du cours de Zoologie.*)

Près de Napoléon, près de ce géant qui imprudemment traîna quelque temps tous les rois de l'Europe à sa suite, on voyait briller Fontanes, courtisan aussi flexible que Lacépède; c'était sinon le créateur, du moins le directeur de ce système universitaire fort bon alors pour enfanter *des héros* à l'absolutisme, mais peu en harmonie aujourd'hui avec les besoins du régime constitutionel; régime voulant que l'homme auquel il est donné d'être appelé de bonne heure à prendre part à l'ad-

ministration politique du pays, soit promptement et à peu de frais
initié à toutes les branches des connaissances humaines, Fontanes, par
suite de sa position, devait avoir un autre mérite que celui d'administra-
teur; et, en effet, sa plume était facile. Malheureusement il la fit servir
trop souvent à tracer les hauts faits du maître, en vers aujourd'hui peu
recherchés; cependant on connaît de lui des morceaux de prose fort estimables, et tels sont les portraits qu'il a laissés des calamités que la
mort de Charlemagne et les irruptions des barbares firent tomber sur
son empire.

« Le vaste empire que le grand homme avait élevé et soutenu pres de
cinquante ans, écrasa, dit-il, sous son poids ses trop faibles successeurs.
On ne voit après lui que des scènes d'opprobre et de désolation; des
neveux égorgés par leurs oncles, des frères se combattant avec toute la
férocité d'une ambition qui n'est jamais justifiée par le talent; un père
détrôné par ses propres fils; des évêques, complices de ce forfait, con-
damnant un faible monarque qui, par l'excès de sa bassesse, a mérité
qu'on ne plaignit pas l'excès de son malheur.

À ces calamités intérieures se mêlent des calamités étrangères. Le
nord vomit encore des essaims de barbares qui fondent sur l'empire de
Charlemagne comme autrefois sur le premier empire romain. Ils en
ravagent toutes les parties, et les lâches descendants de Charlemagne,
incapables de se défendre, achètent, avec leurs villes et leurs provinces,
les services de leurs puissants favoris. Ces favoris eux-mêmes, agrandis
aux dépens de leurs maîtres, deviennent aussi redoutables à la France
que les usurpateurs étrangers. Tous veulent être souverains, dès qu'un

seul n'est plus digne de l'être. » (*Fragment d'une histoire inédite de Louis XI.*)

⸻

Un savant plus indépendant se faisait remarquer en France en même temps que Fontanes ; c'était un voyageur philosophe qui, sous l'empire, savait porter avec honneur le manteau de sénateur, c'était Volney, écrivain brillant sur lequel les idées religieuses n'avaient pas d'influence ; aussi ne doit-on lire qu'à la fin de ses études les pages qu'il a tracées sur les ruines de Palmyre. Unitaire en fait de religion, et même privé de tout système religieux, d'abord il vous surprend, il vous entraîne malgré vous ; bientôt il vous jette dans l'âme un doute pénible, dont vous ne pouvez vous défendre ; doute qui vous fait mal et vous fait, pour ainsi dire, regretter de vous être laissé entraîner au charme séduisant de son style admirable ; mais, pour donner quelques exemples de sa manière d'écrire, nous offrirons les deux fragments suivants que tout le monde sait par cœur : le premier est une description des ruines de Palmyre, et le second est un monologue méditatif qu'il adresse à ces ruines ; tous deux modèles du genre philosophique.

« Le soleil venait de se coucher, un bandeau rougeâtre marquait encore sa trace à l'horizon lointain des monts de la Syrie : la pleine lune, à l'Orient, s'élevait sur un fond bleuâtre aux planes rives de l'Euphrate ; le ciel était pur, l'air calme et serein ; l'éclat mourant du jour tempérait l'horreur des ténèbres, la fraîcheur naissante de la nuit calmait les feux de la terre embrasée, les pâtres avaient retiré leurs chameaux ; l'œil n'apercevait plus aucun mouvement sur la plaine monotone et grisâtre ; un vaste silence régnait sur le désert, seulement, à de longs intervalles, l'on entendait les lugubres cris de quelques oiseaux de nuit et de quelques *chacals.*. l'ombre croissait, et déjà dans le crépuscule, mes regards ne distinguaient plus que les fantômes blanchâtres des colonnes et des murs... ces lieux solitaires, cette soirée paisible, cette scène majestueuse, imprimèrent à mon esprit un recueillement religieux. L'aspect d'une grande cité déserte, la mémoire des temps passés, la comparaison de l'état présent, tout éleva mon cœur à de hautes pensées. Je m'assis sur le tronc d'une colonne ; et là, le coude appuyé sur le genou, la tête soutenue sur la main, tantôt portant mes regards sur le désert, tantôt les fixant sur les ruines, je m'abandonnais à une rêverie profonde.

Ici, me dis-je, ici fleurit jadis une ville opulente, ici fut le siége d'un empire puissant. Oui, ces lieux maintenant si déserts, jadis une multitude vivante animait leur enceinte, une foule active circulait dans ces routes aujourd'hui solitaires : en ces murs, où règne un morne silence, retentissaient sans cesse le bruit des arts et les cris d'allégresse et de fêtes ; ces marbres amoncelés formaient des palais réguliers ; ces colonnes abattues ornaient la majesté des temples ; ces galeries écroulées dessinaient les places publiques ! là, pour les devoirs respectables de son culte, pour les soins touchants de sa subsistance, affluait un peuple nombreux. Là, une industrie créatrice de jouissances appelait les richesses de tous les climats, et l'on voyait s'échanger la pourpre de *Tyr* pour le fil précieux de la *Sérique*, les tissus moelleux de *Cachemire* pour les tapis fastueux de la *Libye*, l'ambre de la Baltique pour les perles et les parfums arabes, l'or d'*Ophir* pour l'étain de *Thulé* !

Et maintenant, voila ce qui subsiste de cette ville puissante, un lugubre squelette ! Voilà ce qui reste d'une vaste domination, un souvenir obscur et vain ! Au concours bruyant qui se pressait sous ces portiques, a succédé une solitude de mort. Le silence des tombeaux s'est substitué au murmure des places publiques. L'opulence d'une cité de commerce s'est changée en une pauvreté hideuse. Les palais des rois sont devenus le repaire des bêtes fauves, les troupeaux parquent au seuil des temples, et les reptiles immondes habitent le sanctuaire des dieux !... Ah ! comment s'est éclipsée tant de gloire !... comment ce sont anéantis tant de travaux !... ainsi donc périssent les ouvrages des hommes ! ainsi s'évanouissent les empires et les nations. » (*Les Ruines.*)

« Je vous salue, ruines solitaires, tombeaux saints, murs silencieux ! C'est vous que j'invoque, c'est à vous que j'adresse ma prière. Oui ! tandis que votre aspect repousse d'un secret effroi les regards du vulgaire, mon cœur trouve à vous contempler le charme des sentiments profonds et des hautes pensées. Combien d'utiles leçons, de réflexions touchantes ou fortes n'offrez-vous pas à l'esprit qui sait vous consulter ! C'est vous qui, lorsque la terre entière asservie se taisait devant les tyrans, proclamiez déjà les vérités qu'ils détestent, et qui, confondant la dépouille des rois avec celle du dernier esclave, attestiez le saint dogme de l'égalité. C'est dans votre enceinte, qu'amant solitaire de la liberté, j'ai vu m'apparaître son génie, non tel que se le peint un vulgaire insensé, armé de torches et de poignards, mais sous l'aspect auguste de la justice, tenant en ses mains les balances sacrées où se pèsent les actions des mortels aux portes de l'éternité.

O tombeaux ! que vous possédez de vertus ! vous épouvantez les tyrans, vous empoisonnez d'une terreur secrète leurs jouissances impies, ils fuient votre incorruptible aspect, et les lâches portent loin de vous l'orgueil de leurs palais.

Ainsi, vous jetez un frein salutaire sur l'élan impétueux de la cupidité, vous calmez l'ardeur fiévreuse des jouissances qui troublent les sens ; vous reposez l'âme de la lutte fatigante des passions ; vous relevez au-dessus des vils intérêts qui tourmentent la foule, et de vos sommets, embrassant la scène des peuples et des rois, l'esprit ne se déploie qu'à de grandes affections, et ne reçoit que des idées solides de vertu et de gloire. Ah ! quand le songe de la vie sera terminé, à quoi auront servi ses agitations, si elles ne laissent la trace de l'utilité.

O ruines ! je retournerai vers vous prendre vos leçons ! je me replacerai dans la paix de vos solitudes ; et là, éloigné du spectacle affligeant des passions, j'aimerai les hommes sur des souvenirs, je m'occuperai de leur bonheur, et le mien se composera de l'idée de l'avoir hâté. »
(*Les Ruines.*)

Pendant que des écrivains célébraient dans leurs vers, ou même dans leur prose adulatrice, les hauts faits du héros qui alors gouvernait la France, celui-ci traçait à grands traits son passage dans le monde avec son épée ; cependant quelquefois la plume, aussi désobéissante à ses désirs que les bataillons nombreux qu'il guidait à la victoire, laissait tomber sur le papier les paroles qu'il voulait adresser à ses troupes avec une originalité toute particulière, et ne manquant pas de cette couleur littéraire qu'on peut appeler éloquence militaire.

En effet, voyez dans toutes ses proclamations, avec quelle adresse il flatte l'amour-propre du soldat ; écoutez-le, au quartier-général de Chérasco, le 20 avril 1796, s'écrier :

« Soldats! vous avez en quinze jours remporté six victoires, pris vingt-un drapeaux, cinquante-cinq pièces de canons, plusieurs places fortes, conquis la plus riche partie du Piémont ; vous avez fait quinze mille prisonniers, tué ou blessé plus de dix mille hommes... » Puis il présente le résultat de la campagne depuis la prise de Toulon... et alors il continue : Mais, soldats! il ne faut pas vous le dissimuler, vous n'avez rien fait puisqu'il vous reste encore à faire. Ni Turin, ni Milan ne sont à vous; les cendres des vainqueurs des Tarquins sont encore foulées par les assassins de Basseville... » Ici, il trace le tableau de l'armée ennemie et s'écrie : « Soldats! la patrie a le droit d'attendre de vous de grandes choses... en est-il, en est-il d'entre vous dont le courage s'amol-lisse?... Non, il n'en est pas parmi les vainqueurs de Montenotte, de Millesimo, de Dégo et de Mondovi, tous brûlent de porter au loin la gloire du peuple français...; tous veulent, en rentrant dans leur village, pouvoir dire avec fierté : *J'étais de l'armée conquérante d'Italie.*

Plus tard, dans sa proclamation datée de Milan, il revient avec bon-heur sur cette idée, et la termine en s'écriant : « Vous rentrerez alors dans vos foyers, et vos concitoyens diront en vous montrant : *Il était de l'armée d'Italie.* »

En Égypte, avant la bataille des Pyramides, sa proclamation se borne à quelques mots; mais que pouvait-il ajouter à ces paroles si élo-quentes :

« Soldats! vous allez combattre aujourd'hui les dominateurs de l'Égypte! songez que du haut de ces monuments quarante siècles vous contemplent. »

A Fontainebleau, lorsqu'il fit ses adieux à la garde impériale,

en 1814, l'éloquence lui resta plus fidèle que la victoire. C'est encore
Napoléon qui parle :

« Généraux, officiers, sous-officiers et soldats de ma vieille garde,
je vous fais mes adieux : depuis vingt ans, je suis content de vous, je
vous ai toujours trouvés sur le chemin de la gloire... Ne plaignez pas
mon sort, je serai toujours heureux lorsque je saurai que vous l'êtes.

J'aurais pu mourir, rien ne m'aurait été plus facile ; mais je suivrai
sans cesse le chemin de l'honneur. J'ai encore à écrire ce que nous
avons fait !... »

Ce génie militaire que nous venons d'entendre parler avec une éloquence toute magique à ses troupes ; ce génie, qui ne redoutait même
pas les puissances de l'Europe réunies contre lui, semblait craindre ou
haïr avec partialité, non pas un homme, non pas un guerrier, mais
une simple femme. C'était madame de Staël ; son talent comme écrivain
politique le gênait. Il eût voulu lui mettre le fuseau à la main, et, ne
le pouvant, il la faisait fuir devant ses étendards victorieux de pays en
pays, comme la tourterelle devant l'épervier. Cependant elle chercha
quelquefois à le séduire en lui rappelant les devoirs du héros, mais
inutilement ; il ne pouvait lui pardonner, disait-il, de chercher à se
mêler de politique au lieu de raccommoder son linge. Aussi inutilement
écrivit-elle ces lignes, il ne voulut pas la comprendre :

« Derrière Alexandre s'élevait encore l'ombre de la Grèce. Il faut,
pour l'éclat même des guerriers illustres, que le pays qu'ils asservis-
sent soit enrichi de tous les dons de l'esprit humain. Je ne sais si la
puissance de la pensée doit détruire un jour le fléau de la guerre ; mais
avant ce jour, c'est encore elle, c'est l'éloquence et l'imagination, c'est

la philosophie même qui relèvent l'importance des actions guerrières. Si vous laissez tout s'effacer, tout s'avilir, la force pourra dominer, mais aucun éclat véritable ne l'éclairera ; les hommes seront mille fois plus dégradés par la perte de l'émulation, que par les fureurs jalouses dont la gloire, du moins, était encore l'objet. »

Comme écrivain, madame de Staël dut sa haute et juste réputation à ce vif enthousiasme que la réflexion et le malheur vinrent mûrir, et dont la première direction avait été donnée par les talents les plus connus du XVIIIe siècle. C'est à cette éducation de toute sa vie que nous devons les *Lettres sur Rousseau*, la *Défense de la reine*, et surtout *Corinne*, l'*Allemagne* et les *Considérations sur la Révolution française*. Voici quelques-unes de ces lignes, offrant un tableau du genre historique vivement tracé dans sa Corinne :

« Le forum, dont l'enceinte est si resserrée, et qui a vu tant de choses, est une preuve frappante de la grandeur morale de l'homme. Quand l'univers, dans les derniers temps de la gloire, était soumis à des maîtres sans gloire, on trouve des siècles entiers dont l'histoire peut à peine conserver quelques faits ; et ce forum, petit espace, centre d'une ville alors très-circonscrite, et dont les habitants combattaient autour d'elle pour son territoire, ce forum n'a-t-il pas occupé, par les souvenirs qu'il retrace, les plus beaux souvenirs de tous les temps? Honneur donc, éternel honneur aux peuples courageux et libres, puisqu'ils captivent ainsi les regards de la postérité. » *(Corinne.)*

Un ami fidèle de madame de Staël, qui pourtant n'abandonna la vie que depuis les événements de 1830, avait aussi une éloquence bien vive, et surtout bien logique : c'était Benjamin Constant. Son éloquence fut constamment toute politique, tant à la tribune que dans ses mélanges de littérature auxquels nous empruntons la description suivante des fruits de la terreur ; cette politique se retrouve aussi ; quoique moins sensiblement, dans Adolphe, le seul roman que sa plume traça avec un coloris brûlant, au milieu duquel on voit dominer la teinte sombre des romans allemands. Voici les lignes dont nous venons de parler.

« La terreur n'a produit aucun bien. A côté d'elle a existé ce qui était indispensable à tout gouvernement, mais ce qui aurait existé sans elle, et ce qu'elle a corrompu et empoisonné en s'y mêlant... Ce régime abominable n'a point, comme on l'a dit, préparé le peuple à la liberté, il l'a préparé à subir un joug quelconque : il a courbé les têtes, mais en dégradant les esprits, en flétrissant les cœurs : il a servi pendant sa durée les amis de l'anarchie, et son souvenir sert maintenant les amis de l'esclavage et de l'avilissement de l'esprit humain. Je n'aurais pas rappelé de tristes souvenirs, si je n'avais pensé qu'il importait à la France, quelles que soient désormais ses destinées, de ne pas voir confondre ce qui est digne d'admiration et ce qui n'est digne que d'horreur. Justifier le régime de 1793, peindre des forfaits et du délire comme une nécessité qui pèse sur les peuples, toutes les fois qu'ils essaient d'être libres , c'est nuire à une cause sacrée, plus que ne lui nuiraient les attaques de ses ennemis les plus déclarés. Séparez donc soigneusement les époques et les actes : flétrissez ce qui est éternellement coupable; ne recourez pas à une méthaphysique abstraite et subtile pour prêter à des attentats l'excuse d'une fatalité irrésistible qui n'existe pas ; n'ôtez pas à vos jugements toute autorité, à vos hommages toute valeur. » *(Mélange de littérature et de politique.)*

Cette tribune, qui finit par détruire la santé de Benjamin Constant et par l'entraîner au tombeau, avait déjà, quelques années avant sa mort, achevé d'anéantir également la santé chancelante du général Foi, défenseur éloquent des droits constitutionnels en France. Il serait difficile de présenter de longs exemples de cette éloquence ; car, toute du moment, elle consistait en répliques', heureuses surtout par les mots brillants qu'elles laissaient jaillir. Cependant il jetait aussi quelquefois de ces mots dans ses discours écrits, quoique généralement ils n'eussent pas le mérite de ses improvisations ; ainsi on se rappelle encore ces lignes éparses dans son discours sur la Légion-d'Honneur :

« Pendant un quart de siècle, presque tous les citoyens ont été soldats : depuis la paix nos soldats sont redevenus citoyens. Souvenirs, sentiments, espérances, tout fut, tout est commun entre la masse du peuple et notre vieille armée. Aussi les paroles qui s'élèvent de cette tribune, pour consoler de nobles misères, sont-elles recueillies avec avidité jusque dans les moindres hameaux ! Il y a de l'écho en France, quand on prononce ici les noms d'honneur et de patrie !. . . . . . .

On ne joue pas longtemps impunément le jeu des batailles. La guerre avait enfanté et grandi Napoléon, la guerre le renversa. . . . . . . Les légionnaires militaires sont reçus au moyen de l'accolade, et de l'application du coup de plat d'épée sur chaque épaule. Ces formes, débris des mœurs d'un autre âge, paraissent respectables lorsqu'elles arrivent à nous enduites de la rouille du temps ; mais notre institution, fille d'un siècle héroïque, n'a rien à envier ni à emprunter aux institutions qui l'ont devancée. . . . . (sous l'empire). Quand un guerrier blessé rentrait dans ses foyers avec le signe de l'honneur, on ne manquait jamais de précompter son traitement d'officier ou de chevalier de la Légion dans le calcul de ses moyens d'existence, et par la suite on lui attribuait le minimum de la pension. Alors il pouvait vivre ; maintenant la réduction du traitement à la moitié met un grand nombre de légionnaires à l'aumône ; oui , messieurs , à l'aumône ! Qui de nous n'a pas vu des hommes naguère ennoblis par le commandement , que la faim condamne aujourd'hui aux travaux les plus grossiers ? qui de nous n'en rencontre pas tous les jours , qu'une noble pudeur porte à cacher sous leurs vêtements délabrés le ruban que leur sang a rougi ? qui de nous n'a pas déposé le denier de la veuve dans des mains mutilées par le fer de l'ennemi ? Hâtons-nous , messieurs , de demander au trône de faire taire ces cris accusateurs. Les honneurs accordés aux souvenirs du passé ne seront pas perdus pour la génération qui s'avance... »

Tandis que la voix des Benjamin Constant et des Foi faisait retentir la tribune de leur éloquence , Paul-Louis Courrier propageait les idées constitutionnelles d'une manière pour ainsi dire populaire. Ancien militaire , observateur scrupuleux , mais génie enthousiaste , il crut, tout en pouvant être écrivain correct, qu'il fallait au contraire abandonner cette pureté de style ; revêtir le sarrau ; adopter les termes de la campagne , et faire enfin reculer la langue de plusieurs siècles , pour forcer les progrès d'aller en avant. « Son style systématique, dit M. Villemain , est celui d'un ami trop chaud de notre vieux langage et de sa naïveté. Il s'était imaginé que l'emploi en paraîtrait toujours naturel, et il écrivait artificiellement avec ces paroles simples , négligées, à la vieille française. Ce fut ainsi qu'il voulut traduire la naïveté naturelle d'Hérodote. » Ses lignes, tout en étant remplies de chaleur , sont donc écrites avec la simplicité rustique du paysan ; c'est son langage , son ton , ses manières. Aussi nous ne pouvons présenter ces lignes pour modèle , et nous préférons beaucoup offrir quelques fragments de ses lettres, fragments dans lesquelles il annonce déjà ce qu'il deviendra ; dans l'une il donne ainsi la description des bandes noires :

« Ce sont des gens qui n'assassinent point, mais qui détruisent tout. Ils achètent de grands biens pour les revendre en détail , et, de profession , décomposent les grandes propriétés. C'est pitié de voir quand une terre tombe dans les mains de ces gens-là : elle se perd , disparaît. Château , chapelle, donjon , tout s'en va , tout s'abîme. Les avenues rasées, labourées de çà, de là ; il n'en reste pas trace. Où était l'orangerie s'élèvent une métairie, des granges, des étables pleines de vaches et de cochons. Adieu bosquets , parterres , gazons , allées d'arbrisseaux et de fleurs ; tout cela morcelé entre dix paysans ; l'un y va fouir des haricots , l'autre de la vesce ; le château , s'il est vieux , se fond en une douzaine de maisons, qui ont des portes et des fenêtres , mais ni tours, ni créneaux, ni pont-levis , ni cachots, ni antiques souvenirs. Le parc seul demeure entier , défendu par de vieilles lois qui tiennent bon contre l'industrie. Car on ne permet pas de défricher les bois dans les cantons les mieux cultivés de la France , de peur d'être obligé d'ouvrir ailleurs des routes et de creuser des canaux pour l'exploitation des forêts. Enfin , les gens dont je vous parle se peuvent nommer les fléaux de la propriété. Ils la brisent, la pulvérisent, l'éparpillent encore après la révolution. Mal vus pour cela d'un chacun , on leur prête , parce qu'ils rendent et passent pour exacts ; mais d'ailleurs on les hait parce qu'ils s'enrichissent de ces spéculations : eux-mêmes paraissent en avoir honte, et n'osent quasi se montrer. »

N'est-ce pas au sérieux qu'il parle? tout le monde ne le croira-t-il pas? eh bien! pas du tout; c'est pur sardonisme, il se moque et finit par cette phrase, admise par les économistes du jour, et que l'on ne doit pourtant pas aveuglément adopter comme une vérité absolue :

« Plus la glèbe est divisée, plus elle s'améliore et prospère ; c'est ce que l'expérience a prouvé. Telle terre vendue il y a vingt-cinq ans, est, à cette heure, partagée en dix mille portions, qui vingt fois ont changé de mains depuis la première aliénation, toujours de mieux en mieux cultivées. »

Quelquefois, jouant ouvertement avec la plaisanterie, il l'aborde franchement, quoique ce ne soit pas toujours avec le meilleur goût possible. Ainsi en parlant des montagnes de Rome et de Tarente, formées en entier de morceaux de vases de terre, il fait l'interrogation suivante :

» Mais dites-moi, de grâce, qu'étaient donc ces villes, dont les pots cassés formaient des montagnes? *Ex ungue leonum*. Je juge les anciens par leurs cruches, et ne vois chez nous rien d'approchant. Prenez garde cependant qu'on ne connaissait point alors nos tonneaux, les cruches en tenaient lieu ; partout où vos traducteurs disent un tonneau, entendez une cruche. C'était une cruche qu'habitait Diogène, et le cuvier de Lafontaine est une cruche dans Apulée. Dans les villes comme Rome et Tarente, il s'en faisait chaque jour un dégât prodigieux, et leurs débris entassés avec les autres immondices, ont sans doute produit ces amas que nous voyons. Que vous semble, monsieur, de mon érudition? vous seriez-vous imaginé qu'il y eût tant de cruches autrefois, et que le nombre en fût diminué. »

Beaucoup d'écrivains plus ou moins remarquables, morts de 1815 à 1830, pourraient encore trouver place dans cette galerie : ce serait le comte de Ségur offrant à notre génération, dans ses écrits, ses modèles du style d'un homme de bonne compagnie ; ce serait Lacretelle aîné, traçant l'histoire contemporaine, peut-être avec une dureté trop acerbe; mais nous n'irons pas plus loin dans cette revue des célébrités disparues de la vie. Cependant, nous rappellerons encore l'auteur de l'Essai sur l'éloquence de la chaire, Maury, cet abbé courageux qui dut à sa présence d'esprit d'avoir survécu longtemps aux massacres de 1793. Son style est correct et toujours en harmonie avec le sujet qu'il traite. Voici deux morceaux de cet orateur ; le premier est une définition de la religion et le second un fragment de sermon appartenant l'un et l'autre à l'éloquence de la chaire :

» Qu'est-ce que la religion? une philosophie sublime qui démontre l'ordre, l'unité de la nature, et explique l'énigme du cœur humain, le plus puissant mobile pour porter l'homme au bien, puisque la foi le met sans cesse sous l'œil de la Divinité, et qu'elle agit sur la volonté avec autant d'empire que sur la pensée ; un supplément de la conscience, qui commande, affermit et perfectionne toutes les vertus, établit de nouveaux rapports de bienfaisance sur de nouveaux liens d'humanité ; nous montre dans les pauvres des créanciers et des juges, des frères dans nos ennemis, dans l'Être suprême un père; la religion du cœur, la vertu en action, le plus beau de tous les codes de morale, et dont tous les préceptes sont autant de bienfaits du ciel.

. . . .

» Jusqu'à présent j'ai publié la justice du Très-Haut dans les temples couverts de chaume ; j'ai prêché les rigueurs de la pénitence à des infortunés qui manquaient de pain ; j'ai annoncé aux bons habitants des campagnes les vérités les plus effrayantes de ma religion. Qu'ai-je fait ? malheureux ! J'ai contristé les pauvres, les meilleurs amis de mon Dieu; j'ai porté l'épouvante et la douleur dans ces âmes simples et fidèles que j'aurais dû plaindre et consoler.

» C'est ici, où mes regards ne tombent que sur des grands, sur des riches, sur des oppresseurs de l'humanité souffrante, ou des pécheurs audacieux et endurcis; ah ! c'est ici seulement qu'il fallait faire retentir la parole sainte dans toute la force de son tonnerre, et placer avec moi dans cette chaire, d'un côté la mort qui nous menace, et de l'autre mon grand Dieu qui vient juger. Je tiens aujourd'hui votre sentence à la main : tremblez donc devant moi, hommes superbes et dédaigneux qui m'écoutez ! la nécessité du salut, la certitude de la mort, l'incertitude de cette heure si effroyable pour vous, l'impénitence finale, le jugement dernier, le petit nombre des élus, l'enfer, et par dessus tout l'éternité : l'éternité ! voilà les sujets dont je viens vous entretenir, et que j'aurais dû sans doute réserver pour vous seuls.

Et qu'ai-je besoin de vos suffrages, qui me damneraient peut-être sans vous sauver ? Dieu va vous émouvoir, tandis que son indigne ministre vous parlera ; car j'ai acquis une expérience de ses miséricordes. Alors, pénétrés d'horreur pour vos iniquités passées, vous viendrez vous jeter entre mes bras en versant des larmes de componction et de repentir, et, à force de remords, vous me trouverez assez éloquent. » (*Extrait des œuvres du cardinal Maury*).

Nous venons de dire que le courage de Maury l'avait sauvé, et que son exemple est bon à suivre; mais , puisque nous parlons des hommes de la révolution , nous ajouterons qu'il faut se tenir en garde contre l'habitude ; car souvent elle peut devenir du plus grand danger ; ainsi celle de voir couler du sang avait amorti les sensations d'humanité chez le fameux Marat. Nous en prendrons la preuve dans une lettre qu'il écrivait à William Dally : en effet, qu'on lise ce morceau et l'on reconnaîtra qu'il put s'habituer à voir tomber des têtes vivantes comme il s'était accoutumé pendant ses cours d'anatomie à séparer de leurs corps des têtes privées d'existence. Voici ce morceau :

» Vous dites que vous n'aimez pas à voir d'innocents animaux déchirés par le scalpel; mon cœur est aussi tendre que le vôtre, et je n'aime pas plus que vous à voir souffrir de pauvres créatures; mais il serait impossible de comprendre les secrètes , étonnantes et inexplicables merveilles du corps humain , si l'on n'essayait pas de saisir la nature dans son œuvre , et ce but ne saurait être atteint sans faire un peu de mal pour beaucoup de bien : c'est seulement ainsi qu'on peut devenir le bienfaiteur de l'humanité. L'observation des muscles et des différentes propriétés du sang m'ont mis à même de faire d'importantes découvertes, , auxquelles je ne serais jamais parvenu sans couper la tête et les membres à une multitude d'animaux. J'avoue qu'au commencement j'éprouvais de la peine et de la répugnance ; mais je m'y suis accoutumé peu à peu, et je me console avec l'idée que j'agis ainsi pour le soulagement de l'humanité. »

Un autre homme célèbre de la même époque, qui fut toujours le représentant de Napoléon sous l'empire, Cambacérès, laissa aussi dans ses discours quelquefois des lignes remarquables, et telle est sa définition du riche et du pauvre dans l'esprit du monde et dans l'ordre de la Providence :

» Qu'est-ce qu'un riche dans l'esprit du monde? C'est un homme de jeux, de fêtes, de spectacles, d'amusements, dont la gloire consiste à être orgueilleusement frivole, tout le mérite à ne rien refuser à ses passions, et qui, ne mettant de bornes à ses désirs que celles de la fortune, n'est grand le plus souvent qu'à force de crimes et de scandales.

» Dans l'ordre de la Providence, c'est un ange de paix et de consolation placé entre Dieu et les hommes, pour achever la distribution des biens de la terre : c'est l'ambassadeur du ciel comme l'apôtre de la Providence, obligé de la faire connaître à ceux qui l'ignorent, de la disculper auprès de ceux qui l'accusent. Et tel que l'astre du jour, dont la marche éclatante parle à tous les yeux de la gloire de son auteur, le riche, par ses bienfaits, parle au cœur de tous les hommes de la sagesse et de la bonté divines; et, selon qu'il est avare ou généreux, sensible ou inexorable, il devient pour les peuples un objet ou de terreur ou de consolation : un dieu s'il est bienfaisant, un monstre s'il est barbare.

» De même, qu'est-ce qu'un pauvre selon le monde? Hélas! quelles couleurs pourraient nous le dépeindre? C'est un être isolé, proscrit, triste rebut de la nature entière; qui semble, dit le sage, comme échappé à la Providence; qui rampe avec dédain sur la surface de la terre; à qui la misère a comme imprimé sur le front un caractère de honte et d'ignominie; errant, fugitif, et comme retranché du reste des humains, semblable à ces lieux que la foudre a frappés, et dont on n'approche qu'en tremblant, on ne le rencontre qu'avec peine, on ne l'approche qu'avec horreur; c'est, ce semble, lui faire grâce que de lui parler;

l'humanité en lui n'a plus de droits, le malheur plus de dignité ; on ne le plaint même pas ; on ne le secourt qu'avec dégoût ; et, réduit à rougir de son existence, il semble qu'en devenant malheureux il a cessé d'être homme.

» Dans l'ordre de la Providence, au contraire, un pauvre, c'est en quelque sorte le plus intéressant de ses ouvrages, et comme le secret de sa sagesse, qui a rendu le pauvre précieux et nécessaire au riche ; qui a voulu que le riche fût le protecteur du pauvre, et le pauvre le sauveur des riches, qu'il délivre du danger des richesses sur la terre, en leur offrant les moyens de les convertir en charités qui leur servent à acheter le ciel ; en sorte que le pauvre, dans l'ordre de la Providence, est tout à la fois un juge qui tient dans sa main le sort des grands et des riches, qui entasse sur leur tête ou des bénédictions ou des anathèmes.

» C'est-à-dire, en un mot, que le riche et le pauvre, dans l'ordre de la Providence, sont le contraire de nos idées : le riche en est le ministre, le pauvre en est le bien-aimé ; le riche a ses ordres, et le pauvre a ses droits, l'un pour donner, l'autre pour recevoir. Et de même que cette Providence s'est reposée sur les parents de l'éducation des familles, sur les législateurs du gouvernement de la société, sur les rois de la conduite des empires, elle a fait les riches pour se reposer sur eux du soin des pauvres, et elle ne leur a donné plus de biens que pour les distribuer à ceux qui en manquent, pour remplir, par leurs largesses, l'intervalle que la misère a mis entre eux et leurs frères. »

Maintenant que nous touchons aux littérateurs du moment, la tâche va devenir plus difficile. Cependant nous tâcherons d'en faire connaître les plus remarquables, en évitant de blesser autant que possible le moindre amour-propre.

Dans Paris, vis-à-vis le vieux Louvre, séjour antique des rois de France, s'élève un monument qui fut autrefois un collége et qu'on nomme actuellement Institut ; là se réunissent toutes les célébrités vivantes, depuis longtemps illustrées par leurs travaux, et de ce corps brillant font partie les membres de l'Académie française ; à tort la jeunesse reproche l'inaction à ces littérateurs. Vieillis sous les couronnes, ils ne devraient plus chercher à cueillir de nouveaux lauriers, ils devraient laisser à d'autres la carrière ouverte ; leurs esprits, calmés par l'évanouissement des illusions, sont censés ne plus être propres à enfanter des chefs-d'œuvre ; aussi n'étaient-ils dans l'origine élevés au fauteuil académique, non pas tant pour produire que pour les récompenser du passé, et surtout pour les rendre juges dépositaires du langage et les faire contribuer ainsi à la conservation de l'unité de la langue. Que notre respect sache donc toujours honorer ces nobles pairs de la littérature et qu'ils soient pour la jeunesse studieuse ce que les sénateurs romains étaient pour tout le peuple souverain.

Naturellement, par suite de cette position littéraire des académiciens, nous serons portés à parler d'eux les premiers, et si, à côté de leurs noms, le hasard nous force quelquefois à en placer d'autres, cela tiendra à des circonstances qu'il sera toujours facile de comprendre.

Au milieu de ces illustres écrivains de notre époque, la science n'est pas sans nous en offrir quelques-uns d'un grand mérite. Voyez plutôt les éloges de Cuvier, qu'un fléau trop affreux nous enleva naguère au moment qu'il mettait en ordre les fruits de son génie ; voyez les deux fragments suivants que nous détachons des pages brillantes qu'il traça et qui sont, le premier un modèle du genre philosophique, et le second un tableau savant des effets que produit sur l'âme la vue du bassin de Genève.

« Jeté faible et nu à la surface du globe, l'homme paraissait créé pour une destruction inévitable ; les maux l'assaillaient de toutes parts, les remèdes lui restaient cachés ; mais il avait reçu le génie pour les découvrir.

» Les premiers sauvages cueillirent dans les forêts quelques fruits nourriciers, et subvinrent ainsi à leurs plus pressants besoins ; les premiers pâtres s'aperçurent que les astres suivent une marche réglée, et s'en servirent pour diriger leurs courses à travers les plaines du désert : telle fut l'origine des sciences mathématiques et celle des sciences physiques.

» Une fois assuré qu'il pouvait combattre la nature par elle-même, le génie ne se reposa plus, il l'épia sans relâche ; il fit sur elle de nouvelles conquêtes, toutes marquées par l'amélioration dans l'état des peuples.

» Se succèdant dès-lors sans interruption, des esprits méditatifs, dépositaires fidèles des doctrines acquises, constamment occupés de les lier, de les vivifier les unes par les autres, nous ont conduits en moins de quarante siècles, des premiers essais de ces observateurs agrestes aux profonds calculs des Newton et des Laplace, aux énumérations savantes des Linnæus et des Jussieu. Ce précieux héritage, toujours accru, porté de la Chaldée en Egypte, de l'Egypte dans la Grèce, caché pendant des siècles de malheurs et de ténèbres, recouvré à des époques plus heureuses, inégalement répandu parmi les peuples de l'Europe, a à été suivi partout de la richesse et du pouvoir ; les nations qui l'ont recueilli sont devenues les maîtresses du monde ; celles qui l'ont négligé, sont tombées dans la faiblesse et l'obscurité. » *Réflexions sur les rapports des sciences avec la société.)*

« Comme le voyageur est ravi d'admiration lorsque, dans un beau jour d'été, après avoir péniblement traversé les sommets du Jura, il arrive à cette gorge où se déploie subitement devant lui l'immense bassin de Genève ; qu'il voit d'un coup d'œil ce beau lac dont les eaux réfléchissent le bleu du ciel, mais plus pur et plus profond ; cette vaste campagne, si bien cultivée, peuplée d'habitations si riantes ; ces coteaux qui s'élèvent par degrés, et que revêt une si riche végétation ; ces montagnes couvertes de forêts toujours vertes ; la crête sourcilleuse des Hautes-Alpes, ceignant ce superbe amphithéâtre, et le Mont-Blanc, ce géant des montagnes européennes, le couronnant de cet immense groupe de neiges, où la disposition des masses et l'opposition des lumières et des ombres produisent un effet qu'aucune expression ne peut faire concevoir à celui qui ne l'a pas vu ! Et ce beau pays, si propre à frapper l'imagination, à nourrir le talent du poète ou de l'artiste, l'est peut-être encore davantage à réveiller la curiosité du philosophe, à exciter les recherches du physicien. C'est vraiment là que la nature semble vouloir se montrer par un plus grand nombre de faces. » *(Éloges historiques de Charles Bonnet et de Horace de Saussure.)*

Si les sciences sont en deuil du génie européen de notre époque, les lettres le sont aussi du professeur aimable qui pendant trente ans de sa vie enseigna aux jeunes générations les moyens de conserver chez nous une bonne littérature : doux, charmant à entendre, ses opinions littéraires étaient celles que devait avoir un homme qui fut si longtemps l'un de nos professeurs les plus renommés.

« Andrieux, dit M. Thiers, dans son discours de réception à l'Académie, avait un goût pur sans toutefois être exclusif. Il ne condamnait ni la hardiesse d'esprit ni les tentatives nouvelles, il admirait beaucoup le théâtre anglais ; mais en admirant Shakespeare, il admirait beaucoup moins ceux qui se sont inspirés de ses ouvrages. L'originalité du grand tragique anglais, disait-il, est vraie. Quand il est singulier ou barbare, ce n'est pas qu'il veuille l'être, c'est qu'il l'est naturellement, par l'effet de son caractère, de son temps, de son pays. M. Andrieux pardonnait au génie d'être quelquefois barbare, mais non pas de chercher à l'être. Il ajoutait que quiconque se fait ce qu'il n'est pas est sans génie. Le vrai génie consiste, disait-il, à être tel que la nature vous a fait, c'est-à-dire hardi, incorrect, dans le siècle et la patrie de Shakespeare ; pur régulier et poli, dans le siècle et la patrie de Racine. Etre autrement, disait-il, c'est imiter. Imiter Racine ou Shakespeare, être classique à l'école de l'un ou à l'école de l'autre, c'est toujours imiter, et imiter, c'est n'avoir pas de génie.

» En fait de langage, M. Andrieux tenait à la pureté, à l'élégance, et il en était aujourd'hui au modèle accompli. Il disait qu'il ne comprenait pas les essais faits sur une langue dans le but de la renouveler. Le propre d'une langue, c'était, suivant lui, d'être une convention admise et comprise de tout le monde. Dès-lors, disait-il, la fixité est de son essence, et la fixité ce n'est pas la stérilité. On peut faire une révolution complète dans les idées sans être obligé de bouleverser la langue pour les exprimer. De Bossuet et Pascal à Montesquieu et Voltaire, quel immense changement d'idées ! à la place de la foi, le doute ; à la place du respect le plus profond pour les institutions existantes, l'agression la plus hardie : eh bien ! pour rendre des idées si différentes, a-t-il fallu créer ou des mots nouveaux ou des constructions nouvelles ? non ; c'est dans la langue pure et coulante de Racine que Voltaire a exprimé les pensées les plus étrangères au siècle de Racine. Défiez-vous, ajoutait M. Andrieux, des gens qui disent qu'il faut renouveler la langue ; c'est qu'ils cherchent à produire, avec des mots, des effets qu'ils ne savent produire avec des idées. Jamais un grand penseur ne s'est plaint d'une langue comme d'un lien qu'il fallût briser. Pascal, Bossuet, Montesquieu, écrivains caractérisés s'il en fut jamais, n'ont jamais élevé de telles plaintes ; ils ont grandement pensé, naturellement écrit ; et l'expression naturelle de leurs grandes pensées en a fait de grands écrivains. »

Nous ajouterons ici l'opinion d'Andrieux sur ses traductions, morceau appartenant au genre philosophique.

« Traduire, en effet, n'est pas imiter ; ce n'est pas non plus copier. Le traducteur qui ne ferait qu'imiter ne ferait pas tout ce qu'il doit : celui qui voudrait copier voudrait faire ce qu'il ne peut pas ; l'un rendrait trop peu, l'autre voudrait trop rendre l'original.

» Qu'est-ce donc que traduire ? c'est reproduire, c'est concevoir et sentir tout ce qui est dit dans la langue originale, et puis le concevoir, le sentir et le rendre dans la langue dont on se sert pour traduire. La di.'érence des idiômes force le traducteur à une nouvelle création ; il travaille réellement du génie : c'est le génie de l'expression dont il a sans cesse besoin. Un statuaire voit l'Apollon on le groupe de Laocoon en marbre, il en fait un autre semblable avec de l'argile, et ce nouveau modèle sert à composer un moule d'où il sort un Apollon ou un Laocoon en bronze : voilà à peu près la traduction. » *(Cours de belleslettres')*

Un autre professeur de littérature s'est aussi longtemps fait remarquer à Paris, c'est M. Villemain, que l'administration et la politique absorbent malheureusement aujourd'hui. Plus sardonique qu'Andrieux, sa diction, moins constamment pure, n'était pas seulement mêlée de traits malicieux, mais artistement relevée de phrases à effet, habilement j tées toujours à propos à ses nombreux auditeurs. L'on peut dire qu'Andrieux laissait percer la malice du bon La Fontaine, et que M. Villemain a fait revivre avec bonheur la causticité de Voltaire ; il excelle surtout dans les portraits, comme on peut s'en convaincre en lisant ceux de Shakespeare, de La Harpe et de Milton.

» Shakespeare ! C'est le génie anglais personnifié, dans son allure fière et libre, dans sa rudesse, sa profondeur et sa mélancolie. Le monologue d'Hamlet ne devait-il pas être inspiré dans le pays des brouillards et du spleen ? La noire ambition de Macbeth, cette ambition si soudaine et si profonde, si violente et si réfléchie, n'est-elle pas un tableau fait pour le peuple parmi lequel le trône fut disputé si longtemps par tant de crimes et de guerres.

» Combien cet esprit indigène n'a-t-il pas plus de puissance encore dans les sujets où Shakespeare envahit son auditoire de tous les souvenirs, de toutes les vieilles coutumes, de tous les préjugés du pays, avec les noms propres des lieux et des hommes, Richard III, Henri IV, Henri VIII !

» Lorsque Shakespeare touche à l'expression des sentiments naturels, lorsqu'il ne veut être ni pompeux ni subtil, lorsqu'il peint l'homme, il faut l'avouer, jamais l'émotion et l'éloquence ne furent portées plus loin. Ses personnages tragiques, depuis le méchant et hideux Richad III jusqu'au rêveur et fantasque Hamlet, sont des êtres réels, qui vivent dans l'imagination et dont l'empreinte ne s'efface plus.

» Comme tous les grands maîtres de la poésie, il excelle à peindre ce qu'il y a de plus terrible et de plus gracieux. Ce génie rude et sauvage trouve une délicatesse inconnue dans les expressions des caractères des femmes. Toutes les bienséances lui reviennent alors. Ophélie, Catherine d'Aragon, Juliette Cordélia, Desdémone, figures touchantes et variées, ont des grâces inimitables et une pureté naïve que l'on n'attendait pas de la licence d'un siècle grossier et de la rudesse de ce mâle génie. Le goût, dont il est dépourvu trop souvent, est alors suppléé par un instinct délicat, qui lui fait deviner même ce qui manquait à la civilisation de son temps. Il n'est pas jusqu'au caractère de la femme coupable qu'il n'ait su tempérer par quelques traits empruntés à l'observation de la nature, et dictés par des sentiments plus doux. Lady Macbeth, si cruelle dans son ambition et dans ses projets, recule avec effroi devant le spectacle du sang ; elle inspire le meurtre et n'a pas la force de le voir. Gertrude, jetant des fleurs sur le corps d'Ophélie, excite l'attention malgré son crime. » *(Essai littéraire sur Shakespeare).*

» La Harpe poursuivait le mauvais goût avec une sorte de haine; et, comme la passion inspire le talent, il trouvait quelquefois dans sa colère une heureuse énergie ; mais sa véritable gloire sera toujours d'avoir proclamé le génie de quelques-uns de nos grands hommes. Je ne sais en effet si dans les lettres, après l'honneur de produire des beautés originales, il est un titre plus noble que de les admirer avec éloquence, d'en expliquer les merveilles, d'en augmenter le sentiment, d'en perpétuer l'imitation. La Harpe, qui n'avait pas assez de force pour recevoir, pour saisir puissamment la première inspiration, s'anime et s'échauffe par le reflet des grandes beautés qu'il a produites. Cette éloquence, que peut-être il n'eût pas tirée de lui-même, il la trouve en admirant Britannicus ou Zaïre. On regrette que cet écrivain, qui fut souvent l'interprète du goût, se soit emporté à des censures et même à des accusations violentes jusqu'au ridicule : il avait été faible, il fut exagéré.» (*Discours sur la critique*).

» Ainsi se préparait l'Homère des croyances chrétiennes; ainsi, nourri par les factions exercées par tous les fanatiques de la religion, de la liberté, de la poésie, cette âme orageuse et sublime, en perdant les spectacles du monde, devait un jour retrouver dans ses souvenirs le modèle des passions de l'enfer, et produire du fond de sa rêverie, que la réalité n'interrompait plus, deux créations également idéales, également inattendues dans ce siècle farouche : la félicité du ciel et l'innocence de la terre. Mais avant que Milton ait couvert des rayons d'une gloire si pure la triste célébrité qu'avaient encourue ses premiers ouvrages, nous trouverons du moins dans la cause malheureuse où il s'était engagé, son nom plus d'une fois honoré par les leçons hardies qu'il adressait à Cromwell. Les égarements du fanatisme, non les calculs de la bassesse, pouvaient s'accorder avec tant de génie. (*Histoire de Cromwell*).

Les parallèles de M. Villemain ne manquent pas non plus d'une certaine vivacité qui doit les faire estimer. Tel est celui de Montaigne et Voltaire, que voici :

« Je crains qu'un parallèle ne semble toujours qu'un lieu commun, et qu'un rapprochement de Voltaire et de Montaigne ne soit pas moins un paradoxe. Mais en écartant les plus brillantes productions de Voltaire, en ne choisissant qu'une seule partie de sa gloire, ses *Mélanges de métaphysique et de morale*, ne découvre-t-on pas en effet plusieurs rapports remarquables entre deux hommes si différents? Des deux côtés, je suis étonné de tout le chemin que je fais en quelques instants, et du grand nombre d'idées que je trouve en quelques pages. Tous deux se trouvent doués d'une raison supérieure. Montaigne, aussi vif et cependant plus verbeux, plus diffus ; c'est le tort de son siècle. Voltaire, quelquefois moins profond, a toujours plus de justesse et de netteté ; c'est le mérite du sien. Tous deux ont connu les faiblesses et les inconséquences de l'homme. Tous deux rient de l'espèce humaine : le rire de Voltaire est plus amer; ses railleries plus cruelles. Tous deux cependant respirent l'amour de l'humanité. Celui de Voltaire est plus ardent, plus courageux, plus infatigable. On connaît assez la haine de l'un et de l'autre pour le charlatanisme et l'hypocrisie. Montaigne a mieux su s'arrêter. Voltaire confond trop souvent les objets les plus saints de la vénération publique avec de vaines superstitions que l'on doit détruire par le ridicule. Tous deux ont pensé hardiment et ont exprimé franchement leurs pensées. La franchise de Voltaire est plus maligne, et celle de Montaigne plus naïve ; mais tous deux ont oublié trop souvent la décence dans les idées et même l'expression, et nous devons leur en faire un reproche, car le plus grand tort du génie c'est de faire rougir la pudeur, et d'offenser la vertu. *(Eloge de Montaigne.)*

Dans ses discours d'apparat, souvent M. Villemain sait y mêler des morceaux capables de fixer l'intérêt et commander ainsi à la somnolence qui trop souvent gagne les auditeurs des séances académiques. Ainsi, dans son discours prononcé à l'académie le jour de la réception de M. Fourrier, il rendit en même temps les honneurs à notre vieille armée d'Égypte, dans le parallèle de Kléber et de Desaix :

« Par une fatalité singulière, disait-il, Desaix fut tué à Marengo le même jour et presque à la même heure où Kléber était assassiné sur la terrasse de la maison qu'il occupait au Caire. Ce fut le 14 juin 1800. Ces deux grands capitaines appartiennent à cette première école de généraux français qui, nés de la révolution, gardèrent dans les camps l'esprit de liberté. A la tête de tous, il faut nommer le général Hoche, si grand sur le champ de bataille, si généreux même dans la guerre civile, proscrit plus d'une fois par les chefs de la révolution, et se vengeant de chaque persécution par d'éclatantes victoires. Là se place aussi le jeune et intrépide Marceau, que Kléber aima d'une vive amitié, et dont il dessina le monument funèbre. Le caractère connu de ces hommes n'était pas seulement le mépris du danger et l'instinct de la guerre, c'était surtout une sorte d'élévation humaine et patriotique, un amour de la France pour elle-même, un enthousiasme de liberté sans fureur politique, un désintéressement admirable et qui dédaignait à la fois le pouvoir et la richesse. L'histoire de ces grands capitaines, morts trop tôt, est signalée par une foule de traits qui feraient honneur aux *Vies de Plutarque.*

Moins fier, moins indépendant peut-être, Desaix vint se placer à leurs côtés par ses héroïques et modestes vertus. Rien de plus beau que la rivalité de Kléber et de Desaix dans la campagne d'Egypte ; et ces

deux hommes attirent également les regards par des qualités différentes.
Sorti d'une condition pauvre, et presque sans éducation, Kléber, avec
sa haute stature et son air martial, était un soldat parvenu, mais un
soldat plein de génie; ses manières ouvertes et franches gardaient
quelque chose d'un peu rude; ses paroles énergiques enlevaient le
cœur de ses compagnons d'armes dont il était adoré. Dans le peu de
temps qui suivit la victoire d'Héliopolis jusqu'à sa mort, il montra des
talents pour gouverner comme pour vaincre; plus fier qu'ambitieux,
sa loyauté n'aimait pas le génie profond et dissimulé de Bonaparte; et
s'il eût vécu, peut-être eût-il été le plus redoutable adversaire du premier consul.

« Desaix avait, au contraire, un génie cultivé par la réflexion et l'étude;
savant lui-même, il partageait les travaux de l'Institut d'Egypte. Par
sa générosité, son abord affable, son amour des arts, il semblait un
nouveau Germanicus envoyé dans l'Orient. Au-dessus de la jalousie
comme de l'ambition, il admirait Bonaparte et ne s'en défiait pas. Celui-ci, frappé d'une sorte de respect pour la modeste grandeur de
Desaix, lui avait confié la partie la plus importante de l'expédition, le
soin de soumettre la Haute-Egypte. Desaix atteignit les mamelucks,
les vainquit, et fit respirer sous sa conquête les malheureux habitants
du Saïde. Les chrétiens, les musulmans ne l'appelaient que le sultan
juste. Il quitta l'Egypte au moment où il croyait la guerre terminée,
avant la rupture des conventions et la victoire d'Héliopolis. Si Desaix,
resté en Egypte, eût survécu à Kléber, on ne peut douter que son génie
n'eût maintenu longtemps l'armée française en Orient. Nul homme
n'était mieux fait, par son habileté et par ses vertus, pour pacifier un
pays vaincu, et civiliser des barbares. Son esprit éclairé avait fortement
saisi tous les avantages de politique et de commerce que pouvait offrir

l'établissement des Français en Egypte. Mais la destinée l'appelait ailleurs ; et l'on ne peut s'empêcher de remarquer ici avec quelle rapidité tous les obstacles s'aplanissaient devant Bonaparte, par la mort prématurée de ces grands capitaines qu'avaient enfantés les guerres de la république. »

Si M. Villemain excelle dans ces divers morceaux du genre historique, il sait aussi enseigner les secrets de l'éloquence, et voilà comme il définit l'orateur chrétien.

« Le christianisme élevait une tribune où les plus sublimes vérités étaient annoncées hautement par tout le monde, où les plus pures leçons de morale étaient rendues familières à la multitude ignorante ; tribune formidable devant laquelle s'étaient humiliés des empereurs souillés du sang des peuples ; tribune pacifique et tutélaire qui, plus d'une fois, donna refuge à ses plus mortels ennemis ; tribune où furent longtemps défendus des intérêts partout abandonnés, et qui, seule, plaidait éternellement la cause du pauvre contre le riche, du faible contre l'oppresseur, et de l'homme contre lui-même.

» Là, tout s'ennoblit et se divinise ; l'orateur, maître des esprits qu'il élève et qu'il consterne tour à tour, peut leur montrer quelque chose de plus grand que la terre et de plus effrayant que la mort ; il peut faire descendre du haut des cieux une éternelle espérance sur ces tombeaux où Périclès n'apportait que des regrets et des larmes. Si, comme l'orateur romain, il célèbre les guerriers de la légion de Mars, tombés au champ de bataille, il donne à leur âme cette immortalité que Cicéron

n'osait promettre qu'à leur souvenir ; il charge Dieu lui-même d'acquit-
ter la reconnaissance de la patrie. Veut-il se renfermer dans la prédica-
tion évangélique? Cette science de la morale, cette expérience de
l'homme, ces secrets des passions, étude éternelle des philosophes et
des orateurs anciens, doivent être dans sa main. C'est lui, plus encore
que l'orateur de l'antiquité, qui doit connaître tous les détours du cœur
humain, toutes les vicissitudes des émotions, toutes les parties sensibles de l'âme, non pour exciter ces affections violentes, ces animosités
populaires, ces grands incendies de passions, ces feux de vengeance et
de haine où triomphait l'antique éloquence, mais pour apaiser, pour
adoucir, pour purifier les âmes. Armé contre toutes passions, sans
avoir le droit d'en appeler aucune à son secours, il est obligé de créer
une passion nouvelle, s'il est permis de profaner, par le nom, le sentiment profond et sublime qui, seul, peut tout vaincre et tout remplacer dans les cœurs; l'enthousiasme religieux qui doit donner à son
accent, à ses pensées, à ses paroles, plutôt l'inspiration d'un pro-
phète que le mouvement d'un orateur. » *(Discours d'ouverture, 1822.)*

Un troisième professeur de littérature fait encore chérir sa voix dans
les cours de Paris, c'est M. Tissot, amant fidèle de Virgile et d'Horace.
Son style est pur, comme on peut s'en convaincre en lisant les portraits suivants de Charlemagne, de François Ier, de Charles IX et de
Catherine de Médicis, tous morceaux appartenant au genre historique.

Un génie vaste, et non pas démesuré, la profondeur des desseins,
la rapidité de leur exécution, une constance toute romaine, l'autorité
dans le commandement et le talent d'élever les hommes au-dessus

d'eux-mêmes, placent le fi's de Pepin-le-Bref au rang des plus illustres capitaines. On parle de la fortune d'Alexandre ; celle de Charlemagne fut dans sa prudence. Jamais il ne se laissa emporter plus loin que les bornes qu'il s'était prescrites, l'enivrement des succès ne le jetait point dans ces extrémités où la plupart des conquérants périssent par leur faute. Toute sa vie il se souvint qu'il était homme, et n'entreprit jamais au-delà de l'humanité ; mais entre ses guerres, celle des Saxons, qui dura trente ans, restera comme une tache éternelle à sa mémoire. La vengeance, le prosélytisme, une espèce de fureur en lui allumée par une résistance qui devait toucher sa grande âme, changèrent en un monstre de cruauté un prince capable de clémence envers les autres peuples, et même envers des hommes qui auraient attenté à sa vie. Quel noble rôle joue en face de l'oppresseur de la Saxe le peuple qui lassa la constance du plus puissant des princes, et ne se laissa éblouir ni par la magnificence du trône, ni par la pompe des cérémonies religieuses à l'aide desquelles on voulait lui faire abjurer le culte de ses pères ! Et quel nom à opposer à Charlemagne que celui du généreux Witikind, le rival, l'imitateur des anciens héros de la Germanie ! Comme prince, Charles ne mérite que des éloges... Vraiment religieux, il eut beaucoup de déférence pour le saint-siége, mais il se réserva toujours le droit de confirmer l'élection des papes : il fut le protecteur et non l'esclave de Rome. Il honorait le sacerdoce, mais en mettant les évêchés, les abbayes au prix du savoir, il réprimait à la fois la licence des prêtres et l'orgueil des grands. Si l'esprit du siècle l'entraîna quelquefois dans les mêmes fautes que les empereurs d'Orient au sujet des hérésies, sa raison lui servit de modérateur et l'empêcha de confondre la religion avec la superstition. Fondateur d'un pouvoir immense que ses exploits et sa gloire agrandissaient chaque jour, il voulut y mettre des bornes : il rétablit les assemblées nationales et respecta la liberté de leurs délibérations en évitant d'y porter la plus légère atteinte. » *(Introduction des Fastes civils de la France.)*

« François Ier avait le courage d'un soldat, l'enthousiasme d'un héros, la générosité d'un chevalier, la galanterie d'un Espagnol, la politesse et les vices d'un aimable courtisan, et la prodigalité d'un héritier du trône qui n'est jamais entré dans une chaumière. L'éducation n'avait pu corriger en lui un discernement médiocre, le désir insatiable des conquêtes, l'amour de tous les plaisirs, un naturel impétueux et la témérité sans bornes unie à la faiblesse de caractère. Un mauvais génie lui opposa des rivaux que la prudence des conseils et leur situation défendaient contre lui ; il eut à lutter contre les plus ambitieux, les plus puissants et les plus fourbes des princes ; ses succès, ses revers, son administration, son règne enfin, tout est expliqué d'avance. S'il gagne avec beaucoup de gloire sa bataille de Marignan, il doit perdre celle de Pavie ou toute autre, et restera prisonnier de son plus cruel ennemi ; une longue captivité ne changera pas son imprudence et ses desseins ; malgré ses échecs multipliés, il voudra toujours reconquérir l'Italie ; attaqué de toutes parts, il défendra la France avec le courage d'un lion ; mais au sortir d'un péril, il la jettera dans un autre. Avec un tel guide, tout sera perdu en quelques années, s'il ne vient quelques secours du dehors. » *(Introduction des Fastes civils de la France.)*

» Quel assemblage de contradictions dans ce Charles IX, hypocrite et violent, despotique et façonné à l'obéissance, défendant au parlement de se mêler des affaires politiques, et capable d'écouter la voix de L'Hôpital qui lui parle des droits de la nation! Il déteste les Guise, et leur confie son autorité; il respecte Coligny comme un père et consent à l'assassiner; jaloux de l'ascendant de sa mère, il obéit sans cesse et ne se révolte qu'au bout de treize ans de servitude, pendant lesquels il ne fait paraître que des accès de colère. Le commerce des lettres, l'amour des arts ne peuvent dompter en lui un instinct de férocité qui éclate enfin lorsque le moment est venu d'assouvir sa soif du sang. Alors sa fureur ne se contient plus, il tire sur ses propres sujets qui fuient la mort; il se promène au milieu des scènes de carnage, et va contempler à Montfaucon les restes mutilés de l'amiral, suspendus aux fourches patibulaires! Voilà l'ouvrage des corrupteurs d'un roi et des leçons de Catherine de Médicis! Quel monstre que cette femme cruelle et débauchée, ambitieuse et impie! elle remplit la cour et la France de ses intrigues, la guerre civile est le fruit de sa perfidie, et quand les maux sont parvenus à leur comble, quand il n'y a plus de remède au péril où elle a engagé le gouvernement, quand elle a lancé son fils dans les chaînes qu'il ne peut briser que par un crime, elle prépare un massacre au milieu d'une fête et cache les arrêts de mort sous des carresses : les victimes de Tibère lisaient au moins leur sort sur le front de leur juge. » (Coup-d'œil historique des Fastes civils de la France).

Puisque plusieurs portraits viennent de nous entraîner dans le domaine de l'histoire, parlons un instant de Châteaubriand, qui s'est fait remarquer comme le premier écrivain prosateur existant encore. Les voyages, la morale, la politique, l'histoire et même la poésie ont tour à tour occupé son génie; d'abord sa plume, abandonnée à tout le débordement d'une imagination vive, a rendu souvent, dans quelques-uns de ses premiers ouvrages, des faits plus ou moins ordinaires, avec des expressions bizarres, étonnées de se trouver les unes à côté des autres; ses couleurs brillantes étaient forcées, souvent même de mauvais goût; cependant une hardiesse a produit une foule de choses nouvelles, et des effets magiques se sont rencontrés dans ses descriptions et ses peintures. La difficulté de ne pas errer dans une voie que nul être vivant n'avait encore frayée a fini par dégoûter M. de Châteaubriand lui-même, et infidèle au genre nouveau qu'il avait créé, il a épuré son style en vieillissant et s'est placé au premier rang de nos écrivains. Mais c'est justement à cause de cette place distinguée que M. de Châteaubriand occupe dans notre littérature, que nous allons parler de lui avec quelques détails. Dabord, étudions-le dans ce genre nouveau qu'il fit surgir, en publiant son *Génie du Christianisme* et ses *Martyrs*, ouvrages en prose, semblant vouloir appartenir par leur composition particulière, sinon à la poésie, du moins à cette spécialité que nous appelons poëme, quoiqu'il ne puisse sérieusement en exister qu'en vers plus ou moins bien faits, et cela nonobstant le dire des personnes tenant à ranger parmi les poëmes certains ouvrages en prose célébrant les faits de quelque héros, comme le Télémaque de Fénelon.

Tâchons de faire comprendre les volontés, les beautés et même les défauts du célèbre auteur des Martyrs; car plus il est grand, et plus il doit être soigneusement étudié. Avec les meilleurs intentions, avec la meilleure bonne foi, M. de Châteaubriand, dans ses deux premiers ouvrages, crut pouvoir avancer et essaya de prouver par leur publication que la religion chrétienne est plus favorable que le paganisme au développement des caractères et au jeu des passions dans l'épopée, et qu'en outre le merveilleux de cette religion pouvait *peut-être* lutter contre le merveilleux emprunté de la mythologie.

Cependant qu'il nous soit permis, avec quelques critiques, dans l'intérêt de notre littérature et afin que l'on ne puisse s'appuyer du nom et des idées d'un pareil écrivain pour corrompre le goût, et nous élever contre ces propositions, qui d'ailleurs ne furent émises par leur auteur que comme un simple doute.

Non, jamais la religion chrétienne, dans sa stricte exécution, ne devra favoriser le jeu des passions, malgré le dire de M. de Châteaubriand, puisque jamais elle ne doit se présenter que pour combattre ces passions et pour tâcher de nous en préserver. Le ciel du chrétien n'offre qu'une protection absolue et sévère, inaltérable et ne pouvant inspirer d'autre sentiment que le respect, le recueillement et l'humilité. Aucun personnage de ce ciel ne peut servir à personnifier les actions humaines ; et Jésus-Christ, la Vierge, les anges et les saints doivent pieusement rester investis de leur auréole sacrée et ne peuvent se prêter à nos fantaisies de poète ; ou bien alors, au lieu d'élever, nous rabaissons cette religion et tous ces personnages qui veulent impérieusement toujours être entourés d'un profond respect.

Le paganisme, au contraire, ne vivait que de passions, de sensations vives, de désordres et de mouvements tumultueux, qualités essentielles pour la poésie ; le ciel des païens était rempli de vertus et de vices de toutes nuances : tous les êtres métaphysiques s'y trouvaient personnifiés, et Thémis et Vénus étaient devenus les divinités auxquelles étaient soumises la justice ou la beauté.

Si, au contraire, on croit pouvoir mêler ensemble au profit de la poésie la religion païenne au christianisme ; si la Vierge pendant ses couches devient Lucienne, et si Jésus-Christ peut être nommé indifféremment Apollon ou Jupiter ; alors nous faisons rétrograder notre littéra-

ture, nous retombons dans la barbarie et nous insultons à notre religion.

Dépouillé ainsi de ce qui peut lui donner quelques inspirations, est-
il possible à l'écrivain de soutenir que le merveilleux de la religion
chrétienne puisser lutter avec le merveilleux de la mythologie païenne?
nous ne le pensons pas; autrement, il faut ne considérer Jéhova, par exemple, que comme Jupiter; ne reconnaître le christianisme que comme
une simple imitation des religions anciennes, et cette idée toujours in-
sultante pour la religion moderne choquera naturellement beaucoup
trop tout homme religieux, pour qu'il soit tenté de rabaisser ainsi le
principe de ses croyances, en voulant s'entêter à lui prêter un merveilleux factice. En effet comment pourra-t-on jamais, sans blesser le bon
goût et la religion, remplacer le merveilleux des dieux du paganisme
par le merveilleux des anges chrétiens? l'un de ces anges est-il plus
puissant que l'autre? seraient-ils maintenant doués d'un pouvoir particulier? ne seraient-ils plus les simples envoyés de Dieu, n'ayant pas d'autre volonté que la sienne; n'étant plus soumis à la même puissance ni
mus par la même impulsion? impossible, et peu importe qu'il y en
ait des millions ou un seul, car ils sont tous moralement les mêmes.
Dans une bataille, par exemple, les uns ne pourront pas protéger tel
combattant, tandis que d'autres se rangeront pour son adversaire, puisqu'ils ne pourront être de chaque côté que les représentants de la même
volonté divine; chez les païens, au contraire, la puissance graduée des
dieux du premier ordre jusqu'à celle des demi-dieux, laisse au poète
l'avantage de pouvoir faire armer ces dieux les uns contre les autres
ou de pouvoir leur faire créer de grandes choses à l'envi les uns des autres, et par conséquent carrière bien plus grande est ouverte au merveilleux.

Cependant, que l'on ne pense pas que la religion chrétienne ne puisse pas donner quelques heureuses inspirations au poëte; les vertus et les vices sont assez caractérisés dans toute religion, pour offrir des idées grandes, majestueuses, et qui sans être entourées du merveilleux magique qu'elles trouveraient dans la mythologie païenne, peuvent encore donner à l'écrivain le sujet de belles et magnifiques pages. Ce fait a même trompé M. de Châteaubriand, et, séduit en outre par le style brillant de ses propres écrits, il a cru pouvoir avancer les assertions contre lesquelles nous avons dû nous élever. Si la puissance du style de M. de Châteaubriand a été aussi grande sur lui-même, à bien plus forte raison elle agit avec une séduction plus grande encore sur l'esprit du lecteur. Dans ce style indéfinissable et inconnu jusqu'à lui, il sait avec un charme tout particulier, forcer l'attention à ne pas s'apercevoir de suite de ce qu'il y a de faux et de mauvais goût dans les phrases où on le voit continuellement embellir le désert, peupler de fantômes de vastes solitudes, peindre la mort et le tombeau, unir l'amour et la religion, le roman à la vérité, les images mythologiques aux exhortations chrétiennes; et pourtant, je le répète, M. de Châteaubriand était trop instruit et trop sincèrement pieux, pour avoir jamais pensé, en écrivant ses Martyrs ou son Génie du Christianisme, qu'il insultait au bon goût et même à sa religion; mais il a été entraîné par une idée fixe.

Cette erreur a été d'autant plus nuisible pour les écrivains qui l'ont suivi, que non seulement ils ont emprunté ce qu'il y avait de faux dans cette idée, mais qu'ils ont même adopté ce qu'il y avait de mauvais goût dans un style que son auteur, avec l'âge, est venu corriger et perfectionner, au point d'arriver à mériter la première place parmi nos écrivains contemporains.

Riche des souvenirs que lui avaient laissés les modèles de l'antiquité, et doué d'une imagination vive, brillante et profondément mélancolique, M. de Châteaubriand s'est formé un style enchanteur; il répand le plus grand charme sur la plupart des objets qu'il décrit, surtout quand il veut s'arrêter à temps; toujours élégant et souvent trop, il est quelquefois admirable quand il ne dédaigne pas la simplicité, et son audace a su avec habileté transporter dans notre langue des beautés étrangères et poétiques; mais cependant le bon goût n'a point continuellement ratifié le succès de ses hardiesses.

Quelles sont donc ces fautes? nous demandera le jeune homme qui viendra de dévorer quelques pages brillantes de cet écrivain, sans avoir eu le temps de réfléchir à la fausseté des images, ou au mauvais goût des mots qui viennent de passer si rapidement sous ses yeux. Nous allons les indiquer en cumulant pour ainsi dire des exemples, et cela, bien entendu, non pas pour rabaisser notre premier génie, mais seulements pour montrer ses écarts.

Ainsi, quoique les Martyrs sortent de la plume d'un homme pieux, nourri de la lecture des saints Pères et mettant sa gloire dans la dévotion, il a pourtant commis la faute grave, il faut l'avouer, d'y faire asseoir Jupiter auprès de Jéhova, Homère près de Moïse, d'y mêler la vie des saints aux hymnes de Bacchus et de Vénus, et les actes des martyrs aux chants profanes du paganisme; d'y avoir enfin mélangé le merveilleux des faux dieux à celui du christianisme; ce qui n'est pas seulement contre les règles du bon goût, mais contre celles du rigorisme religieux.

Maintenant si l'on veut savoir ce qu'il faut se garder d'imiter et qui pourtant se rencontre trop souvent dans le style du Génie du christianisme et des Martyrs, que l'on parcoure les fragments de phrases que nous allons faire suivre en soulignant les mots dont se choquerait le goût le plus indulgent, et l'on aura une juste idée de ce qu'il faut éviter. Ainsi, par exemple, *un désert qui semble respirer les épouvantements de la mort.* — *Il y a des larmes au fond de toute histoire.* — *Le cœur de l'homme est comme l'éponge du fleuve*, qui tantôt boit une onde pure, tantôt s'enfle d'une eau bourbeuse. — *Ne sommes-nous pas suspendus dans le présent, entre le passé et l'avenir, comme sur un rocher entre deux gouffres?* — Nous restons en contemplation, jusqu'à ce que *la lune répande dans le bois ce grand secret de la mélancolie qu'elle aime à raconter aux vieux chênes.* — Dieu est le *célibataire des mondes, le grand esprit, le vieillard des foudres, le grand secret de la nature.* — Ce jour *né du sein des tempêtes ne laisse tomber sur mon front que des soucis, des regrets et des cheveux blancs.* — *Le désert qui paraît muet de douleur.* — Serai-je donc privé de voir cette terre antique *retentissante de la voix des siècles?* — Des *buissons qui se dessinent comme des ruisseaux de fleurs.* — Le *désert qui se glisse...* Là nous nous arrêtons, et ce peu de mots suffira pour faire comprendre les erreurs de M. Châteaubriand : passons donc à présent à ses beautés, l'on peut considérer comme un modèle de style le caractère de Louis XI et le tableau des mœurs sous les Valois ; celui du règne de Louis XV, et son allégorie de la mort; ainsi que dans le genre philosophique, sa description des nids des oiseaux, et sa définition des révolutionnaires, définition présentant bien l'influence sous laquelle l'auteur a tracé ces lignes et la verve à laquelle il se laisse entraîner quand il écrit d'inspiration.

« En tout, Louis XI était ce qu'il fallait qu'il fût pour accomplir son œuvre. Né à une époque sociale où rien n'était achevé et où tout était commencé, il eut une forme monstrueuse, indéfinie, toute particulière à lui, et qui tenait des deux tyrannies entre lesquelles il paraissait. Une preuve de son énergie sous cette enveloppe, c'est qu'il craignait la mort et l'enfer, et que pourtant il surmontait cette frayeur quand il s'agissait de commettre un crime. Il est vrai qu'il espérait tromper Dieu comme les hommes ; il avait des amulettes et des reliques pour toutes les sortes de forfaits... Louis XI vint en son lieu et en son temps : il y a une si grande force dans cet à-propos, que le plus vaste génie hors de sa place peut-être frappé d'impuissance, et que l'esprit le plus rétréci, dans telle position donnée, peut bouleverser le monde. » *(Etudes historiques.)*

« La débauche et la cruauté sont les deux caractères distinctifs de l'ère des Valois.

» A la saint Barthélemy, sans parler du meurtre général, un nommé Thomas se vantait d'avoir massacré quatre-vingts huguenots dans un seul jour. Coconnas épouvanta Charles IX lui-même par son récit : il avait racheté trente huguenots des mains du peuple, et les avait tués à petits coups de stylet, après leur avoir fait abjurer leur foi sous promesse de la vie. Le parfumeur de Catherine de Médicis, homme confit en toutes sortes de cruautés et de méchancetés, allait aux prisons poignarder les huguenots, et ne vivait que de meurtres, brigandages et empoisonnements.

» On entretenait des assassins à gages comme des domestiques : les Guises en avaient, les Châtillons en avaient, les rois en avaient, tous ceux qui les pouvaient payer en avaient, et ces assassins connus n'étaient pas ou étaient rarement punis. Charles IX, son frère (roi de Pologne, et depuis Henri III), Henri roi de Navarre, et le bâtard d'Angoulême, étant allés dîner chez Nantouillet, prévôt de Paris, lui volèrent sa vaisselle d'argent. Ce jour-là même Nantouillet avait caché chez lui quatre coupe-jarrets pour commettre un meurtre qu'ils exécutèrent : ces quatre hommes, entendant le fracas que faisaient les rois et se croyant découverts, furent au moment de sortir de leur repaire le pistolet à la main.

(Marguerite de Valois fit poignarder dans son lit Du Gouart, favori de Henri III.)

» Outre ces assassins à gages on s'attachait des braves qui se provoquaient entre eux, et qui ressuscitèrent les gladiateurs gaulois ; ces jeunes gentilshommes, qui s'attachaient à des maîtres, passaient les jours dans les salles basses du Louvre à tirer des armes, ou dans la campagne à franchir des fossés, à manier le pistolet et la dague. Les amis se liaient par des serments terribles : quand un ami faisait une absence, l'ami restant prenait le deuil, laissait croître sa barbe, se refusait à tous plaisirs et paraissait plongé dans une mélancolie profonde. Les femmes entraient dans ces associations romanesques : au signal de sa maîtresse, il fallait se précipiter dans une rivière sans savoir nager, se livrer aux bêtes féroces, ou se déchiqueter avec un poignard.

Les mœurs de Henri III et de sa cour ne ressemblent en rien à ce que nous avons vu jusqu'ici dans l'histoire de France : on retrouve avec étonnement au milieu de la société moderne une espèce d'Héliogabale chrétien; les petits chiens, les perroquets, les habillements de femmes, les mignons, les processions de pénitents, remplissent, avec les duels, les assassinats et les faits d'armes, les pages de ce règne d'un monarque si loin des rois féodeaux.

» Henri III faisait joutes, ballets et tournois, et force mascarades, où il se trouvait ordinairement habillé en femme, ouvrait son pourpoint et découvrait sa gorge, y portait un collier de perles et trois collets de toile, deux à fraise et un renversé, ainsi que lors les portaient les dames de la cour.

» Dans un festin somptueux, les femmes, vêtues en habits d'hommes, firent le service ; et dans un autre festin les plus belles et honnêtes de la cour, étant à moitié nues et ayant leurs cheveux épars comme épousées, furent employées à faire le service.

» Thomas Arthur nous représente Henri III couché dans un lit large et spacieux, se plaignant qu'on le réveille trop tôt à midi, ayant un linge et un masque sur le visage, des gants dans les mains, prenant un bouillon et se replongeant dans son lit. Dans une chambre voisine, Caylus, Saint-Mesgrin et Maugiron se font friser, et achèvent la toilette la plus correcte : on leur arrache le poil des sourcils, on leur met des dents, on leur peint le visage, on passe un temps énorme à les habiller et à les parfumer ; ils partent pour se rendre là a chambre de Henri III, branlant tellement le corps, la tête et les jambes, que je croyais à tout propos qu'ils dussent tomber de leur long.... ils trouvaient cette façon-là de marcher plus belle que pas une autre.

» La race des Valois fut une race lettrée, spirituelle, protectrice des arts qu'elle sentait bien ; nous lui devons nos plus beaux monuments. Jamais dans aucun pays et à aucune époque l'application de la statuaire à l'architectonique n'a été poussée plus loin qu'en France au seizième siècle : Athènes n'offre rien de supérieur aux cariatides du Louvre. Louis

XIV regardait les artistes comme des ouvriers, François Ier comme des amis. Louis XIV, plus véritablement souverain que les Valois, leur fut inférieur en intelligence et en courage. Autour de François II, de Charles IX, de Henri III, on aperçoit encore les restes indépendants de l'aristocratie ; autour de Louis le Grand, les descendants des fiers seigneurs de la Ligue ne sont plus que des courtisans, troquant l'orgueil de leur indépendance contre la vanité de leurs noms, mettant leur honneur à servir, ne tirant plus l'épée que dans la cause d'un maître. Henri IV lui-même a quelque chose de moins royal et de moins noble que les princes dont il reçut la couronne : tous ensemble sont effacés par les Guises, véritables rois de ces temps.

» La vérité religieuse, sous le règne des derniers Valois, lutta corps à corps avec la vérité philosophique et la terrassa, il y eut choc entre le passé et l'avenir ; le passé triompha, parce qu'il mit les Guises à la tête. (*Etudes historiques.*)

⸺

« La société entière se décomposa, les hommes d'état devinrent des hommes de lettres ; les hommes de lettres devinrent des hommes d'état ; les grands seigneurs, des banquiers ; les fermiers-généraux, de grands-seigneurs. Les modes étaient aussi ridicules que les arts étaient de mauvais goût ; on peignait des bergères en paniers dans les salons, où les colonels brodaient. Tout était dérangé dans les esprits et dans les mœurs, signes certains d'une révolution prochaine. Les magistrats rougissaient de porter la robe, et tournaient en moquerie la gravité de leurs pères ; les prêtres en chaire évitaient le nom de Jésus-Christ, et ne parlaient plus que du législateur des chrétiens ; les ministres tombaient les uns sur les autres, le pouvoir glissait de toutes les mains ; le

suprème bon ton était d'être anglais à la cour, prussien à l'armée, tout
enfin, excepté français. Ce que l'on disait, ce que l'on faisait, n'était
qu'une suite d'inconséquences ; on prétendait garder des abbés comman-
dataires, et l'on ne voulait plus de religion ; nul ne pouvait être officier
s'il n'était gentilhomme, et l'on déblatérait contre la noblesse ; on intro-
duisait l'égalité dans les salons, et les coups de bâton dans les camps.

» La société avait quelque chose de puéril comme la société romaine
au moment de l'invasion des barbares. Au lieu de faire des vers dans les
cloîtres on en faisait dans les boudoirs ; avec un quatrain on était illustre.
L'intrigue élevait et renversait chaque jour les ministres : ces créatures
éphémères qui apportaient dans le gouvernement leur ineptie, y apportaient encore un esprit antipathique à celles qui les avaient précédées ;
de là ce changement continuel de systèmes, de projets, de vues. Ces
nains politiques étaient suivis d'une nuée de commis, de laquais, de
flatteurs, de comédiens, de maîtresses. Tous ces êtres d'un moment se
hâtaient de sucer le sang du misérable qui s'abîmait bientôt devant
une génération d'insectes aussi fugitive et dévorante que la première.

» Tandis que le peuple perdait à la fois ses mœurs, son ignorance,
sourde au bruit d'une vaste monarchie qui croulait en bas, la cour se
plongeait plus que jamais dans un despotisme qu'elle n'avait plus la
force d'exercer. Au lieu d'élargir ses plans, d'élever ses pensées en
progression relative à l'accroissement des lumières, elle rétrécissait ses
préjugés, ne savait ni se soumettre au mouvement des choses, ni s'y
opposer avec vigueur. Cette misérable politique, qui fait qu'un gouvernement se resserre, quand l'esprit public s'étend, est remarquable en
toute révolution : c'est vouloir inscrire un grand cercle dans une petite
circonférence, le résultat est certain. La tolérance s'accroît, et les prêtres
font juger et exécuter un jeune homme qui, dans une orgie, avait insulté

un crucifix. Le peuple se montre incliné à la résistance, et tantôt on lui cède mal à propos, tantôt on le contraint imprudemment ; l'esprit de liberté paraît, et on multiplie les lettres de cachet. A voir le monarque endormi dans la volupté, des courtisans corrompus, des ministres méchants et imbéciles, des philosophes, les uns sapant la religion, les autres l'état, des nobles ou ignorants ou atteints des vices du jour, des ecclésiastiques à Paris la honte de leur ordre, dans les provinces pleins de préjugés, on eût dit une foule de manœuvres empressés à démolir un grand édifice... » (CHATEAUBRIAND, *Etudes historiques. Analyse raisonnée de l'Histoire de France.*)

<hr />

« Un fantôme s'élance sur le seuil des portes inexorables ; c'est la mort. Elle se montre comme une tache obscure sur les flammes de Cachata qui brûlent derrière elle ; son squelette laisse passer les rayons livides de la lumière infernale entre les creux de ses ossements. Sa tête est ornée d'une couronne changeante dont elle dérobe les joyaux aux peuples et aux rois de la terre. Quelquefois elle se pare des lambeaux de la pourpre et de la bure dont elle a dépouillé le riche et l'indigent. Tantôt elle vole, tantôt elle se traîne ; elle prend toutes les formes, même celles de la beauté. On la croirait sourde, et toutefois elle entend le plus petit bruit qui décèle la vie ; elle paraît aveugle et pourtant elle découvre le moindre insecte rampant sous l'herbe. D'une main elle tient une faux comme un moissonneur, de l'autre elle cache la seule blessure qu'elle ait jamais reçue, et que le Christ vainqueur lui porta dans le sein, au sommet du Golgotha. C'est le crime qui ouvre les portes de l'enfer, et c'est la mort qui les referme... » *Les Martyrs.)*

« Une admirable providence se fait remarquer dans les nids des oiseaux. On ne peut contempler sans être attendri cette bonté divine qui donne l'industrie au faible et l'imprévoyance à l'insouciant.

» Aussitôt que les arbres ont développé leurs fleurs, mille ouvriers commencent leurs travaux, ceux-ci portent de longues pailles dans le trou d'un vieux mur ; ceux-là maçonnent des bâtiments aux fenêtres d'une église, d'autres cherchent un crin à une cavale ou un brin de laine que la brebis a laissé suspendu à la ronce. Il y a des bûcherons qui croisent des branches dans la cime d'un arbre, il y a des filandières qui recueillent la soie sur un chardon. Mille palais s'élèvent et chaque nid voit des métamorphoses charmantes : un œuf brillant, ensuite un petit couvert de duvet. Ce nourrisson prend des plumes, sa mère lui apprend à se soulever sur sa couche, bientôt il va jusqu'à se pencher sur le bord de son berceau, d'où il jette un premier coup d'œil sur la nature. Effrayé et ravi, il se précipite parmi ses frères, qui n'ont point encore vu ce spectacle ; mais rappelé par la voix de ses parents, il sort une seconde fois de sa couche, et ce jeune roi des airs, qui porte encore la couronne de l'enfance autour de sa tête, ose déjà contempler le vaste ciel, la cime verdoyante des pins, et les abîmes de verdure au-dessous du chêne paternel. *(Génie du christianisme.)*

Il existe deux sortes de révolutionnaires, les uns désirent la révolution avec la liberté : c'est le très-petit nombre ; les autres veulent la révolution avec le pouvoir : c'est l'immense majorité ; nous nous faisons illusion, nous croyons de bonne foi que la liberté est notre idole : erreur. L'égalité et la gloire sont les deux passions de la patrie. Notre génie, c'est le génie militaire ; la France est un soldat. On a voulu les libertés tant qu'elles ont été en opposition à un pouvoir qu'on n'aimait pas, et qui semblait prendre à tâche de contrarier les idées nationales : le pouvoir abattu, ces libertés obtenues, qui se soucie d'elles, si ce n'est moi et une centaine de béats de mon espèce ? à la plus petite émeute qui n'est pas dans un journal, le plus fier partisan de la liberté de la presse, invoque tout haut ou tout bas la censure. Croyez-vous que ces docteurs qui jadis nous démontraient l'excellence des lois d'exception, puis qui devinrent épris de la liberté de la presse quand ils furent tombés, qui se vantent aujourd'hui d'avoir toujours combattu en faveur des libertés, croyez-vous qu'ils ne soient pas enclins à revenir de leur première tendresse pour une sage liberté ? Ce qui dans leur bouche voulait dire la liberté à livrée ministérielle, chaîne ou plaque au cou, transformée en huissier de la chambre ? Ne les entend-on pas déjà répéter l'ancien adage de l'impuissance : qu'il est impossible de gouverner comme cela.

Veut-on connaître la manière de peindre de M. de Châteaubriand, prenons son *Voyage en Amérique*, et lisons seulement quelques morceaux nous offrant les tableaux d'Apalachucla, un orage, un fragment de lettre sur l'éducation des sauvages du Niagara et le coucher du soleil, alors nous aurons une idée de la masse de couleurs qu'il met sur sa palette et de l'art avec lequel il les dispose sur la toile.

« Il serait difficile d'imaginer rien de plus beau que les environs d'Apalachucla, la ville de la paix. A partir du fleuve Chata-Uke, le terrain s'élève en se retirant à l'horizon du couchant ; ce n'est pas par une pente uniforme, mais par des espèces de terrasses posées les unes sur les autres.

» A mesure que vous gravissez de terrasses en terrasses, les arbres changent selon l'élévation du sol ; au bord de la rivière, ce sont des chênes-saules, des lauriers et des magnolias ; plus haut des sassafras et des platanes ; plus haut encore des ormes et des noyers ; enfin, la dernière terrasse est plantée d'une forêt de chênes, parmi lesquels on remarque l'espèce qui traîne de longues mousses blanches. Des rochers nus et brisés surmontent cette forêt.

» Des ruisseaux descendent en serpentant de ces rochers, coulent parmi les fleurs et la verdure, ou tombent en nappe de cristal.

» Au pied de cet amphithéâtre est une plaine où paissent des troupeaux de taureaux européens, des escadrons de chevaux de race espagnole, des hordes de daims et de cerfs, des bataillons de grues et de dindes, qui marquent de blanc et de noir le fond vert de la savane. Cette association d'animaux domestiques et sauvages, les huttes siminoles où l'on remarque les progrès de la civilisation à travers l'ignorance indienne, achèvent de donner à ce tableau un caractère que l'on ne trouve nulle part.., » (CHATEAUBRIAND, *Voyage en Amérique.*)

« Le soleil se couvre, les premiers roulements du tonnerre se font entendre ; les crocodiles y répondent par un sourd gémissement, comme un tonnerre répond à un autre tonnerre. Une immense colonne de nuages s'étend au nord-est et au sud-est ; le reste du ciel est d'un cuivre sale, demi-transparent et teint de la foudre. Le désert éclairé d'un jour faux, l'orage suspendu sur nos têtes et près d'éclater, offrent un tableau plein de grandeur ; voilà l'orage ! Qu'on se figure un déluge de feu sans vent et sans eau, l'odeur de soufre remplit l'air ; la nature est éclairée comme à la lueur d'un embrasement.

» A présent les cataractes de l'abîme s'ouvrent ; le grains de pluie ne sont point séparés, un voile d'eau unit les nuages à la terre... » (CHATEAUBRIAND, *Voyage en Amérique.*)

« A quelque distance de jeunes garçons se débattaient, mais au milieu de leurs jeux, en sautant, en courant, en lançant des balles, ils ne prononçaient pas un mot. On n'entendait point l'étourdissante criallerie des enfants européens ; ces jeunes sauvages bondissaient comme des chevreuils, et ils étaient muets comme eux. Un grand garçon de sept ou huit ans se détachant quelquefois de la troupe, venait téter sa mère et retournait avec ses camarades.

» L'enfant n'est pas sevré de force ; après s'être nourri d'autres aliments, il épuise le sein de sa mère comme la coupe que l'on vide à la fin du banquet. Quant la nation entière meurt de faim, l'enfant trouve encore au sein maternel une source de vie. Cette coutume est peutêtre une des causes qui empêchent les tribus américaines de s'accroître autant que les familles européennes.

» Les pères ont parlé aux enfants, les enfants ont répondu aux pères. Je me suis fait rendre compte du colloque par mon Hollandais. Voici ce qui s'est passé.

Un sauvage d'une trentaine d'années a appelé son fils et l'a invité à sauter moins fort; l'enfant a répondu : C'est raisonnable. Et sans faire ce que le père lui disait, il est retourné au jeu.

» Le grand père de l'enfant l'a appelé à son tour et lui a dit : *Fais cela,* et le petit garçon s'est soumis. Ainsi l'enfant a désobéi à son père qui le *priait*, et a obéi à son aïeul qui lui *commandait*. Le père n'est presque rien pour l'enfant.

» On n'inflige jamais une punition à celui-ci, il ne reconnaît que l'autorité de l'âge et celle de sa mère. Un crime réputé affreux et sans exemple parmi les Indiens, est celui d'un fils rebelle à sa mère. Lorsqu'elle est devenue vieille, il la nourrit.

» A l'égard du père, tant qu'il est jeune, l'enfant le compte pour rien, mais lorsqu'il avance dans la vie, son fils l'honore, non comme un père, mais comme un vieillard, c'est-à-dire comme un homme de bon conseil et d'expérience.

» Cette manière d'élever les enfants dans toute leur indépendance devrait les rendre sujets à l'humeur et aux caprices ; cependant les enfants des sauvages n'ont ni caprices ni humeur, parce qu'ils ne désirent que ce qu'ils savent obtenir. S'il arrive à un enfant de pleurer pour quelque chose que sa mère n'a pas, on lui dit d'aller prendre cette chose où il l'a vue ; or, comme il n'est pas le plus fort et qu'il sent sa faiblesse, il oublie l'objet de sa convoitise. Si l'enfant sauvage n'obéit à personne, personne ne lui obéit, tout le secret de sa gaîté et de sa raison est là.

» Les enfants indiens ne se querellent point, ne se battent point ; ils ne sont ni bruyants, ni tracassiers, ni hargneux ; ils ont dans l'air je ne sais quoi de sérieux comme le bonheur, de noble comme l'indépendance.

» Nous ne pourrions pas élever ainsi notre jeunesse, il nous faudrait commencer par nous défaire de nos vices ; or, nous trouvons plus aisé de les ensevelir dans le cœur de nos enfants, prenant soin seulement d'empêcher ces vices de paraître au-dehors.

» Quand le jeune Indien sent naître en lui le goût de la pêche, de la chasse, de la guerre, de la politique, il étudie et imite les arts qu'il voit pratiquer à son père ; il apprend alors à coudre un canot, à tresser un filet, à manier l'arc, le fusil, le casse-tête, la hache, à couper un arbre, à bâtir une hutte, à expliquer les *colliers*. Ce qui est amusant pour le fils devient une autorité pour le père ; le droit de la force et de l'intelligence de celui-ci est reconnu, et ce droit le conduit peu à peu au pouvoir du sachem.

» Les filles jouissent de la même liberté que les garçons ; elles font à peu près ce qu'elles veulent, mais elles restent davantage avec leurs mères, qui leur enseignent les travaux du ménage. Lorsqu'une jeune Indienne a mal agi, sa mère se contente de lui jeter des gouttes d'eau au visage et de lui dire : *tu me déshonores.* Ce reproche manque rarement son effet.

» Nous sommes restés jusqu'à midi à la porte de la cabane : le soleil était devenu brûlant. Un de nos hôtes s'est avancé vers les petits garçons et leur a dit : *Enfants, le soleil vous mangera la tête, allez dormir.* Ils se sont tous écriés : C'est juste.

» Et pour toute marque d'obéissance, ils ont continué de jouer, après être convenus que le soleil leur *mangeait la tête.* » (CHATEAUBRIAND. *Lettre écrite de chez les sauvages de Niagara.)*

« Dans les cieux , c'était des nuages de toutes les couleurs , les uns fixes imitant de gros promontoires ou de vieilles tours près d'un torrent ; un moment suffisait pour changer la scène aérienne ! on voyait alors des gueules de four enflammées, de grands tas de braise , des rivières de laves, des paysages ardents. Les mêmes teintes se répétaient sans se confondre ; le feu se détachait du feu , le jaune pâle du jaune pâle , le violet du violet : tout était éclatant, tout était enveloppé, pénétré , saturé de lumière. Mais la nature se joue du pinceau des hommes ; lorsqu'on croit quelle a atteint sa plus grande beauté , elle sourit et s'embellit encore... » (CHATEAUBRIAND. *Voyage en Amérique.)*

Dans le genre épistolaire , M. de Châteaubriand ne renonçait pas toujours au luxe du style, comme le prouvent les deux tableaux suivants, l'un présentant l'aspect de Rome et l'autre donnant une description plus détaillée de cette ville : « Là, il trouvera pour société une terre qui nourrira ses réflexions et qui occupera son cœur, des promenades qui lui diront toujours quelque chose. La pierre qu'il foulera aux pieds lui parlera, et la poussière que le vent élèvera sous ses pas renfermera quelque grandeur humaine ; s'il est malheureux, s'il a mêlé les cendres de ceux qu'il aima à tant de cendres illustres, avec quel charme ne passera-t-il pas du sépulcre des Scipions au tombeau d'un ami vertueux, du charmant mausolée de Cécilia Mételle au modeste cercueil d'une femme infortunée ! Il pourra croire que ces mânes chéris se plaisent à errer autour de ces monuments avec l'ombre d'un Cicéron, pleurant encore sa chère Tullie, ou d'une Agrippine, encore occupée de l'urne de Germanicus. S'il est chrétien, ah ! comment pourra-t-il alors s'arracher de cette terre qui est devenue sa patrie, de cette terre qui a vu naître un second empire plus saint dans son berceau, plus grand dans sa puissance que celui qui l'a précédé ; de cette terre enfin où les amis que nous avons perdus, dormant avec les saints dans les catacombes, sous l'œil du père des fidèles, paraissent devoir se réveiller les premiers dans leur poussière, et semblent plus voisins des cieux. » (*Extrait d'une lettre à M. de Fontanes*).

« Il serait difficile de trouver, dans le reste du monde, une vue plus étonnante et plus propre à faire naître de puissantes réflexions ; je ne parle pas de Rome dont on aperçoit les dômes, et qui seule dit tout, je parle seulement des lieux et des monuments renfermés dans cette vaste étendue. Voilà la maison où Mécène, rassasié des biens de la terre, mourut d'une maladie de langueur. Varus quitte ce beau côteau pour aller verser son sang dans les marais de la Germanie ; Cassius et Brutus abandonnèrent ces retraites enchantées pour bouleverser leur patrie ; sous ces hauts pins de Frascati, Cicéron dictait ses Tusculanes ; Adrien fit couler un nouveau Pénée au pied de cette colline, et transporta dans ces lieux les noms, les charmes et les souvenirs du vallon de Tempé. Vers cette source de la Solfatare, la reine captive de Palmyre acheva ses jours dans l'obscurité et sa ville d'un moment disparut dans le désert. C'est ici que le roi Latinus consulta le dieu Faune dans la forêt d'Albunée ; c'est ici qu'Hercule avait son temple, et que la sibylle Tiburtine dictait ses oracles ; ce sont là les montagnes des vieux Sabins, les plaines de l'antique Latium, terre de Saturne et de Rhée, berceau de l'âge d'or, chanté par tous les poètes ; riants côteaux de Ti-

bur et de Lucrétile, dont le seul génie français a pu retracer les grâces, et qui attendaient le pinceau du Poussin et de Claude Lorrain. »
(Ilideon).

Dans un de ses ouvrages majeurs, présentant l'itinéraire de ses
voyages en Orient, M. de Châteaubriand a puisé ses inspirations dans
le pays, et s'est empressé d'orner ses peintures de la magie du style ;
voici la description qu'il y a tracée de Constantinople. « Nous abordâmes
à Galata : je remarquai sur-le-champ le mouvement des quais, et la
foule des porteurs, des marchands et des mariniers ; ceux-ci annon-
çaient par la couleur diverse de leurs visages, par la différence de leurs
langages, de leurs habits, de leurs chapeaux, de leurs bonnets, de
leurs turbans, qu'ils étaient venus de toutes les parties de l'Europe et
de l'Asie habiter cette frontière des deux mondes. L'absence presque
totale des femmes, le manque de voitures à roues, et les meutes de
chiens sans maîtres, furent les trois caractères distinctifs qui me frappèrent d'abord dans l'intérieur de cette ville extraordinaire. Comme on
ne marche guère qu'en babouches, qu'on n'entend point de bruit de
carrosses et de charrettes, qu'il n'y a point de métiers à marteau, le
silence est continuel. Vous voyez autour de vous une foule muette, qui
semble vouloir passer sans être aperçue, et qui a toujours l'air de se
dérober aux regards du maître. Vous arrivez sans cesse d'un bazar à
un cimetière, comme si les Turcs n'étaient là que pour acheter, ven-
dre et mourir. Ces cimetières sans murs sont placés au milieu des
rues sous des bois magnifiques de cyprès, les colombes font leurs nids
dans les cyprès et partagent la paix des morts. On découvre çà et là

quelques monuments antiques, qui n'ont de rapport ni avec les hommes modernes, ni avec les monuments nouveaux dont ils sont environnés : on dirait qu'ils ont été transportés dans cette ville orientale par l'effet d'un talisman. Aucun signe de joie, aucune apparence de bonheur ne se montre à vos yeux : ce qu'on voit n'est pas un peuple, mais un troupeau qu'un iman conduit, et qu'un janissaire égorge. Il n'y a d'autres plaisirs que la débauche, d'autre peine que la mort. Au milieu des prisons et des bagnes s'élève un sérail, capitole de la servitude : c'est là qu'un gardien sacré conserve les germes de la peste et les lois primitives de la tyrannie. De pâles adorateurs rôdent sans cesse autour du temple, et viennent apporter leurs têtes à l'idole. Rien ne peut les soustraire au sacrifice ; ils sont entraînés par un pouvoir fatal : les yeux du despote attirent les esclaves comme les regards du serpent fascinent les oiseaux dont il fait sa proie. » *(Description itinéraire, t. 2.)*

M. de Châteaubriand s'est en outre exercé très-souvent dans le genre philosophique, et quelquefois avec succès, comme on peut s'en convaincre par les deux morceaux qui suivent. Dans le premier il indique les résultats du christianisme, et dans l'autre il cherche la cause de la vénération des sauvages pour les morts.

« Le christianisme philosophique est la religion intellectuelle substituée à la religion matérielle ; le culte de l'idée remplaçant celui de la forme ; de là un différent ordre dans le monde des pensées, une différente manière de déduire et d'exercer la vérité religieuse. Aussi, remarquez-le, partout où le christianisme a rencontré une religion matérielle, il en a triomphé promptement, tandis qu'il n'a pénétré qu'avec lenteur dans les pays ou régnaient des religions d'une nature spirituelle comme lui : aux Indes il livre de longs combats métaphysiques, pareils à ceux qu'il rendit contre les hérésies ou contre les écoles de la Grèce.

» Tout change avec le christianisme (à ne le considérer toujours que comme un fait humain) ; l'esclavage cesse d'être le droit commun ; la femme reprend son rang dans la vie civile et sociale ; l'égalité, principe inconnu des anciens, est proclamée. On sort de la civilisation puérile, corruptrice, fausse et privée de la société antique, pour entrer dans la route de la civilisation raisonnable, morale, vraie et générale de la société moderne : on est allé des dieux à Dieu.

» Quand les Indiens ont plaidé leurs droits de possession, ils se sont toujours servi de cet argument qui leur paraissait sans réplique : « Dirons-nous aux os de nos pères : levez-vous et suivez-nous dans une terre étrangère? » Cet argument n'étant point écouté, qu'ont-ils fait? ils ont emporté les ossements qui ne pouvaient les suivre.

« Le motif de cet attachement extraordinaire à de saintes reliques se trouve facilement. Les peuples civilisés ont, pour les souvenirs de leur patrie, les monuments des lettres et des arts ; ils ont des citées, des palais, des tours, des colonnes, des obélisques ; ils ont la trace de la charrue dans les champs par eux cultivés ; leurs noms sont gravés sur l'airain et le marbre, leurs actions conservées dans les chroniques.

» Les sauvages n'ont rien de tout cela, leur nom n'est point écrit sur les arbres de leurs forêts ; leur hutte, bâtie dans quelques heures, périt dans quelques instants ; la simple trace de leur labour, qui ne fait qu'effleurer la terre, n'a pu même élever un sillon ; leurs chansons traditionnelles s'évanouissent avec la dernière mémoire qui les retient, avec la dernière voix qui les répète.

» Il n'y a donc pour les tribus du nouveau monde qu'un seul monument, la tombe. Enlevez à des sauvages les os de leurs pères, vous leur enlèverez leur histoire, leur loi et jusqu'à leurs dieux. » (*Voyage en Amérique*.)

Après avoir parlé d'un de nos écrivains les plus remarquables, il serait injuste de ne pas rappeler ici les noms de plusieurs autres de nos historiens également fort dignes d'être pris pour modèles ; à leur tête, comme à celle des historiens de l'école catholique, se place M. Michaud avec son histoire des Croisades, ouvrage dans lequel les faits sont placés avec beaucoup d'habileté : le portrait de Pierre l'Ermite, la description des environs des pyramides et le tableau de la prise de Jérusalem, vont donner une idée de la manière d'écrire de ces avant et respectable historien.

« Quelques-uns donnent à Pierre l'Ermite une origine obscure, d'autres le font descendre d'une famille noble de Picardie ; tous s'accordent à dire qu'il avait un extérieur ignoble et grossier. Né avec un esprit actif et inquiet, il chercha dans toutes les conditions de la vie un bonheur qu'il ne put trouver. L'étude des lettres, le métier des armes, le célibat, le mariage, l'état ecclésiastique, ne lui avaient rien offert qui pût remplir son cœur et satisfaire son âme ardente. Dégoûté du monde et des hommes, il se retira parmi les cénobites les plus austères. Le jeûne, la prière, la méditation, le silence de la solitude exaltèrent son imagination. Dans ses visions il entretenait un commerce habituel avec le ciel, et se croyait l'instrument de ses desseins, le dépositaire de ses volontés. Il avait la ferveur d'un apôtre, le courage d'un martyr. Son zèle ne connaissait point d'obstacles, et tout ce qu'il désirait lui semblait facile ; lorsqu'il

parlait, les passions dont il était agité animaient ses gestes et ses paroles, et se communiquaient à ses auditeurs ; rien ne résistait ni à la force
de son éloquence ni à la puissance de sa volonté. Tel fut l'homme extraordinaire qui donna le signal des croisades, et qui, sans fortune et sans
renommée, par le seul ascendant des larmes et des prières, parvint à
ébranler l'occident pour le précipiter tout entier sur l'Asie. » (*Hist. des
Croisades, t. I, liv. I.*)

« En nous avançant à travers les sables, nous sommes arrivés aux
catacombes des Ibis ; ce sont des chambres sépulcrales qui sont remplies de momies d'oiseaux, enfermées dans des vases de terre. Il y en a
une si grande quantité, qu'on en trouve toujours, quoique les catacombes
aient été ouvertes depuis longtemps ; plusieurs de ces momies sont très-
bien conservées : la toile qui les couvre paraît encore neuve. On reconnaît jusqu'aux plumages des ibis. Le ver du tombeau n'est jamais venu
jusqu'ici, et les sables ont conservé tout ce qu'ils ont touché. Les déserts
ont des catacombes pour d'autres oiseaux, pour des quadrupèdes, comme
le bœuf, le sanglier, le tigre ; pour les serpents, même pour les crocodiles ;
tout ce qui avait été appelé à la vie trouvait sa place aux tombeaux de
Sacara, et plusieurs générations d'animaux dormaient à côté des mânes
de Sésostris.

» Ils remplirent de sang et de deuil cette Jérusalem qu'ils venaient
délivrer et qu'ils regardaient comme leur future patrie. Bientôt le carnage devint général ; ceux qui échappaient au fer des soldats de
Godefroi et de Tancrède, couraient au devant des Provençaux
également altérés de leur sang. Les Sarrasins étaient massacrés dans les
rues, dans leurs maisons ; Jérusalem n'avait point d'asile pour les
vaincus ; quelques-uns purent échapper à la mort en se précipitant des
remparts, les autres couraient en foule se réfugier dans les palais, dans

les tours et surtout dans leurs mosquées, où ils ne purent se dérober à la poursuite des chrétiens.

L'imagination se détourne avec effroi de ces scènes de désolation, et peut à peine, au milieu du carnage, contempler l'image touchante des chrétiens de Jérusalem, dont les croisés venaient de briser les fers. A peine la ville venait-elle d'être conquise, qu'on les vit accourir au-devant des vainqueurs, ils partageaient avec eux les vivres qu'ils avaient pu dérober aux Sarrasins. Tous remerciaient ensemble le Dieu qui avait fait triompher les armes des soldats de la croix. L'ermite Pierre qui, cinq ans auparavant, avait promis d'armer l'Occident pour la délivrance des fidèles de Jérusalem, dut jouir alors du spectacle de leur reconnaissance et de leur joie. Les chrétiens de la ville sainte, au milieu de la foule des croisés semblaient ne chercher, ne voir que le cénobite pieux qui les avait visités dans leurs souffrances, et dont toutes les promesses venaient d'être accomplies.

» Ils se pressaient en foule autour de l'ermite vénérable, c'est à lui qu'ils adressaient leurs cantiques ; ils lui racontaient les maux qu'ils avaient soufferts pendant son absence ; ils pouvaient à peine croire ce qui se passait sous leurs yeux ; et, dans leur enthousiasme, ils s'étonnaient que Dieu se fût servi d'un seul homme pour soulever tant de nations et pour opérer tant de prodiges. » (*Histoire des Croisades, liv.* 4.)

⁂

Un autre voyageur, mort il y a déjà quelque temps et qui portait le nom célèbre de Choiseul-Gouffier, sacrifia ses veilles et beaucoup d'argent à rappe'er à notre Europe occidentale l'existence de la Grèce, de cette partie de l'Orient que nous avons vu renaître de ses cendres et sortir de l'esclavage, après avoir supporté en silence pendant bien des siècles les chaînes pesantes que lui imposait la Turquie.

Le style de cet écrivain ne dépare point le luxe des gravures de cet ouvrage, et la description suivante des mœurs hospitalières de l'Orient en est la preuve.

« Les Arabes bédouins, eux-mêmes, toujours prêts pour le pillage, qu'aucun lien n'unit aux autres nations, qui dépouillent sans pitié les caravanes traversant les déserts, et poursuivent le voyageur fuyant à leur aspect, qui se croient le droit de reprendre par la force l'antique héritage dont ils furent, dirent-ils, injustement dépouillés dans la personne d'Ismaël, semblent tout à coup, par une étonnante opposition, oublier leur caractère, pour exercer la plus noble et la plus courageuse hospitalité. Jamais aucun d'eux n'abandonnera l'étranger qu'il aura reçu ; le famille entière périra plutôt pour le défendre, pour se préserver de l'affront d'avoir laissé insulter un de ses hôtes ; et, à l'abri de ce titre sacré, le voyageur traversera le désert au milieu des hordes ennemies, protégé à la fois par l'honneur et la religion. Tous s'indigneraient de la seule idée de trahir le malheureux qui se serait refugié sous leur toit, qui aurait touché le pan de leur robe. » (*Voyage pittoresque de la Grèce.*)

Mais la Grèce eut plus tard son historien positif dans M. Pouqueville qui, après avoir visité ce pays dans tous les sens, après en avoir compulsé les annales, fit paraître enfin, sous le titre d'Histoire de la régénération de la Grèce, une histoire complète des temps modernes de ce malheureux pays. Voilà sa description des ruines de Nicopolis, et son tableau de l'incendie de la flotte turque à Ténédos.

« Le théâtre d'Apollon, nom répété machinalement par les paysans, est adossé à la base des montagnes de la Cassiopie ; ses hautes murailles, qui entourent les débris de la scène, l'annoncent de loin, et attirent les premiers regards du voyageur. La grandeur romaine respire encore dans ce monument, son style colossal, les larges briques de ses murs, les grandes pierres de ses gradins écroulés, couverts de noms grecs et latins, annoncent, jusque dans les ruines de ses ouvrages, la majesté du peuple roi. Mais, hélas ! tristes restes des fastes de la gloire, dix-huit siècles ont passé, les Romains ne sont plus : encore quelques retours des années, et les décombres eux-mêmes auront disparu. Le théâtre, qui retentissait des acclamations du peuple lorsque le voile de pourpre s'élevait au-dessus des spectateurs, ne répond plus qu'aux clapissements sinistres des chacals ; le loup féroce et le serpent venimeux habitent sous les voûtes, et les bancs réservés aux sénateurs sont couverts de hautes fougères. Les épines et les ronces hérissent le palais des Césars, et les halliers remplissent la salle brillante des festins. Près de là, l'eau des thermes arrose les chapiteaux d'une église gothique renversée sur les débris d'un temple auquel elle avait succédé. On moissonne dans l'Agora ! Des chèvres errent sur les plates-formes de l'Acropole, autrefois garnies de balistes et de catapultes. Le temps a brisé les autels de César, et confondu la divinité d'Auguste, que la basse adulation avait osé placer dans les cieux ; quand la terre l'accusait des meurtres, des assassinats, des proscriptions et des crimes dont il ne cessa de se souiller que lorsqu'il n'eut plus d'ennemis à immoler à sa vengeance. (*Description, voyage en Grèce.*)

» Les Hydriotes avaient à peine relâché à Psara, qu'on vota unanimement la destruction de la flotte ottomane qui était à Ténédos. Une division navale composée de douze bricks de Psara avait observé sa position. L'entreprise était difficile ; les Turcs sans cesse aux aguets depuis la catastrophe de Chio, se gardaient avec soin et visitaient les moindres bâtiments. Cependant, comme l'amirauté avait une confiance extrême dans Kanaris, qui s'offrit encore pour cette périlleuse mission, on se décida à la hasarder.

» On ajouta un brûlot à celui que le plus intrépide des hommes de notre siècle devait monter, et, malgré le temps orageux qui régnait, les deux armements mirent en mer le 9 novembre à sept heures du soir, accompagné de deux bricks de mer, fins voiliers. Arrivés le jour suivant à leur destination, le jour commençait à baisser, et il était impossible de distinguer le vaisseau amiral au milieu d'une forêt de mâts, quand celui-ci répondit aux signaux des frégates d'avant-garde par trois coups de canon. Il est à nous, dit aussitôt Kanaris à son équipage ; courage, camarades ! nous le tenons ! Manœuvrant directement vers le point d'où le canon s'était fait entendre, il aborde l'énorme citadelle flottante, en enfonçant son mât de beaupré dans un dē ses sabords, et le vaisseau s'embrase avec une telle rapidité, que de plus de deux mille individus qui le montaient, le capitan-pacha et une trentaine des siens parviennent seuls à se dérober à la mort.

» Au même instant un second vaisseau est mis en feu par le brûlot de Cyriaque, et la rade n'offre plus qu'une scène déplorable de carnage, de désordre et de confusion. Les canons qui s'échauffent tirent successivement ou par bordées, et quelques-uns chargés de boulets incendiaires propagent le feu, tandis que la citadelle de Ténédos, croyant les Grecs entrés au port, canonne ses propres vaisseaux. Ceux-ci coupent

leurs cables, se pressent, se heurtent, se démâtent, arrachent mutuellement leurs bordages ou s'échouent, et la majeure partie ayant réussi
à s'éloigner, malgré la confusion inséparable d'une semblable catastrophe, est à peine portée au large qu'elle est assaillie par une de ces tempêtes qui rendent une mer étroite aussi terrible que dangereuse pendant
les longues nuits de novembre. Les vaisseaux voguent à l'aventure, s'a-
bordent dans l'obscurité et s'endommagent. Plusieurs périssent corps
et biens; douze bricks font côte sur la côte de la Troade; deux frégates
et une corvette, abandonnées on ne sait comment de leurs équipages,
sont emportées par les courants jusqu'aux attérages de Paros.

» Pendant que les Turcs se débattaient au milieu des flammes, et en
luttant contre les flots, les équipages des brûlots, formant un total de
dix-sept hommes, assistaient tranquillement à la destruction de la flotte
du sultan. Ils virent successivement sauter le vaisseau amiral et cette
altesse tremblante se sauver à terre dans un canot, lui qui montait quelques minutes auparavant le plus beau navire des mers d'Orient. Le second vaisseau s'abîma ensuite avec 1600 hommes, sans qu'il s'en sau-
vât que deux individus à demi brûlés, qui s'accrochèrent à des débris
que la vague mugissante porta vers la plage, sur laquelle gissaient deux
superbes frégates. Les bricks des Hellènes, après avoir recueilli Constantin Kanaris, Cyriaque, et leurs braves, présentent leurs voiles à la
tempête, et naviguant sur la cîme des vagues reparurent le 12 novembre au port de Psara. » (*Histoire de la régence de la Grèce.*)

L'Italie aussi a trouvé un habile historien dans M. Charles Didier :
ses descriptions et ses tableaux ne manquent pas de vérité, et tel est celui de Rome que nous faisons suivre.

« Rome voudrait faire un pas, qu'elle ne le pourrait point. Elle est comme Gulliver garotté par les pygmées.

» La population de la ville éternelle se divise en deux grandes classes : le clergé d'un côté, les laïcs de l'autre. Le clergé emporte la balance, tant par le nombre que par son influence immédiate et toute puissante sur l'autre classe ; car il lui donne du pain. Or, le clergé est l'état, et quel peuple renverse un gouvernement qui le nourrit? Le syllogisme nous semble fort, et nous le justifions. Le commerce de Rome se réduit à celui de consommation, c'est-à-dire à presque rien ; un tiers au moins de la population laïque vit directement ou indirectement des étrangers qu'attirent en masse les grandes solennités du clergé. Si les étrangers manquaient une année, ce tiers de la population mourrait de faim. Il rappelle les habitants de certaines îles qui vivent des oiseaux de passage. Un autre tiers est attaché aux cardinaux en qualité d'intendants, de clients, de majordomes, commensaux, estafiers, custodes, que sais-je encore? la suite d'une éminence se multiplie à l'infini. Le dernier tiers enfin dépend immédiatement du gouvernement par des prélatures, des emplois, des sinécures, des pensions (et le nombre en est prodigieux), par tous les liens, enfin, toutes les espérances qui attachent un peuple paresseux à un gouvernement absolu.

» Tel est le tableau de Rome. Or, une nation ne se dessaisit jamais d'un certain pour un incertain, et la ruine de l'administration papale entraînerait celle de la plupart des ressources que les Romains exploitent à coup sûr. Ils murmurent, ils font beaucoup de bruit ; mais, en dernier résultat, *sunt verba et voces;* ils ne veulent pas un changement de choses. Et quant au peuple, allez demander aux Transtévérins s'ils ne veulent plus des papes et des cardinaux pour ministres et pour souverains : vous verrez ce qu'ils vous répondront. De temps en temps, il y a eu de petits mouvements, mais toujours sans importance ; ce ne sont presque jamais que de jeunes tapageurs endettés qui n'ont rien à perdre, et qui ne trouvent point de sympathies dans la population. Il faudrait une combinaison que nous ne prévoyons pas, pour qu'une révolution partît de Rome. »

M. Depping se livre également à des travaux historiques dans lesquels le pittoresque de la peinture est souvent présenté avec bonheur ; ainsi voyez son tableau des paysages de la Suisse !

« La situation pittoresque de tant de hameaux et d'habitations isolées, tous ces objets divers font sur le voyageur une impression que, ni la puissance de l'artiste, ni la plume du poète ne peut se flatter d'égaler. L'imagination peut se la figurer ; cependant la réalité est encore au-dessus des effets de l'imagination ; elle y ajoute toujours des incidents dont on n'a guère d'idée dans les pays de plaine. Tantôt ce sont des vapeurs qui couronnent la cîme du rocher d'où se précipite un torrent, en sorte que la masse d'eau paraît tomber des nues ; tantôt ce sont des brouillards blanchâtres qui remplissent les vallées et toute la région inférieure, au point de faire croire au voyageur arrivé au sommet d'une montagne, qu'il est entouré d'un vaste océan ; tantôt c'est la foudre qui de toutes parts s'élance en d'épais nuages d'une teinte de cuivre rouge et sillonne les airs au-dessous du spectateur, autour duquel l'air conserve une sérénité parfaite ; tantôt ce sont les derniers rayons du soleil qui éclairent les pyramides, plateaux et masses de de glace au bout des Alpes, les transforment en objets fantastiques, et leur prêtent les couleurs les plus variées et les plus vives ; les rapprochent de l'œil du spectateur, et leur laissent, en se retirant, une teinte pâle et grisâtre qui les a fait comparer à des fantômes gigantesques ; quelquefois il semble que les arrêtes et les brèches des rochers et des glaciers s'appuient sur des nuages et composent des citadelles aériennes ; d'autres fois les nuages paraissent s'étayer à leur tour sur deux montagnes opposées, et former, en se rejoignant, une arcade immense, au-dessous de laquelle on aperçoit en perspective un paysage riant, éclairé par le plus beau soleil. En un mot la nature réserve toujours à l'étranger qui voyage en Suisse, et même à l'indigène, des sujets de surprise, et il serait souvent tenté de croire qu'il est transporté dans un monde nouveau.

» L'Italie et la France content en outre un historien chez lequel la science a été poussée fort loin, c'est M. Sismonde de Sismondi ; pour lui les faits sont la partie principale de l'histoire, leur habillement ne l'inquiète pas autant que leur exactitude ; aussi est-il souvent sec, aride et peu amusant pour quiconque veut dans l'histoire autre chose que des faits. Cependant plus d'un de ses morceaux sont écrits avec chaleur et vérité, telles sont les narrations de la peste de Florence, du massacre des Français aux vêpres siciliennes, et son parallèle des Grecs et des Italiens, morceaux que l'on trouve dans son histoire des républiques italiennes.

» Bientôt tous les lieux infectés furent frappés d'une terreur extrême, quand on vint à remarquer avec quelle inexprimable rapidité la contagion se propageait. Non-seulement converser avec les malades ou s'approcher d'eux, mais toucher aux choses qu'ils avaient touchées ou qui leur avaient appartenu, communiquaient immédiatement la maladie. Des animaux tombèrent morts en touchant à des habits qu'ils avaient trouvés dans les rues. On ne rougit plus alors de laisser voir sa lâcheté et son égoïsme. Les citoyens s'évitaient l'un l'autre ; les voisins négligeaient leurs voisins ; et les parents mêmes, s'ils se visitaient quelquefois, s'arrêtaient à une distance qui trahissait leur effroi. Bientôt on vit le frère abandonner son frère, l'oncle son neveu, l'épouse son mari, et même quelques pères et mères s'éloigner de leurs enfants. Aussi ne resta-t-il d'autres ressources à la multitude innombrable des malades, que le dévouement héroïque de quelques amis, ou l'avarice des domestiques, qui, pour un immense salaire, se décidaient à braver le danger; encore ces derniers étaient-ils pour la plupart des campagnards grossiers et peu accoutumés à soigner les malades ; tous leurs soins se bornaient d'ordinaire à exécuter quelques ordres des pestiférés, et à porter à leur famille la nouvelle de leur mort.

» Jean de Procida était repassé en Sicile et recommençait de parcourir cette île sous différents déguisements. Avec l'argent des Grecs il fournissait des armes à ceux qui en manquaient, il nourrissait, il échauffait leur espoir d'une prompte délivrance, il communiquait à ses compatriotes cette haine profonde et implacable contre les Français, qui l'animait lui-même. Il ne formait point de complots, mais il excitait les passions du peuple, il voulait qu'il fût prêt à tout événement, et qu'il ressentît le premier outrage, bien sûr qu'une provocation ne manquerait pas à son courroux. Il demanda surtout aux nobles et aux militaires, qui avaient longtemps vécu retirés dans l'intérieur de l'île, de se rendre à Palerme et de se mêler de nouveau à leurs concitoyens pour être en état de diriger le mouvement populaire dès qu'il éclaterait.

» Le lendemain de Pâques, lundi 30 mars 1282, les Palermitains, selon leur usage, se mirent en route pour entendre vêpres à l'église de Mont-Réal, à trois milles de leur ville. C'était leur promenade ordinaire les jours de fêtes, et les hommes et les femmes couvraient le chemin qui conduit à cette église.

Les Français établis à Palerme, et le vicaire royal lui-même prenaient part à la fête et à la procession. Celui-ci cependant avait fait publier qu'il défendait aux Siciliens de porter des armes pour s'exercer à les manier, selon l'ancien usage, dans ces jours consacrés au repos. Les Palermitains étaient dispersés dans la prairie, cueillaient des fleurs et saluaient par leurs cris de joie le retour du printemps , lorsqu'une jeune vierge non moins distinguée par sa beauté que par sa naissance, s'achemina vers le temple, accompagnée de l'époux auquel elle était promise, de ses parents et de ses frères. Un Français, nommé Drouet, s'avança insolemment vers elle, et, sous le prétexte de s'assurer si elle ne portait pas des armes cachées sous ses habits, il porte la main sous la jeune personne, pour la fouiller de la manière la plus indécente.

» La jeune femme tomba évanouie entre les bras de son époux ; mais un cri de fureur s'élevait autour d'elle : Qu'ils meurent ! qu'ils meurent les Français ! et Drouet, percé de sa propre épée, fut la première victime de la rage populaire. De tous les Français qui assistaient à la fête, pas un seul n'échappa ; quoique les Siciliens fussent encore désarmés, ils en égorgèrent deux cents dans la campagne, tandis que les cloches de Mont-Réal sonnaient le service des vêpres. Les Palermitains rentrèrent dans la ville, répétant toujours le même cri : Qu'ils meurent les Français ! et ils recommencèrent le carnage ; hommes, femmes et enfants, tout ce qui appartenait à cette nation détestée fut mis à mort, et le fer allait même chercher dans le sein d'une épouse sicilienne le fruit abhorré de son union avec un Français. Quatre mille personnes périrent dans cette première nuit... Les habitants de Bicara et ensuite ceux de Corialeone se joignirent à ceux de Palerme en scellant leur alliance du sang des Français qu'ils trouvèrent chez eux. »

« L'Italie, où la littérature grecque venait d'être transportée par les soins de Bocace et de la république florentine, était le pays de l'Europe le plus propre à faire revivre l'ancienne Grèce. La nature elle-même s'est plue à doter ces magnifiques contrées de dons à peu près semblables. Elle a multiplié, dans l'une et dans l'autre, les sites pittoresques ; elle y a entassé des rochers majestueux, creusé des vallons riants, et ménagé des cascades rafraîchissantes ; elle a orné, comme pour un jour de fête, leurs campagnes de la plus riche végétation ; et tandis qu'elle a enrichi à l'envi l'Italie et la Grèce par les prodiges de sa puissance, elle a donné aux hommes qui les habitent des qualités semblables, si du moins l'on peut reconnaître le caractère primitif d'un peuple, lorsqu'il a déjà été altéré par les gouvernements divers. Les qualités communes aux peuples de l'Italie et de la Grèce, les qualités permanentes, dont le germe s'est maintenu sous tous les gouvernements, et se retrouve encore, sont une imagination vive et brillante, une sensibilité rapidement excitée et rapidement étouffée : enfin, le goût inné de tous les arts, avec des organes propres à apprécier ce qui est beau dans tous les genres, et à le reproduire. Dans les fêtes du peuple de la campagne on démêlerait des hommes en tout semblables à ceux dont les applaudissements animaient le génie de Phidias, de Michel-Ange ou de Raphaël. Ils ornent leurs chapeaux de fleurs odoriférantes ; leur manteau est drapé d'une manière pittoresque, comme celui des statues antiques ; leur langage est figuré et plein de feu ; leurs traits expriment toutes les passions, et en effet, ils sont susceptibles de l'amour le plus impétueux, de la colère la plus bouillante. Aucune fête ne leur paraît complète, si les facultés morales n'y ont eu quelque part, si l'église où ils se réunissent n'est ornée avec goût et d'une manière pittoresque, si une musique harmonieuse n'élève leur âme vers les cieux. Leurs divertissements portent le même caractère : lorsque, sur leur salaire, ils ont dérobé à leurs besoins une pénible épargne, ils ne la consacrent point à se procurer des boissons enivrantes ou des plaisirs crapuleux, mais ils la portent, comme un tribut, aux théâtres, aux poètes improvisateurs, aux conteurs d'histoires qui éveillent leur imagination, et qui nourrissent leur esprit. L'Italie est le seul pays où le bouvier et le vigneron, le laboureur et le berger, remplissent avec leurs femmes et leurs enfants, les salles de spectacle, c'est le seul où ils puissent comprendre les tragédiens qui leur représentent les héros des temps passés, et des fables poétiques dont le souvenir ne leur est point absolument étranger. » *(Histoire des républiques du moyen âge.)*

Concurremment avec M. Sigismonde de Sismondi, l'on trouve dans la carrière historique M. Capfigue; mais au contraire, chez lui l'habillement est tout, la couleur pour lui est fort importante et ses faits ne paraissent pas toujours reposer sur des preuves inattaquables; séduire et convaincre est son but, et il faut l'avouer, souvent il y réussit : on aime l'histoire ainsi présentée, et l'on fléchit volontiers devant le charme d'une peinture bien faite. Telles sont les descriptions des scènes populaires et de la condamnation d'Enguerrand de Marigny.

« Le matin du jeudi 22 février 1357, le prévôt des marchands fit sonner la grosse cloche, et les métiers se réunirent sous leurs bannières à saint Éloy. Environ vers l'heure de tierce, maître d'Acy, avocat au parlement, et qui conseillait encore M. le duc, fut, par le peuple, poursuivi et tué dans la boutique d'un pâtissier. Il mourut sans proférer une parole. Le prévôt des marchands et les métiers se rendirent en toute hâte à l'hôtel du dauphin, montèrent l'escalier et pénétrèrent dans sa chambre. Le prévôt lui dit : « Seigneur mon duc, ne vous effrayez point ; nous avons une exécution à faire ici. » Et puis, s'adressant aux confréries : Allons, allons, dit-il, les capuchonnés, faites ce pourquoi vous êtes venus. » Alors ceux-ci coururent sur monseigneur de Conflans, maréchal de Champagne, et le tuèrent près du lit de monseigneur le duc, et en sa présence ; et aucuns coururent aussi sur monseigneur Robert de Clermont, lequel se réfugia dans une chambre de retraite du dit monseigneur : mais ils le suivirent et le tuèrent.

» Monseigeur le duc était fort effrayé de ce qu'il voyait. « Bon prevôt, criait-il joignant les mains, sauvez-moi ! » — Sire, n'ayez pas peur, lui répondit Marcel, et il lui bailla son chaperon qui était mi-parti rouge et bleu, et il prit le chaperon du duc qui était de brunelle noire, à effroy d'or, et le dauphin porta le chaperon du prevôt toute la journée, comme membre de la confrérie. Les bourgeois traînèrent les corps des deux officiers du dauphin jusqu'à la cour du palais, devant les tables de marbre, et ils y restèrent tout étendus et découverts à la vue de ceux· qui voulaient les voir, et nul ne tenta de les ôter. En sortant du palais, le prevôt et les chaperons se rendirent en place de Grève, en la maison qu'on appelle Hôtel-de-ville, et là ; le prevôt étant aux fenêtres de l'hôtel, dit à tous les métiers armés : le fait qui vient d'être accompli a été pour le profit commun du royaume. Nous advouons ledit fait, s'écriait le peuple sur la place. Et une fois l'acte ratifié par les confréries, le prevôt retourna auprès de monseigneur le dauphin, qui était moult triste, effrayé ; car de sa fenêtre il pouvait voir étendus les corps de ses fidèles conseillers. Les métiers armés occupaient toutes les rues environnantes ; le prevôt monta en la chambre de monseigneur, et lui dit : « Ne vous mettez point en malaise de ce qui est advenu, car ceci s'est fait par la volonté du peuple, et n'êtes plus en péril. Ceux qu'on a occis étaient faux, mauvais et traîtres ; je vous requiers, de par le peuple, de vouloir ratifier ledit fait et être toujours avec nous, et s'il était besoin de pardon, pour cause du fait, veuillez nous l'octroyer, » et le duc s'écria : « Je vous l'octroye ; et si ceux de Paris veulent être mes amis, je serai le leur. » Alors le prevôt envoya au dauphin deux pièces de drap, l'une bleue et l'autre rouge, afin qu'il se fît faire des chaperons pour lui et ses officiers, et tout l'hôtel du prince fut ainsi revêtu des couleurs populaires. »

« Enguerrand était d'une famille de Normandie. Son grand-père, sire de Rosey et de Lions, ayant épousé l'héritière de Marigny, ajouta ce nom à ceux de sa race : il était arrivé fort jeune à la cour de France et il s'y était fait distingner par la grâce chevaleresque de ses manières et sa vaillance dans les batailles ; il devint bientôt le favori de Philippe. Il fut créé comte de Longueville, chambellan du roi, châtelain du Louvre. Comblé de royales faveurs, il n'épargna pas le pauvre peuple. Lorsque Philippe-le-Bel mourut, Marigny avait si mal administré les finances qu'il n'y avait pas un sou dans le trésor ; s'était-il lui-même enrichi ? n'était-ce pas par mauvaise administration ? tant il y a que les coffres étaient vides ; on ne put pas même sacrer le jeune Louis, faute d'argent.

» Toutes les haines se portaient sur Enguerrand ; mais l'adversaire le plus constant du favori était le comte de Valois, frère de Philippe-le-Bel, prince tout populaire et féodal, qui avait présidé aux arrangements avec les seigneurs révoltés, et se trouvait le principal auteur des chartes royales qui accordaient les libertés des provinces. On disait que sa querelle était venue d'une ferme ou moulin royal, qu'Enguerrand n'avait pas voulu céder au sire d'Harcourt et de Tancarville, protégé du comte de Valois : il est plutôt à croire que le comte cherchait ainsi à maintenir sa popularité bourgeoise et à se faire applaudir aux halles et marchés de Paris.

» Par un beau jour d'avril, les barons clercs eslois se rassemblèrent encore dans le bois de Vincennes. Enguerrand bien enferré leur fut amené. Le comte de Valois présidait la commission, le vidame d'Amiens porta de rechef la parole, et aux griefs qu'il avait énumérés, il ajouta : Sires comtes, voilà les images envoûtées, et vous reconnaissez bien le sire roi et le sire de Valois ; or, Enguerrand est l'auteur de ces pratiques félones, déloyales, détestables. Alors tous dirent : Il est convaincu et coupable, et le comte de Valois prononça la sentence de mort, sans vouloir encore qu'Enguerrand de Marigny fût entendu. La cour déclara que le garde du trésor serait pendu aux fourches patibulaires de Montfaucon.

» Il n'y eut point de sursis dans l'arrêt. Le 30 avril 1315, la veille de la grande solennité de l'ascension, Marigny fut conduit avant le point du jour à Montfaucon, avec une torche de cire à la main. Il y avait foule pour voir pendre le grand conseiller de la fausse monnaie ; mais lorsqu'on l'aperçut si résigné, si pauvrement vêtu, lui qui se montrait toujours en de riches étoffes, le peuple en eut compassion. Cependant le prevôt montait toujours la butte. Allons, allons, disait-il à Marigny, quelques marches de plus, et nous y sommes. Enfin, arrivé à Montfaucon, une corde bien roide fut suspendue, et le pauvre Marigny n'eut que le temps de dire : Bonnes gens, pour Dieu, priez pour moi. Et le peuple se mit à pleurer, et eut grande compassion ; cependant il renversa de dessus les marches du palais la statue de garde du trésor, et il y eut le soir grande joie et représentation. »

M. de Barante que nous trouvons encore parmi les historiens français, au rang desquels il s'est placé d'une manière si remarquable par son histoire de Bourgogne, pousse encore plus loin l'amour de l'habillement historique; vérité des faits, vérité des caractères et des personnages des temps, et même rapprochement autant que possible du langage actuel à celui qu'on parlait aux époques qu'il décrit, telle est sa volonté, telle est sa méthode séduisante, à laquelle pourtant on peut reprocher l'exigence d'une trop grande quantité de détails qui dès lors ne peuvent souvent être admis qu'au détriment des faits. Dans ce genre, M. de Barante sera donc un modèle tenant le milieu entre les chroniques et les romans historiques. Nous ne citerons de lui que la description de la démence de Charles VI.

« On venait d'entrer dans la grande forêt du Mans, lorsque tout à coup sortit de derrière un arbre, au bord de la route, un grand homme la tête et les pieds nus, vêtu d'une méchante souquenille blanche. Il s'élança et saisit le cheval du roi par la bride : « Ne va pas plus loin, noble roi, s'écria-t-il d'une voix terrible, retourne, tu es trahi. » Les hommes d'armes accourent sur le champ, et, frappant du bâton de leurs lances sur les mains de cet homme, lui firent lâcher la bride.

» Le roi fut fort troublé de cette apparition subite. Sa tête, qui était toute faible, en fut ébranlée; cependant on continua à marcher. La forêt passée, on se trouva dans une grande plaine de sable, où les rayons du soleil étaient plus éclatants et plus brûlants encore. Un des pages du roi, fatigué de la chaleur, s'étant endormi, la lance qu'il portait tomba sur le casque, et fit soudainement retentir l'acier. Le roi tressaillit, et alors on le vit se levant sur ses étriers, tirer son épée, presser son cheval des éperons et s'élancer en criant : « En avant sur ces traîtres! ils veulent me livrer aux ennemis. » Chacun s'écarta en toute hâte, pas assez tôt cependant, pour que quelques-uns ne fussent blessés. On dit même que plusieurs furent tués, entre autres un bâtard de Polignac. Le duc d'Orléans se trouvait là tout auprès, le roi courut sur lui l'épée levée, et allait le frapper. « Fuyez, mon neveu, s'écria le duc de Bourgogne qui était accouru ; monseigneur veut vous tuer ! Ah ! quel malheur ! Monseigneur est dans le délire ! Mon Dieu qu'on tâche de le prendre ! » Il était si furieux que personne n'osait s'y risquer. On le laissait courir çà et là, et se fatiguer en poursuivant tantôt l'un, tantôt l'autre. Enfin, quand il fut lassé et tout trempé de sueur, son chambellan, messire Guillaume Martel, s'approcha par derrière et le prit à bras le corps ; on l'entoura, on lui ôta son épée ; on le descendit de cheval ; il fut couché doucement par terre ; on défit son jacque. On trouva sur le chemin une voiture à bœufs, on y plaça le roi de France en le liant, de peur que sa fureur ne le reprît, et on le ramena à la ville, sans mouvement et sans parole » *(Histoire des ducs de Bourgogne, t. II.)*

Si la Bourgogne a eu l'honneur d'avoir pour brillant historien M. de Barante, la révolution française aussi eut les siens, et tous plus ou moins distingués. Sans parler de messieurs Lacretelle jeune et Montgaillard, nous possédons surtout messieurs Thiers, Mignet et Thierry. Le premier, fidèle aux faits, les a jugés toujours relativement aux circonstances du moment, son style peut servir de modèle, car jamais il ne s'adresse aux passions, jamais il ne les arme les unes contre les autres. Voici son tableau de la mort de Mirabeau :

« Les excès de plaisir et de travail, les émotions de la tribune, avaient usé en peu de temps cette existence si forte.......

» Une dernière fois il prit la parole à cinq reprises différentes, sortit épuisé et ne reparut plus. Le lit de mort le reçut et ne le rendit qu'au Panthéon. Il avait exigé de Cabanis qu'on n'appelât pas de médecins, néanmoins on lui désobéit; ils trouvèrent la mort qui s'approchait, et qui déjà s'était emparée des pieds; la tête fut la dernière atteinte, comme si la nature avait voulu laisser briller son génie jusqu'au dernier instant. Un peuple immense se pressait autour de sa demeure, et encombrait toutes les issues dans le plus profond silence.

» Mirabeau fit ouvrir ses fenêtres : « Mon ami, dit-il à Cabanis, je mourrai aujourd'hui, il ne reste plus qu'à s'envelopper de parfums, qu'à se couronner de fleurs, qu'à s'environner de musique, afin d'entrer paisiblement dans le sommeil éternel. » Des douleurs poignantes interrompaient de temps en temps ces douleurs si nobles et si calmes. Vous aviez promis, dit-il à ses amis, de m'épargner des souffraces inutiles. En disant cela, il demanda de l'opium avec instance. Comme on le lui refusait, il exige avec sa violence accoutumée. Pour le satisfaire on le trompe et on lui présente une coupe en lui persuadant qu'elle contient de l'opium, il la saisit, avale le breuvage qu'il croyait mortel, un instant après il expire, c'était le 20 avril. » *(Histoire de la révolution française.)*

Voyageur et littérateur, M. Thiers nous a donné en outre un tableau fort brillant de la marche des événements depuis 1789; tableau qu'il a placé dans le discours de sa réception à l'académie, et de plus on connaît de lui une description fort exacte de la ville de Marseille.

« Je suis ici, je le sais, non devant une assemblée politique, mais devant une académie. Pour vous, messieurs, le monde n'est point une arène, mais un spectacle devant lequel le poète s'inspire, l'historien observe, le philosophe médite. Eh bien ! arrêtons-nous en présence de ce grand spectacle. Quel temps, quelles choses, quels hommes, depuis cette mémorable année 1789 jusqu'à cette autre non moins mémorable de 1830 ! La vieille société française du 18e siècle, si polie, mais si mal ordonnée, finit dans un orage épouvantable. Une couronne tombe avec fracas, entraînant la tête auguste qui la portait. Aussitôt et sans inter-valle sont précipitées les têtes les plus illustres : génie, héroïsme, jeunesse, succombent sous la fureur des factions, qui s'irritent de tout ce qui charme les hommes. Les partis se suivent, se poussent à l'échafaud, jusqu'au terme que Dieu a marqué aux passions humaines ; et de ce chaos sanglant sort tout à coup un génie extraordinaire, qui saisit cette société agitée, l'arrête, lui donne à la fois l'ordre, la gloire, réalise le plus vrai de ses besoins, l'égalité civile ; ajourne la liberté qui l'eût gêné dans sa marche et court porter à travers le monde les vérités puis-santes de la Révolution française. Un jour sa bannière à trois couleurs éclate sur les hauteurs du mont Thabor, un autre jour sur le Tage, un dernier jour sur le Borysthène. Il tombe enfin, laissant le monde rempli de ses œuvres, l'esprit humain plein de son image ; et le plus actif des mortels va mourir, mourir d'inaction, dans une île du grand Océan.

» Après tant et de si magiques événements, il semble que le monde épuisé doive s'arrêter ; mais il marche, et marche encore. Une vieille dynastie, préoccupée de chimériques regrets, lutte avec la France, et déchaîne de nouveaux orages ; un trône tombe de nouveau : les ima-ginations s'ébranlent, mille souvenirs effrayants se réveillent, lorsque tout à coup cette destinée mystérieuse qui conduit la France à travers les écueils depuis quarante années, cherche, trouve, élève un prince qui a vu, traversé, conservé en sa mémoire tous ces spectacles divers ; qui fut soldat, proscrit, instituteur : la déstinée le place sur ce trône entouré de tant d'orages, et aussitôt le calme renaît, l'espérance rentre dans les cœurs, et la vraie liberté commence. » *(Discours de réception.)*

C'est en arrivant à Aix, qu'on peut se faire une idée de cette terre si belle dans son aridité même. C'est en parvenant surtout aux dernières hauteurs qui renferment Marseille, qu'on est saisi subitement d'un spectacle magnifique, dont tous les voyageurs ont retenu le souvenir. Deux grandes chaînes de rochers s'entr'ouvrent, embrassent un vaste espace, et, se prolongeant dans la mer, viennent expirer très-avant dans les flots : Marseille est renfermée dans cette enceinte. Lorsque arrivant du nord, on parvient sur la première chaîne, on aperçoit tout à coup le bassin immense ; et son étendue, son éblouissante clarté, vous saisissent d'abord ; bientôt après on est frappé de la forme du sol et de sa singulière végétation. Il faut renoncer ici aux croupes arrondies, à la parure si riche et si verdoyante des bords de la Saône et de la Garonne.

Une masse immense calcaire et de gris azuré forme la première enceinte.

Des bancs moins élevés s'en détachent, et, se ramifiant dans la plaine, composent un sol inégal et extrêmement varié. Sur chaque hauteur s'élèvent des bouquets de pins d'Italie, qui forment d'élégants

parasols d'un vert sombre et presque noir. Des oliviers au vert pâle, à
la taille moyenne, descendent le long des côteaux, et contrastent par
leur pâleur et leur petite masse arrondie avec la stature élancée et le
superbe dôme de pins. À leur pied croît une végétation basse, épaisse et
grisâtre. C'est la sauge piquante et le thym odorant qui, foulés aux pieds,
répandent un parfum si doux et si fort. Au centre du bassin, Marseille,
presque cachée par un côteau long et fuyant, se montre de profil ; et la
silhouette, tantôt apparaissant entre les ondulations du sol, vient se
terminer dans l'azur des mers par la belle tour de saint Jean. Au couchant enfin s'étend la Méditerranée, qui pousse dans les terres des lames
argentées, la Méditerranée, avec les îles de Pomègue et de Ratoneau,
avec le château d'If, avec ses flots, tantôt calmes ou agités, éclatants ou
sombres; et son horizon immense où l'œil revient et erre sans cesse en
décrivant ces arcs de cercle éternels.

Quant à M. Mignet qui, suivant M. de Chateaubriant, appartient
avec M. Thiers à l'école historique moderne du système fataliste, il
écrit brillamment et surtout avec la rapidité qu'exigeait son abrégé de
l'histoire de la Révolution française. Voilà le tableau qu'il a tracé de
Danton :

« Danton, qu'on a nommé le Mirabeau de la populace, avait de la
ressemblance avec ce tribun des hautes classes... Ce puissant démagogue
offrait un mélange de vices et de qualités contraires. Quoiqu'il se fût
vendu à la cour, il n'était pourtant pas vil, car il est des caractères qui
relèvent jusqu'à la bassesse.... une révolution à ses yeux était un jeu
où le vainqueur, s'il en avait besoin, gagnait la vie des vaincus. »

En même temps que M. Thiers faisait paraître son *Histoire de la révolution*, M. Augustin Thierry, adoptant l'école philosophique, publiait son *Histoire de la conquête de l'Angleterre par les Normands;* c'est un ouvrage consciencieux de recherches artistement liées les unes aux autres, et souvent parsemé d'observations judicieuses et du plus haut mérite ; voici comme il a présenté le caractère national des Écossais.

« Les insurrections lors du débarquement du fils du prétendant, commencèrent toutes deux dans les montagnes ; la seconde trouva assez de partisans dans les villes du sud et de l'est pour faire croire un moment que la race celtique et la race teutonique de l'Écosse jusque-là ennemies l'une de l'autre, allaient devenir une seule nation. Après la victoire du gouvernement anglais, son premier soin fut de détruire l'organisation immémoriale des clans galliques.

» Depuis que les Écossais ont perdu leur enthousiasme religieux et politique, ils ont tourné vers la culture des lettres les facultés d'imagination qui semblent en eux une trace de leur origine celtique, soit comme Gals, soit comme Bretons. L'Ecosse est peut-être le seul pays de l'Europe où le savoir soit vraiment populaire et où les hommes de toutes les classes aiment à apprendre pour apprendre, sans motif d'intérêt ni désir de changer d'état. L'ancien dialecte anglo-danois, depuis la réunion définitive de ce pays avec l'Angleterre, a cessé d'être cultivé comme langue écrite, et a été remplacé par l'anglais ; mais malgré tout le désavantage qu'éprouve tout écrivain qui doit parler dans ses ouvrages une autre langue que celle de sa conversation habituelle, le nombre des auteurs distingués en tous genres, depuis le milieu du siècle dernier, a été bien plus considérable en Écosse qu'en Angleterre, eu égard à la population des deux pays. C'est particulièrement dans les travaux historiques et dans la manière de raconter des faits, soit véritables, soit imaginaires, que les Écossais excellent, et l'on serait tenté de regarder ce talent particulier comme un des signes caractéristiques de leur descendance originelle ; car les Irlandais et les Gallois sont les deux peuples qui ont le plus longuement et le plus agréablement rédigé leurs anciennes annales » *(Histoire de la conquête de l'Angleterre par les Normands.)*

Un autre écrivain destiné depuis à se trouver un des ministres du gouvernement français, M. Guizot, s'est appliqué surtout à nous faire connaître la révolution d'Angleterre, comme M. Thiers nous a fait connaître celle de France ; moins brillant et moins entraînant que M. de Ségur, il ne tient pas autant aux teintes extérieures que M. de Barante ; ses narrations du début de la guerre civile en Angleterre, sous Charles Ier, et de la Bataille de Naseby, ainsi que son portrait du duc du Buchingham, vont nous donner une idée de sa manière d'écrire.

« Le 23 août 1742 enfin, Charles résolut d'appeler officiellement ses partisans aux armes, en plantant à Nottingham l'étendard royal. A six heures du soir, sur le sommet de la colline qui domine la ville, escorté de huit cents chevaux et d'un faible corps de milice, il fit d'abord lire sa proclamation. Déjà le héraut avait commencé ; un scrupule s'éleva dans l'esprit du roi, il reprit le papier et, sur son genou, corrigea lentement plusieurs passages, puis le rendit au héraut qui lut avec peine les corrections. Les trompettes sonnèrent, l'étendard approcha portant pour devise : « Rendez à César ce qui appartient à César. » Mais on ne savait où l'attacher ni comment se passait jadis cette antique forme de con-

vocation des vassaux par le souverain. Le temps était sombre, le vent
soufflait avec violence. On dressa l'étendard dans l'intérieur des murs du
château, au haut d'une tour, à l'exemple du roi Richard III, le dernier
dont on se souvînt. Le lendemain le vent l'avait abattu : » Aussi pourquoi
le placer là, dit le roi : il fallait le mettre dans un lieu ouvert, où chacun
pût approcher, non dans une prison. » Il le fit transporter hors du
château près du parc. Quand les hérauts voulurent l'enfoncer en terre,
ils s'aperçurent que le sol n'était qu'un roc très-dur ; avec leurs poignards ils creusèrent un petit trou pour y fixer le bâton ; mais il ne tint
pas, et pendant quelques heures on fut obligé de le soutenir à bras. Les
assistants se retirèrent l'esprit troublé de sinistres présages. Le roi
passa quelques jours à Nottingham, attendant, mais en vain, que le pays
répondit à son appel.

A leur tour, les royalistes pliaient déjà de toutes parts, quand
Cromwel reparut avec ses escadrons victorieux. A cette vue, Charles,
désolé se mit à la tête du régiment des gardes, seule réserve qui lui
restât, pour charger ce nouvel ennemi : déjà l'ordre était donné et la
troupe en mouvement quand le comte de Carnewarth, écossais, qui
galoppait à côté du roi, saisit tout à coup la bride de son cheval et
s'écriant en jurant : « Voulez-vous donc vous faire tuer ? » le détourna
brusquement à droite. Les cavaliers les plus rapprochés du roi firent
comme lui sans en comprendre la raison, les autres le suivirent, et en
un clin d'œil, le régiment tout entier tourna le dos à l'ennemi. La surprise devint terreur ; tous se dispersèrent dans la plaine, les uns pour
fuir, les autres pour retenir les fuyards. Charles, au milieu d'un groupe
d'officiers, criait en vain : « Arrêtez ! arrêtez ! la débandade ne se ra-
lentit qu'à la vue du prince Robert, de retour enfin sur le champ de
bataille avec ses escadrons. »

« Un corps assez nombreux se reforma alors autour du roi, mais de cavaliers en désordre, fatigués, troublés, abattus. Charles, l'épée à la main, les yeux ardents, le désespoir dans tous les traits, se lança deux fois en avant, criant de toutes ses forces : « Messieurs, encore une charge et nous regagnons la journée. » Nul ne le suivit; l'infanterie partout enfoncée, était en pleine déroute ou déjà prisonnière. Il fallut fuir, et le roi, avec deux mille chevaux environ, se jeta du côté de Leicester, laissant son artillerie, ses munitions, ses bagages, plus de cent drapeaux, son propre étendard, cinq mille hommes et tous les papiers de son cabinet au pouvoir du parlement.

» C'était (Buckingham) un de ces hommes qui semblent nés pour briller dans les cours et déplaire aux nations. Beau, présomptueux, magnifique, léger avec hardiesse, sincère et chaud dans ses attachements, franc et hautain dans ses inimitiés, également incapable de vertus et d'hypocrisie, il gouvernait sans dessein politique, ne s'inquiétait ni des intérêts du pays, ni même de ceux du pouvoir ; uniquement occupé de sa propre grandeur, et dans sa grandeur, du plaisir de dominer avec éclat auprès du roi.

» Aucun talent ne soutenait son ambition, des passions frivoles étaient le seul but de ses intrigues; pour séduire une femme, pour perdre un rival, il compromettait avec une arrogante imprévoyance, tantôt le roi, tantôt le pays. L'empire d'un tel homme semblait, à un peuple de jour en jour plus sérieux, une insulte aussi bien qu'une calamité, et le duc continuait d'envahir les plus hautes fonctions de l'état, sans paraître, aux yeux de la multitude elle-même, rien de plus qu'un parvenu sans gloire, un téméraire et inhabile favori. » *(Histoire de la révolution d'Angleterre.)*

Lorsque la paix eut rendu la tranquillité à l'Europe, après les événements de 1814, les souvenirs se recueillirent, les notes se groupè-
rent dans les portefeuilles, et bientôt une foule de mémoires justifica-
tifs furent publiés par les parties intéressées ; ainsi, pour faire passer à
la postérité les faits glorieux de notre malheureuse campagne de Russie,
deux officiers supérieurs de la plus haute distinction prirent la plume :
l'un M. le Marquis de Chambray, s'en tenant à la partie technique,
traça cette campagne de manière à présenter un cours de tactique militaire
généralement estimé de toute l'armée ; l'autre, le comte Philippe de
Ségur, sans adopter l'histoire réelle et philosophique de M. Guizot et
de M. Thierry, a fondé dans son récit de la campagne de 1812, l'histoire
pittoresque, genre faux, mais devant naturellement être populaire, car
le besoin de continuellement intéresser, le force à s'écarter de la vérité,
à revivifier des faits inutiles ou mensongers, à outrer des caractères, à
préférer des traditions fausses à de réelles et à des documents certains.
Par suite de cette position du genre historique pittoresque, il faut encore
qu'il sacrifie le vrai à la poésie, en jetant souvent dans ses phrases de
l'emphase et du mauvais goût pour donner de la chaleur à ses tableaux.
L'on retrouve ces défauts, inhérents au genre, dans la campagne de
Russie et dans le Charles VIII de M. Philippe de Ségur, qui pourtant
présentent nécessairement quelques passages intéressants ; on en pourra
juger par un tableau de l'incendie de Moscou que nous allons faire
suivre.

« L'embrasement, poursuivant ses ravages, eut bientôt atteint les
plus beaux quartiers de la ville. En un instant, tous ces palais que nous
avions admirés pour l'élégance de leur architecture et le goût de leur
ameublement furent consumés par la violence des flammes. Leurs superbes frontons, décorés de bas-reliefs et de statues, venant à manquer de

supports, tombaient avec fracas sur leurs colonnes. Les églises, quoique couvertes en tôle et en plomb, tombaient aussi, et avec elles ces dômes superbes que nous avions vus la veille tout resplendissants d'or et d'argent. Les hôpitaux, où se trouvaient plus de vingt mille malades ou blessés, ne tardèrent pas à être incendiés, le désastre qui s'ensuivit révoltait l'âme et la glaçait d'effroi ; consternés par tant de calamités, nous espérions que les ombres de la nuit en couvriraient l'effrayant tableau, elles ne servirent qu'à rendre l'incendie plus terrible, et à faire ressortir davantage la violence des flammes, agitées par le vent, elles s'élevaient jusqu'au ciel. On apercevait aussi les fusées incendiaires que les malfaiteurs lançaient du haut des clochers, elles sillonnaient des nuages de fumée et de loin ressemblaient à des étoiles tombantes.

» Le lendemain on ne distinguait les endroits où il y avait eu des maisons que par quelques piliers de pierre calcinés et noircis. Le vent, soufflant avec violence, formait un mugissement semblable à celui que produit une mer agitée, et faisait tomber sur nous avec un fracas épouvantable les énormes lames de tôle qui recouvraient les palais. De quelque côté qu'on tournât les yeux, on ne voyait que des ruines ou un océan de flammes. Le feu prenait comme s'il eût été mis par une puissance invisible ; des quartiers immenses s'allumaient, brûlaient et disparaissaient à la fois. » *(Histoire de la campagne de Russie.)*

Nous avons dit que le comte de Ségur avait offert dans ses écrits des modèles du style d'un homme de bonne compagnie ; en effet, homme de cour, M. de Ségur a plutôt écrit pour les personnes de société que pour les savants ; instruire en amusant, tel fut, on peut le croire, son but, et

il l'a touché avec le plus heureux succès. Ses Mémoires spirituels et
malins, dans lesquels l'auteur effleure les objets sans s'y appesantir, en
passant rapidement d'un objet à un autre, présentent pourtant quelquefois d'importantes leçons sous l'apparence de l'enjouement et de la
légèreté, et pour l'exemple, nous citerons son tableau des funérailles de
Louis XIV.

« Jamais spectacle ne fut plus indigne de son objet, ou plutôt n'en
fut une profanation plus révoltante : ce monarque fut inhumé au milieu
des cris d'une insolente allégresse. Cette pompe fut mal ordonnée, mal
conduite. Le corps de Louis XIV fut porté à Saint-Denis, et son cœur
fut déposé dans l'église des jésuites, suivant ses dernières volontés. L'af-
fluence fut prodigieuse sur le passage du convoi ; le peuple, comme la
cour, s'était rangé du parti d'Orléans, et se faisait une vive image des
plaisirs qui allaient succéder aux malheurs et à la sombre sévérité de la
vieillesse de Louis XIV. Dix années de souffrances et de contrainte
étaient tout ce qu'il se rappelait du règne le plus brillant de la monarchie. Jamais un passé plus glorieux n'excita moins de souvenirs. Le nom
du père Le Tellier était chargé de malédictions. On se répandait dans
les guinguettes établies sur le chemin de Saint-Denis ; on buvait, on
chantait, on se livrait à des transports indécents, tels qu'on les eût à
peine permis dans un jour destiné à l'allégresse. Des vaudevilles licen-
cieux volaient de bouche en bouche ; le nom de Louis et celui de
madame de Maintenon y étaient souillés d'opprobres. Partout où
s'avançait le char funèbre, ou entendait redoubler les cris et les chants
de cette grossière ivresse. Les restes de Louis XIV, insultés en 1715,
furent exhumés en 1793 avec tous ceux de nos rois. *La monarchie
avait déjà reçu quelque atteinte le jour où le deuil d'un tel monarque
fut profané.* »

Malgré son importance historique, l'État de Venise n'avait pour ainsi dire pas eu d'historien français avant M. Daru ; car depuis longtemps l'ouvrage de Thomas Fougasse est oublié dans les rayons poudreux des vieilles bibliothèques. Écrivain pur, exact et même souvent élégant, Daru a mérité l'estime des hommes instruits par la profondeur de ses recherches et la reconnaissance des lecteurs ordinaires, par le charme du récit et la variété des événements. Malheureusement la place nous manque pour citer quelques-unes de ses pages, ayant à parler de bien d'autres contemporains.

Si le monde entier, si l'Europe, si des états puissants ou même des provinces, ont leurs historiens, plus d'une ville de France possède également le sien, et Paris plus que toute autre ville méritait cet honneur ; aussi en compte-t-il un grand nombre ; mais le plus important d'entre eux est aussurément M. Dulaure, historien philosophe ; il amuse rarement, intéresse le savant, excite la bile ou caresse l'amour-propre du politique, et ne dit que ce qui peut venir appuyer sa manière de voir sur quelques points historiques relatifs aux familles, que l'on a vues régner sur la France. M. Dulaure, quoique répandu dans toutes les mains, grâce à l'esprit de parti qui s'en est emparé, ne doit être lu qu'avec beaucoup de réflexion, qu'après avoir longuement étudié l'histoire, et surtout ne doit être jugé qu'après avoir lu à son égard le pour et le contre, que l'on fit imprimer lors de la publication de cette histoire. Quant aux autres travaux de cet historien, ils sont oubliés, et nous aimons à croire que lui-même ne les estime bien placés qu'au fond de la bibliothèque d'un savant.

Divers historiens pourraient encore voir figurer ici leurs noms. Ainsi M. Buchez, avec son histoire sacrée, philosophique et semi-romanesque à la manière de Walter-Scott, MM. Las Cases, Norvins, Rœderer, Vitet, Aimée Martin, et M. Michelet, ainsi que beaucoup d'autres aussi remarquables, auraient droit à réclamer une place dans cette galerie ; mais, forcés de nous resteindre, nous n'indiquons que les plus connus soit par la force de leur mérite réel, soit par le hasard, qui fait souvent une réputation par sa volonté seule et suprême.

MORCEAUX CHOISIS

DE

LITTÉRATURE CONTEMPORAINE.

Chaque jour nous voyons un grand nombre d'écrivains se glisser sur le domaine de l'histoire, à l'aide de la critique littéraire, et tel que nous croyons simplement romancier ou journaliste, nous laisse au moment que nous nous y attendons le moins d'excellents morceaux historiques. A leur tête assurément se trouve M. Victor Hugo, que l'on peut considérer comme un véritable historien de mœurs dans son roman de Notre-Dame de Paris. Voilà ce que dit de lui un jeune et habile journaliste, M. Bergounioux :

« C'est en 1822, que M. Hugo publia son premier livre. Voici la liste et la date précise des ouvrages qu'il nous a donnés :

— 1822. Odes, 1er volume. — 1823. Han d'Islande. — 1824. Odes et Ballades 2e vol. — 1826. Bug-Jargal. — Odes, 5e vol. — 1827. Cromwel. — 1828. Les Orientales. — 1829. Le dernier jour d'un condamné. — 1830. Hernani. — 1831, Notre-Dame de Paris ; Marion de l'Orme, etc., etc.

Sans doute, ces productions si diverses n'ont pas toutes un mérite égal, toutes n'ont pas au même point éveillé la critique méchante et l'admiration exagérée, couple inséparablement uni ; mais il y a dans chacune d'elles le germe de ce que les autres contiennent. Tout est frère, tout se touche, tout est sorti de la même main, et cette main-là était seule assez forte pour une si rude tâche. Han d'Islande révèle le dernier jour d'un condamné et Notre-Dame de Paris, à quelque distance qu'il soit de ces deux livres. »

En général c'est l'image qui domine chez M. Hugo ; et pour en donner une preuve, nous citerons la description de la mort de Mirabeau.

« Tout ce peuple inondait la rue; la cour, l'escalier, l'antichambre ; plusieurs étaient là depuis trois jours ; on parlait bas, on semblait craindre de respirer, on interrogeait avec anxiété ceux qui allaient et venaient. Cette foule était pour cet homme comme une mère pour son enfant. Les médecins n'avaient plus d'espoir. De temps en temps des bulletins arrachés par mille mains se dispersaient dans la multitude, et l'on entendait des femmes sangloter. Un jeune homme exaspéré de douleur offrait à haute voix de s'ouvrir l'artère pour infuser son sang riche et pur dans les veines appauvries du mourant. Tous, les moins intelligents même, semblaient accablés sous cette pensée, que ce n'était pas seulement un homme, que c'était un peuple qui allait mourir.

» On ne s'adressait plus qu'une question dans la ville.

» Cet homme expira.

» Quelques moments après que le médecin qui était debout au chevet du mourant, eut dit : Il est mort, le président de l'assemblée se leva en disant : Il est mort ; tant ce cri fatal avait en peu d'instants rempli Paris.

» Cet homme c'était Mirabeau. » *(Philosophie et littérature mêlées.)*

« Olivier Cromwel est du nombre de ces personnages de l'histoire qui sont tout ensemble très-célèbres et très-peu connus. La plupart de ses biographes, et dans le nombre il en est qui sont historiens, ont laissé incomplète cette grande figure. Il semble qu'ils n'aient pas osé réunir tous les traits de ce bizarre et colossal prototype de la réforme religieuse. Presque tous se sont bornés à reproduire sur des dimensions plus étendues le simple et sinistre profil qu'en a tracé Bossuet, de son point de vue monarchique et catholique, de sa chaire d'évêque appuyée au trône de Louis XIV.

» Comme tout le monde, l'auteur de ce livre (le Drame de Cromwel) s'en tenait là. Le nom d'Olivier Cromwel ne réveillait que l'idée sommaire d'un fanatique régicide, grand capitaine. C'est en furetant la chronique, ce qu'il fait avec amour, c'est en feuilletant au hasard les mémoires anglais du XVIIe siècle, qu'il fut frappé de voir se dérouler

.devant lui un Cromwel nouveau. Ce n'était plus le Cromwel militaire,
le Cromwel politique de Bossuet ; c'était un être complexe, hétérogène,
multiple, composé de tous les contraires, mêlé de beaucoup de bien,
plein de génie et de petitesses : une sorte de Tibère-Dandin, tyran de
l'Europe et jouet de sa famille, vieux régicide, humiliant les ambassa-
deurs de tous les rois, torturé par sa jeune fille royaliste ; austère et
sombre dans ses mœurs et entretenant quatre fous de cour autour de
lui ; faisant de méchants vers ; sobre, simple, frugal et guindé sur
l'étiquette ; soldat grossier et politique délié, rompu aux arguties
théologiques et s'y plaisant ; orateur lourd, diffus, obscur, mais habile
à parler le langage de tous ceux qu'il voulait séduire ; hypocrite et fanatique ; visionnaire dominé par des fantômes de son enfance ; croyant
aux astrologues et les proscrivant ; défiant à l'excès, toujours menaçant,
rarement sanguinaire ; rigide observateur des prescriptions puritaines ;
perdant gravement plusieurs heures par jour à des bouffonneries ; brusque et dédaigneux avec ses familiers, caressant avec les sectaires qu'il
redoutait ; trompant ses remords avec des subtilités, rusant avec sa
conscience ; intarissable en adresse, en piéges, en ressources ; maîtri-
sant son imagination par intelligence ; grotesque et sublime. » *(Introduction de Cromwel.)*

A la suite de ce portrait nous placerons celui allégorique de Cromwel,
après sa mort, par M. Frédéric Soulié, dans ses Deux Cadavres ; il est
parfait, c'est le protecteur encore vivant et faisant la confession de sa
vie politique.

« Grâce! fantôme, s'écrie Cromwel; je me confesse! Grâce! je suis coupable et mon ambition a été mon seul but. Oui, j'ai fait traquer Stuart de maison en maison, j'ai voulu laisser mourir sa veuve de faim, et j'ai cherché son fils à Dumbar, un pistolet d'une main et un poignard de l'autre. Je me confesse! mes enfants ont demandé de cacher leur vie dans l'obscurité, et je leur ai mis un carcan d'or pour les attacher aux pieds de fer de mon trône de protecteur. Je me confesse! Ma fille est morte devant moi, après m'avoir appelé assassin! elle est morte devant moi, brûlée par son amour pour un cavalier, s'effeuillant jour à jour comme une rose de mai, et je n'ai pas eu un quart d'heure de pitié. Je me confesse! j'ai promis à Lambert, à Fledvood, à Harrisson, pour prix de leurs vaillantes épées, la liberté de l'Angleterre; et je l'ai faite esclave. Je me confesse! J'ai prêché Dieu en public, et je l'ai renié en mon âme. J'ai tué Pantaléonsa, pour un vain mouvement d'orgueil. Miséricorde! fantôme, que Dieu me pardonne mes crimes. »

Revenant à M. Victor Hugo, voici son portrait d'une prisonnière :

« La cellule était étroite, plus large que profonde, voûtée en ogive, et vue à l'intérieur ressemblait assez à l'alvéole d'une grande mître d'évêque. Sur la dalle nue qui en formait le sol, dans un angle, une femme était assise, ou plutôt accroupie. Son menton était appuyé sur ses genoux que ses deux bras croisés serraient fortement contre sa poitrine. Ainsi ramassée sur elle-même, vêtue d'un sac brun, à larges plis, qui l'enveloppait tout entière, avec ses longs cheveux, qui, rabattus par-devant, tombaient sur son visage, le long de ses jambes jusqu'à ses pieds, elle ne présentait au premier aspect qu'une forme étrange, dé-

coupée sur le fond ténébreux de la cellule, une espèce de triangle noi-
râtre, que le rayon du jour venant de la lucarne tranchait crûment en
deux nuances, l'une sombre, l'autre éclairée ; c'était un de ces spectres
mi-partie d'ombre et de lumière, comme on en voit dans les rêves et
dans l'œuvre extraordinaire de Goya, pâles, immobiles, sinistres,
accroupis sur une tombe ou adossés à la grille d'un cachot. Ce n'était
ni une femme, ni un homme, ni un être vivant, ni une forme définie :
c'était une figure, une sorte de vision sur laquelle s'entrecoupaient le
réel et le fantastique, comme l'ombre et le jour. A peine sous ses cheveux répandus jusqu'à terre distinguait-on un profil amaigri et sévère ;
à peine sa robe laissait-elle passer l'extrémité d'un pied nu, qui se
crispait sur le pavé rigide et gelé ; le peu de forme humaine qu'on entre-
voyait sous cette enveloppe de deuil faisait frissonner. » *(Notre-Dame
de Paris.)*

« Le journalisme, a dit un feuilletonniste inconnu, vaste et sonore
enclume où toutes les idées maléables se redressent et se déforment
sous le marteau de la critique, prend de jour en jour une assiette plus
ferme et plus décidée. L'un des soutiens les plus puissants de cette littérature éphémère est sans contredit M. Jules Janin, qui, malgré le cli-
quetis perpétuel d'anthitèses, de mots, de traits, et malgré les étincel-
les et les paillettes qui pétillent trop brillamment dans son style, se
place aujourd'hui très-haut dans cette littérature. »

A ces mots nous devons ajouter que M. Jules Janin, rédacteur du
journal des Débats, successeur dans cet emploi des Geoffroi, des Hoffmann et des Duviquet, fait aussi quelquefois de l'histoire d'une ma-

nière fort intéressante, par exemple son portrait de Crébillon fils et celui de Paganini :

« Pourtant il fut un jour où la littérature pervertie reçut en France un avertissement bien singulier et bien étrange ! On jouait depuis long-temps avec les vieilles mœurs ; on attaquait de toutes parts et par mille voies indirectes la chasteté des femmes, la vertu des jeunes filles, la pudeur des hommes ; un écrivain d'un caractère bilieux et d'une éner-gie terrible se mit à prendre ces petits livres au sérieux. Il voulut faire peur à la société pervertie, il tint le miroir devant elle ; il écrivit les Liaisons dangereuses. Quel livre, grand Dieu ! quelle femme atroce ! quelle petite fille ignorante ! quel roué dangereux et froid ! quelle mère imbécile ! quel monde ! quel luxe ! quel dédain pour l'espèce intermé-diaire ! quel horrible commentaire de tous ces petits romans gazés, de toutes ces esquisses sentimentales ! c'était horrible à voir ! Je ne sais pas ce qu'eût fait la société de cette époque, si elle eût pu se voir dans ce miroir fidèle. Mais elle n'eut pas le temps de s'y regarder : elle était sur le bord d'un abîme ; elle y tomba, et ils tombèrent tous ensemble, trône, autel, grands seigneurs, pouvoir et croyances, la duchesse et la fille d'opéra, toute cette espèce à part, pour laquelle la vie était un culte et le respect extérieur une adoration ; elle périt le même jour ! tout le vieux monde en dentelles et en habits brodés, le monde à part, qui vivait sans travail, qui naissait heureux et riche, le monde né tout exprès pour les arts, pour l'amour, pour la bonne chère, pour le pou-voir, pour la gloire des armes, pour les femmes ; tout cela est mort en un jour, mort tout cela, hélas ! et sans retour. »

.... Paganini lui déplaisait. Paganini chante avant-hier, il reparaît dans ces jours de peste, cet homme noir, le sombre génie à la tête

penchée , aux cheveux flottants, au corps brisé et qui plie sur la hanche
droite; il revient tenant son violon avec cette rage froide qui n'est qu'à
lui ; le voilà qui rejette en l'air son archet et son âme ; le voilà qui se
passionne, qui soupire, qui rit , qui pleure! puis le voilà qui se livre à
ses bouffonneries de grand artiste , car la charge est un des priviléges
du génie; il n'appartient qu'au génie d'exceller dans la charge: Paganini est devant notre malade, il s'abandonne à toute sa passion, à toutes
ses rêveries, à toute sa laideur, à ses caprices les plus fantasques; on
dirait un reptile souillé de limon qui prend des ailes; il enfonce ses
longs doigts sur la corde , son large pied dans le sol, son regard sublime sur la note qu'il lit dans son âme ; c'est certainement la plus bizarre
et la plus sublime créature des temps modernes; et tout cela un jour de
peste , un vendredi-saint, dans un temps où le christianisme est bien
près de redevenir un besoin social ; toute autre poésie nous manquait;
eh bien! Paganini lui-même, sortant de terre à la voix des malades,
Paganini et son chant, et ses charges, et ses bouderies, et tout l'artiste, c'est à peine s'il a pu effleurer l'âme de notre malade , cette âme
de femme, si facile à impressionner dans les temps ordinaires. Ce grand
génie a échoué ; les amis de cette dame , et elle en a beaucoup, car elle
est bonne , et douce, et charmante , la jugèrent pour le coup dans un
état désespéré. »

A ce portrait nous ferons succéder le tableau de l'infortune d'une
condamnée à mort, dont la peine a été commuée à une détention de
quarante années ; ce tableau qui , pour ainsi dire , appartient au genre
philosophique, exprime parfaitement la manière habituelle d'écrire de
ce jeune et habile Aristarque.

« La peine de l'infortunée Manon fut commuee en quarante années de réclusion... Quelle grâce que celle qui vous rend une liberté que le tombeau va bientôt vous offrir !

»Pauvre Manon! puisse le malheur ne pas briser ton âme aimante! Si l'amour est la seule corde qui vibre encore dans ton cœur, puisse-t-il te préserver du désespoir où la justice des hommes t'a condamnée! Peut-être un jour reverras-tu le soleil, les fleurs et les gazons : tu les reverras tels que tu les as quittés, libres et jeunes ; tandis que toi exilée, du bonheur, tu n'auras vécu que l'enfance et la vieillesse!... Infortunée ! reçois ce tribut d'un cœur sensible. Prends courage ! peut-être un jour rencontreras-tu des âmes capables de comprendre tes larmes. »

Un autre morceau, tracé par M. Jules Janin, présente à la jeunesse des leçons fashionables d'une haute vérité et appartient par conséquent au genre didactique ; il est essentiel d'écouter ces paroles de cet aimable journaliste ; car en effet, le mérite peut seul oser être original :

« Voyez-vous, mon ami, a-t-il repris ensuite, il y a deux manières de s'habiller aujourd'hui : c'est de suivre la mode pas à pas, ou bien encore de ne pas la suivre. Vous ne pouvez, pour être bien et décemment vêtu, être trop près ou trop loin de la mode. Labruyère a dit un contre-sens quand il a dit que l'homme d'esprit se laissait habiller par son tailleur. L'homme d'esprit commande à son tailleur comme à tout le reste. Si vous étiez un homme célèbre ou un homme considérable et que vous eussiez envie d'échapper au joug de la mode, vous feriez appeler votre tailleur ; vous lui commanderiez un habit une fois pour toutes, un gilet une fois pour toutes ; vous feriez en sorte que ce fût un habit ou un gilet de l'autre siècle, afin de bien faire voir que vous n'êtes pas dans la mode. De même pour votre chapeau, vous adopteriez une forme tranchée ; de même pour votre chaussure, vous la feriez à votre pied tout à l'aise ; mais une fois ces habits adoptés, une fois le chapeau accepté, vous auriez, toute votre vie, le même costume, toujours le même. Cela vous vieillirait de dix ans d'abord, cela vous rajeunirait de vingt ans plus tard. Ce serait, sans contredit, la façon la plus commode de se vêtir. Mais, je vous le répète, le monde ne la pardonne qu'à quelques hommes privilégiés ; à la grande naissance, à la très-grande fortune, au mérite bien reconnu, à tous ceux à qui le temps est cher, aux heureux de ce monde, en un mot à ses enfants gâtés, à ceux qui ont le droit de le traiter lestement en supérieur ; quant aux autres, aux premiers venus, aux jeunes gens, à tous ceux qui ont leur chemin à faire, un costume entièrement à la mode est de rigueur. Le monde ne pardonne rien à ceux qui ne se gênent pas pour lui. Le monde a la vanité et la jalousie d'un parvenu, il veut qu'on lui sacrifie toutes ses aises ; vous ne serez jamais assez respectueux pour le monde ; vous ne lui ferez jamais assez de sacrifices ; commencez donc par vous habiller comme il veut qu'on s'habille ; prenez son tailleur, son bottier, son chapelier, tous les ouvriers dont le beau monde se sert ; qu'il voie à votre linge, qu'il sente à vos odeurs, qu'il devine à vos vêtements que vous avez passé par la même route que lui ; route de gêne, de fatigue, sauf à vous à porter vos habits avec toute l'aisance que vous pourrez. »

Un autre écrivain, M. Charles Nodier, touche aussi l'histoire, souvent avec beaucoup d'habileté ; mais son esprit trop vif, son instruction

trop profonde, l'empêchent de se donner à un seul genre ; aussi l'histoire, les romans, les voyages, la philosophie et même l'étude appro-
fondie de l'origine des langues occupent tour à tour sa plume infatigable.
Dans sa linguistique il est plus spirituel que positivement exact ; car,
ramenant l'origine de tous les sons primitifs à la langue française, pour
prouver que ses sons existent naturellement sous la langue de l'homme,
il oublie, comme l'a fait remarquer judicieusement M. d'Ekstein, que
l'idée que ces divers sons expriment en français, est désignée par d'autres mots n'ayant point ces mêmes sons pour base dans la plupart des
autres langues. Quoi qu'il en soit, ce travail spirituel est le résultat de
beaucoup de recherches. Cependant ce n'est pas là qu'il faut chercher les
effets de la plume de M. Charles Nodier ; c'est dans l'histoire, dans le
roman, là enfin où, libre des entraves scientifiques, il s'abandonne à la
verve de son imagination : voyez plutôt son portrait de Vergniaud, la
description de la Convention nationale, son tableau de Venise et sa
défense philosophique des faunes.

« Vergniaud est admirable dans l'expression de ses allégories gracieuses,
dont le charme et l'harmonie s'embellissaient encore de l'implacable
austérité des discussions ordinaires. C'est comme un hymne d'Apollon, apporté de la Grèce par Iphigénie, et chanté inutilement aux fêtes
sanglantes de la Tauride. Veut-il peindre la liberté et l'égalité ? C'est
sous la figure de deux sœurs qui s'embrassent, et non de deux tigres
qui se dévorent. S'il implore le jour de l'émancipation des peuples,
il craint de le voir apparaître dans les nuages ténébreux de la tempête.
Il le demande à l'orient d'un soleil sans nuages. C'est la voix des anges
fidèles de Milton, égarés parmi les démons, et dont la harpe résonne au
milieu des hurlements du Pandæmonium. C'est l'Abbadonna de Klop-
stock, quand il eut pénétré avec horreur les mystères de Satan. » (*Extrait
des Souvenirs de la révolution et de l'empire.*)

« Entre la plaine que je viens de quitter et la formidable montagne de
la Convention, l'instinct du bien, l'expérience des maux, le besoin du
repos qui est naturel aux âmes droites et pures, quelque méticulosité
de mœurs et de caractère, avaient réuni un tiers-parti dénué de toute
puissance pour bien faire, de toute influence pour empêcher de faire
mal, et qui assistait aux fêtes sanguinaires de la terreur, indigné et
muet comme Caton aux fêtes impudentes de Flore. C'est là qu'on trou-
verait avec ceux dont j'ai parlé, ou qu'il me reste à nommer, les hommes
les plus instruits et les plus spirituels de cette assemblée mémorable.
Cependant leurs noms se reproduiraient rarement dans une galerie
oratoire de la Convention nationale. Ils y apparaissaient tout au plus,
comme Lanjuinais, Boissy d'Anglas et Vernier, aux jours de danger et
d'émotion publique. A part quelques nuances qu'indique l'histoire, et
qui n'appartiennent pas à la critique littéraire, on peut rapporter à cette
catégorie les Dulaure, les Daunou, les de Bry, les Chénier, les Grégoire,
les Villars, les Pons de Verdun, les Viennet, les Wandelaincourt. Plusieurs d'entre eux, et Jean de Bry surtout, dont l'esprit harmonieuse-
ment vaste, embrasse une multitude d'idées et de connaissances qu'il
sait rendre et communiquer avec une élégance facile et ferme, parais-
saient appelés aux succès de la tribune. Ils les ont presque évités, et les
circonstances étaient si fortes, le fait dominait si haut, la puissance de
la raison appuyée de tous les prestiges du langage, qu'on oserait à peine
dire que leur silence ait été une calamité nationale. Il faut remonter
aux extrêmes de l'assemblée, pour y rencontrer ces grandes physionomies tribunitiennes, phénomènes des jours de malheur, qu'on admire
comme les météores, que des désastres irréparables et des souvenirs de
morts. » *(Souvenir de la révolution et de l'empire.)*

« Cependant de tous les lieux où ils aimaient à se retirer, il n'en était aucun qui leur offrît plus de charme qu'une île étroite et allongée, que les habitants de Venise appellent Lido, ou le rivage, parce qu'elle termine en effet les lagunes du côté de la grande mer, et qu'elle est comme leur limite. La nature semble avoir imprimé à ce lieu un caractère particulier de tristesse et de solennité qui ne réveille que des sentiments tendres, qui n'excite que des idées graves et rêveuses. Du côté seulement où il a vue sur Venise, le Lido est couvert de jardins, de jolis vergers, de petites maisons simples, mais pittoresques : aux beaux jours de fêtes de l'année, c'est le rendez-vous des gens du peuple, qui viennent s'y délasser des fatigues de la semaine, par des jeux et des danses champêtres.

» En redescendant à l'opposé de Venise, tout à coup les arbres deviennent plus rares ; le gazon poudreux et fleuri ne se fait plus remarquer que d'espace en espace ; la végétation disparaît enfin tout à fait, et le pied s'enfonce dans un sable léger, mobile, argenté, qui revêt tout ce côté du Lido, et qui aboutit à la grande mer. Ici le point de vue change entièrement, ou plutôt l'œil, égaré sur un espace sans bornes, cherche inutilement ces forêts de clochers superbes, ces dômes éblouissants, ces monuments somptueux, ces bâtiments élégamment pavoisés, ces gondoles agiles qui, un moment auparavant, l'occupaient de tant de distractions brillantes et flatteuses. Il n'y a pas un récif, pas un banc de sable qui le repose dans cette vague étendue.

» Ce n'est plus la surface plane et ovale des canaux tranquilles qui ne se rident le plus souvent que sous la rame légère du gondolier, et qui embellissent, de leur cours toujours égal, des rues où chaque maison est un palais digne des rois. Ce sont les flots orageux de la mer indépendante, de la mer qui ne reçoit point les lois de l'homme, et qui baigne

indifféremment des villes opulentes ou des grèves stériles et désertes. »
(*Jean Sbogar.*)

« S'il y a quelque chose de disparate et de choquant dans une civilisation
qui se flatte d'être éminemment perfectionnée, ce ne sont pas les femmes,
Dieu me préserve de le croire ! c'est leur éducation ; et, chose déplorable à imaginer ! cette éducation faussée, factice, bâtarde, sacrilége,
qui altère et dénature le chef-d'œuvre de Dieu, ce sont les hommes
d'esprit qui l'ont faite, comme presque toutes les sottises qui se font au
monde.

» On croit généralement sur la terre, et particulièrement en France,
qu'une femme est un être aimable, ingénieux et sensible, organisé pour
des émotions tendres et délicates, qui porte presque toujours plus loin
que nous la finesse des perceptions et l'excitabilité des sentiments ;
sous ce rapport, nous ne sommes que justes, et c'était là qu'il fallait
s'en tenir pour être juste. Par quel malheur se fait-il que toutes les
institutions relatives à l'éducation des femmes, et tous les discours qu'on
leur adresse, et tous les livres qu'on fait pour elles, manifestent si expli-
citement, je rougis de l'avouer, l'insolent dédain que nous professons
dans notre orgueil pour leur intelligence et leur raison ? Ne semble-t-il
pas que nous ayons voulu leur faire expier ces avantages extérieurs qui
en font presque une espèce au dessus de l'homme, en réprimant l'essor
de leur pensée, et en coupant les ailes à leur âme.

» Les femmes, émancipées par le christianisme, étaient rentrées dans
les priviléges de leur admirable nature. Elles apparurent à l'horizon du
moyen âge comme des astres tutélaires. Le druidisme les avait élevées
au sacerdoce ; la chevalerie leur conféra la souveraineté. L'aveu unanime
des peuples les plus éclairés remit entre leurs mains les balances de la

justice dans les occasions solennelles où il s'agissait de récompenser la vertu, d'honorer le courage, de couronner le génie. Elles firent les héros et les poètes. Elles auraient fait les dieux. Cette belle période de l'histoire du genre humain aboutit comme toutes à l'époque de décomposition et de marasme moral où la société corrompue et abrutie par de sottes inventions, reprit les chaînes de la force. L'empire des femmes finissait. Il ne s'en fallait pas de si longtemps qu'on le pense que la société finît aussi. »

Un historien mort depuis plusieurs années, Marchangy, prépara dans la Gaule poétique des matériaux pour le genre romantique, et quelquefois au milieu de ses narrations fastidieuses il mêla des faits intéressants ; tel est le tableau suivant des forêts consacrées au culte druidique :

« Les forêts, dont ils faisaient leurs temples, n'étaient éclairées que par des rayons vacillants et presque éteints, par des reflets aussi pâles que les lueurs d'une lampe sépulcrale ; les chênes, les sapins, les ormes, que n'avaient jamais atteints la foudre ni la cognée, étendaient leurs branches touffues sur le sanctuaire, que remplissaient les simulacres des dieux, représentés par des pierres brutes et des troncs grossièrement façonnés. L'eau du ciel, filtrée à travers cent étages de rameaux, traçait d'humides couleurs sur ces images livides que la mousse et les lichens rongeaient comme une lèpre affreuse.

« C'est là que les druides, vêtus de la robe blanche des Platon et des Pythagore, armés de faucilles d'or et portant un sceptre surmonté du croissant des prêtres de l'antique Héliopolis ; c'est là que ces terribles semnothées, le frontceint de feuilles de chêne et de bandeaux étoilés, emblème de l'apothéose, viennent chercher avec des cérémonies mystérieuses le gui sacré, que nos ancêtres appelèrent longtemps le rameau des spectres, l'épouvantail de la mort, et le vainqueur des poisons.

» Souvent du milieu de ces forêts lugubres, où l'on n'entendit jamais ni le vol des oiseaux, ni le souffle des vents, de ces forêts muettes et dévorantes, où coulait sans murmure une onde infecte, sortaient tout à coup des hurlements affreux, des cris perçants, des voix inconnues, et soudain à l'horreur du tumulte succédait l'horreur du silence.

» D'autres fois, de ces solitudes impénétrables la nuit fuyait tout à coup, et, sans se consumer, les arbres devenaient autant de flambeaux dont les lueurs laissaient apercevoir des dragons ailés, de hideux scorpions, des cérastes impurs s'entrelacer, se suspendre aux rameaux éblouissants ; des larves, des fantômes montraient leurs ombres sur un fond de lumière, comme des taches sur le soleil ; mais bientôt tout s'éteignait, et une obscurité plus terrible ressaisissait la forêt mystérieuse. (*La Gaule poétique.*)

Un voyageur encore vivant, **M. Bory de Saint-Vincent**, autant écrivain habile que savant remarquable, a laissé aussi des pages méritant d'être conservées ; telle est celle où il présente la description du Tage.

« Mais que la réalité est loin de la réputation que depuis les Romains jusqu'à nos jours, on s'est complu à donner au plus triste des fleuves !

» Des bords arides âprement coupés à pic, un lit généralement *torren-tueux*, embarrassé et rétréci, des eaux jaunâtres presque continuellement bourbeuses, voilà ce qui caractérise véritablement le Tage, parcourant une campagne ordinairement dépouillée, sèche, abandonnée, où l'ardeur du soleil dévore une végétation dure, courte, ligneuse, quand le souffle des tempêtes n'en élève pas une poussière rougeâtre qui pénètre les vêtements et va donner sa teinte sinistre aux traits du campagnard, ainsi qu'aux tristes bouquets d'yeuses, échappés à sa destruction parmi des rocs dépouillés, épars. Le vautour seul, entre les oiseaux carnassiers habitants de l'austère vallée, y domine les airs, en menaçant des bandes malpropres de mérinos, guidés par des pâtres plus malpropres encore, malheureux et grossiers compagnons des animaux qu'ils défendent non-seulement contre les loups, mais encore contre les nombreux lynx dont les monts de Grédos et les monts Lusitaniques sont tous remplis. Nulle partie de l'Espagne n'est plus sauvage ni plus pauvre que celle qu'on feignit en être la plus riante et la plus riche ; et quelques points un peu moins déshérités de la nature, qu'on rencontre çà et là le long du fleuve que nous avons représenté tel qu'il est, ne sauraient lui mériter le nom de Tage doré, et cette célébrité qu'on lui donna en adoptant comme des vérités les exagérations des poètes. »
(*Guide du voyageur en Espagne.*)

Revenant à quelques autres écrivains semant journellement les fruits de leur plume dans les feuilles périodiques, qu'il nous soit permis de ne citer ici rapidement que leurs noms et quelques exemples de leur manière d'écrire. Ainsi nous allons faire suivre le Tableau du massacre de Saint-Domingue, de M. Delrieu; le Portrait de Léopold Spencer et la Description du bombardement de Scio, de M. Léon Gozlan ; le parallèle de Mirabeau, Vergniaud et Foi, de M. Jay; le portrait du talent de Cuvier par M. Pasquier, et la description de la cour de France en 1830 , par M. Mennechet; le portrait d'Hoffmann, par M. Jal; le portrait de Malesherbes, par M. le duc de Levi; celui de Foy, par M. Etienne ; celui de Napoléon au conseil d'état, par M. Cormenin; de Mehul, par M. Castilblase; de Masséna, par M. Saintine.

» Jean François, dit M. Delrieu, était un beau nègre dans toute l'étendue de beauté africaine. Cependant, après l'avoir vu, on se demandait si on avait vu un homme. Il y avait dans son nez, carrément épaté, dans la base élargie de son visage, dans son front de bœuf, sa chevelure crépue comme une toison, il y avait dans tout cela, et dans l'impassibilité de son maintien quelque chose de si singulièrement brut , que la pensée concevait en lui l'idéal complet de la férocité. En le regardant en face, on cherchait quelque temps ses yeux, parce qu'ils étaient tout rouges de sang, peut-être à force d'en voir répandre. Jean François valait à lui seul tout un tribunal révolutionnaire ; à le voir tranquillement appuyé sur le pommeau de sa selle pendant qu'on égorgeait les colons, on aurait dit Rossignol donnant par une bonne fusillade le baptême de la république aux chouans prisonniers. Né en France , il eût rempli avec distinction le proconsulat de la guillotine. C'était Carrier ou Lebon, moins la blancheur de la peau, et plus l'excuse de l'abrutissement et de l'esclavage. »

« Un historien bolonais rapporte, dit M. Léon Gozlan, qu'il prit un narcotique si violent, que, pendant quarante-huit heures, il dormit d'un sommeil léthargique. Lorsqu'il s'éveilla, il s'écria : Je viens de l'enfer, je l'ai vu.

» Pourquoi ne pas choisir ce moment pour représenter le poète de la divine comédie? Quel parti à tirer de cette tête endormie où passent et passent encore tous les cercles du séjour maudit ! Et Capanée blasphémant le ciel qui lui cache des langues de flammes ; et le comte Ugolin, et Mainfroy l'excommunié, et Farinata, debout sur un tombeau, riant à scandaliser les damnés ! quelle poésie d'effroi et de désespoir le ciseau de l'artiste pourrait répandre dans les lèvres convulsives, dans les yeux à demi ouverts, dans la poitrine haletante du poète ! Faut-il un groupe? au pied du Dante, mettez Béatrix attendant son réveil , le provoquant par ses larmes, par ses cris, par son désespoir; deux instants sont à la disposition de l'artiste : celui où le Dante rêve de l'enfer, et celui où, en ouvrant les yeux, il rencontre Béatrix. Quel admirable contraste ! Ces deux figures, l'une encore chaude de la vision, l'autre attentive et belle. Humanité, poésie, idéal , tout est là. Eh ! vite, un ciseau ! que je fasse jaillir du sang du marbre. La Félicina se leva furieuse, fit un signe expressif à Spencer, et les domestiques le mirent à la rue. — Il était chassé.

» Il n'avait pas fait vingt pas qu'un homme grand, pâle, à figure vénitienne, accourut, le pressa en pleurant dans ses bras, et lui dit : Je vous ai entendu, je vous ai compris : vous avez pleuré , vous êtes artiste! grand sculpteur, vos gestes taillaient du marbre ; j'en taillais avec vous tandis que vous parliez. Nous sommes l'un et l'autre couverts de poussière. Vous êtes pauvre et je suis riche. Avant de partir, car je pars demain pour la cour de Toscane , acceptez ces cinquante louis. Adieu , frère! je ne vous oublierai pas. C'était Canova.

» Tu me disais que Mezzomorto...

partit avec trois sultanes (petits vaisseaux d'état) sous l'ordre du capitan-pacha ; il fit voile pour Scio. Depuis un an l'île était au pouvoir des Vénitiens, qui en avaient chassé les naturels, et tourmentaient les Grecs parce qu'ils ne suivaient pas le rite romain. Le jour où l'intrépide Mezzomorto parut, Scio était dans la joie; on voyait flotter le lion rouge de Saint-Marc, au-dessus des hautes mosquées ; et, du fond des bosquets de lentisques et des rideaux de palmiers, on entendait le son maudit d'une cloche catholique. Le moment de débarquer n'était pas venu, on entendit la nuit; elle arriva : on serra davantage la côte, et, à l'abri d'un cap dont l'ombre tombait large et profonde dans la mer, on se mit en position de bombarder la flotte vénitienne, abandonnée par les joyeux équipages. Elle était formidable, la flotte ! en se retournant, elle eût écrasé la petite escadre de Mezzomorto. Heureusement tout le monde était à terre. Des bruits de fêtes et de réjouissances venaient frapper la grève ; c'était probablement le ramazan des chrétiens, l'air était ivre. Minuit sonne; et un panache de fumée s'élève de la rade et s'abat sur la ville; les habitants croient pendant quelques instants que les pêcheurs de l'île se réjouissent à leur manière; mais, tout à coup, une bombe tombe au milieu de la cité et s'abîme dans le sable d'une rue ; une autre suit, qui emporte le toit d'une maison ; une autre descend au milieu d'un banquet, et, convive inattendu, enlève trois convives. Plus de doute, les Turcs ont débarqué ; alors les marins se précipitent en hurlant vers le rivage, les cloches sonnent, les habitants pleurent, les lampes de la fête s'éteignent aux fenêtres, et des flambeaux de résine mêlent leur sombre lueur aux lueurs livides de l'incendie.

» Quand vint le jour, le lion de Saint-Marc ne flottait plus, le croissant l'avait chassé des tours crénelées de Scio. Pas un Vénitien n'échappa de cette ardente fournaise ; deux jours de fumée, quelques minutes de vent, et il n'y parut plus. C'était écrit.

« On a voulu comparer, a dit M. Jay, le général Foy à d'autres orateurs : celui qui en a le plus approché est le vertueux Camille Jordan, qui fut son ami et qui mérita de l'être. Le cœur de Camille Jordan palpitait aussi d'indignation contre les ennemis de la France ; l'aspect menaçant de la contre-révolution avait exalté son énergie morale ; mais les efforts de la tribune abrégèrent aussi sa vie, et son dernier soupir fut pour la liberté.

Faut-il rappeler Mirabeau et Vergniaud ? Ils ont eu le génie propre à leur époque. Mirabeau, porté par la révolution, avait l'avantage de l'attaque ; sa force se multipliait par toutes les forces d'une puissante majorité : il parlait en triomphateur devant un pouvoir vaincu. Le général Foy, au contraire, soutenait les attaques de la contre-révolution, victorieuse et acharnée sur sa proie ; toujours en défense, son éloquence était protectrice et non agressive : les élans de cette âme héroïque n'avaient rien d'hostile. La stabilité du trône, la gloire et la prospérité de la patrie, voilà ce qu'il protégeait avec les armes de la raison et les soudaines illuminations du génie.

L'éloquence de Vergniaud était orageuse comme le temps où il vivait ; il lance des foudres, mais il répand peu de lumières. Son admirable langage est rempli d'émotions et d'images ; il appelle à son aide tout le pathétique des passions. Le général Foy, s'adressant à la raison publique et aux intérêts de tous, échauffe et éclaire tout à la fois : il est incomparable lorsqu'il défend la gloire nationale insultée et l'honorable misère de ses compagnons d'armes ; lorsqu'il conjure le ministère si prodigue envers ses agens, d'épargner les cent cinquante officiers généraux de notre vieille armée, atteints dans leur repos par ce qu'il nomme le dernier coup de canon échappé de Waterloo. Le général Foy ne souleva jamais que les plus nobles affections : s'il s'indigne de la calomnie, c'est l'indignation de la vertu ; placé au-dessus des passions du vulgaire, il s'oublie lui-même, il ne voit que la patrie, il ne respire que la patrie.

Il y a sans doute, suivant M. Pasquier, un peu de paradoxe dans ce brillant axiome de Buffon : le style est l'homme même ; mais il faut cependant reconnaître qu'aucun homme n'a jamais eu et n'aura jamais le moyen de tirer un parti suffisant de ce qui est en lui, si le ciel ne l'a doué en même temps du pouvoir de rendre ses idées vivantes pour autrui comme elles le sont pour lui-même ; de s'emparer, par cette voie, de ceux qu'il entreprend d'instruire, de persuader, de convaincre et de conduire. M. Cuvier avait reçu de la nature, et dans la plus juste mesure, ce don nécessaire et si précieux ; il fallait à celui dont la pensée s'établit sur un si vaste horizon un instrument qui lui permît de la répandre aussi facilement qu'il la concevait ; il fallait que sa parole, quand il professerait, sa plume, quand il écrirait, courussent aussi vite que le demandait le besoin dont il était pressé de se communiquer, de se rendre sensible à tous les esprits capables de le suivre ; et vous savez

s'il a jamais eu dans le genre de succès quelque chose à désirer ou à
regretter. »

« Là sont réunis, écrivit M. Mennechet, le ministre passé songeant aux
moyens de ressaisir le pouvoir, le ministre présent préoccupé de la
crainte de le perdre, et le ministre futur rêvant aux chances qu'il a
pour s'en emparer. Tous les trois se saluent, se serrent la main avec
affection ; on les prendrait pour des amis. Là se groupent des pairs de
France, qui, fiers de leur droit d'hérédité et confiants dans sa durée,
estiment et calculent ce que vaut un fils aîné de pair, et par quelle dot la
fille d'un banquier peut acheter un titre de comtesse et ses entrées à la
cour. Ce ne sont pas seulement les pairs de Louis XVIII et de Charles X, qui se livrent à ces espérances. Je vois d'anciens sénateurs de
Napoléon partager ces illusions dont ils sentent aujourd'hui tout le
néant. Voici près d'eux de vieux généraux, qui, depuis la république
jusqu'à Charles X, ont servi tous les gouvernements. Le drapeau a
changé, mais qu'importe ? L'honneur militaire n'a point failli, car,
depuis nos révolutions, il leur est impossible de le placer ailleurs que
dans le courage. »

« Hoffmann, a dit M. Jal, présidait ce petit club d'amis ; Hoffmann,
érudit, original, caustique, railleur, parlant de tout avec une grâce
malicieuse, poursuivant de sa satire voltairienne tout ce qu'il trouvait
de ridicule sur sa route ; aimant le paradoxe à la folie, narrateur plus
aimable, et plus habile encore peut-être que Méhul. Théâtre, voyage,

politique, magnétisme, histoire, musique, médecine, tout lui était bon,
tout lui était un texte à discussions profondes ou plaisantes. Chaque
jour vingt personnes l'écoutaient, *suspensis auribus*, comme dit élégamment Properce, et pourtant il était bègue ; mais son bégaiement
était un attrait de plus ; il savait en tirer parti ; quelquefois même il
trouvaitdans ce défaut des effets qu'il rendait comiques par la bonhomie
feinte avec laquelle il les produisait. »

« J'ai vu plusieurs fois cet illustre vieillard (c'est M. le duc de Lévi
qui parle), et je me rappelle sa figure ouverte et calme, et son air un
peu distrait ; ses principes étaient sévères, et sa société était douce :
magistrat intègre, père tendre, ami zélé, il jouissait de l'estime générale
et de la bienveillance universelle. Tout, dans sa vie publique et privée,
avait été bon et honorable ; mais l'éclat extraordinaire que jeta la fin de
sa carrière a, pour ainsi dire, placé tout le reste dans l'ombre, et l'imagination ne s'y arrête pas. » *(Caractère et portrait.)*

« Ce jeune héros, dit M. Etienne, qui ne s'arrêta plus dans la carrière
de la gloire ; que verront presque tous les champs de bataille de
l'Europe ; qui, après avoir, pendant la guerre, versé son sang pour la
patrie, voudra encore, dans les loisirs de la paix, combattre et mourir
pour elle ; qui ne laissera reposer le fer des combats que pour saisir le
glaive de la parole ; qui, dans la tribune aux harangues, n'aura quitté
ni le poste de l'honneur ni le champ de la victoire ; ce député du peuple,

qui sera le modèle des orateurs, après avoir été le modèle des guerriers ; c'était le grand citoyen dont la France est en deuil ; c'était le général Foy. . . . .

. . . .

» Il ne fut jamais esclave que du devoir ; sous le joug de la discipline militaire, il gardait l'indépendance de son esprit ; mais l'amour de la patrie était la plus ardente et la plus douce de ses affections, et les faveurs de la gloire le consolaient des disgrâces de la liberté.....

» Une attitude calme et fière, un organe sonore et pénétrant, un geste plein de noblesse et de grâce, un regard brûlant où se réfléchissaient tous les mouvements d'une âme enflammée de l'amour de la patrie, une diction pure et forte, embellie par des tours heureux, animée par des images pittoresques ; une sensibilité qui ne doit rien à l'art, et qui a tout son foyer dans le cœur ; un air chevaleresque qui rappelait encore le guerrier et qui donnait à toutes ses paroles ce charme si puissant sur une nation qui, dans la jalousie de sa liberté, aime toujours à se souvenir de sa gloire, tels étaient les caractères de cette éloquence brillante et sage qui illustra la tribune et consola la France. » *(Eloge du général Foy par M. Etienne.)* »

Un Aristarque spirituel et profondément connaisseur des œuvres musicales de notre époque, M. Castilblaze, tour à tour peintre et musicien, se fait remarquer comme écrivain par son style mordant, caustique et véritablement d'artiste. Malheureusement ce style est souvent haché, incorrect et plus souvent encore trop orné de cette teinte locale de coulisses qu'il est toujours important d'éviter. Voici le portrait qu'il a fait de Méhul. « Il avait, dit-il, beaucoup d'esprit et d'instruction, sa conversation était intéressante; son caractère offrait un mélange de finesse et de bonhomie, de grâce et de simplicité, de sérieux et d'enjouement, qui le rendait agréable dans le monde. Néanmoins il n'était pas heureux et ne pouvait faire le bonheur d'une femme. Il n'a pas eu d'enfants de son mariage avec mademoiselle Gastaldi. Les deux époux se séparèrent six ans après. La vie de Méhul se retrace dans ses œuvres musicales, on y trouve toute la sensibilité de son cœur et la noblesse de son esprit. Sa passion pour les femmes le tourmenta sans cesse ; il les aimait naïvement, de bonne foi, et ne rencontra presque jamais la franchise, la sincérité des sentiments qu'il offrait. Il en aima beaucoup, je ne sais trop pourquoi; l'amour était chez lui une manie sans excuses. Quoi qu'on en ait dit et pensé, il était réellement épris de sa femme quand il l'épousa. Le prélude semblait annoncer un morceau d'ensemble charmant et d'une longue durée. Mais rien ne pouvait arrêter l'humeur changeante, l'inquiétude sentimentale de Méhul. »

Un autre écrivain, M. Saintine, trace aussi quelquefois des portraits historiques pleins de vérité, et tel est le suivant de Masséna :

« Masséna était né Piémontais, à Nice même ; c'était par des prodiges de valeur et en conservant son pays à la France qu'il venait de se naturaliser français. Les Alpes l'avaient vu dans sa jeunesse gravir les sommets les plus escarpés : aussi se montrait-il essentiellement propre à la guerre des montagnes. D'une taille peu élevée, mais d'une constituton forte et robuste, après trois campagnes sur mer, il entra à dix-sept ans au service de Louis XVI, dans le régiment royal-italien; il y parvint au grade d'officier. Actif, intrépide, aveugle pour les obstacles, plein de fougue et d'ambition, mais peu soucieux de la discipline et des soins administratifs, la nuit, le jour, à la tête des siens, au milieu des périls, il ne vivait que pour combattre. Si son ardeur immodérée ne lui laissait pas le loisir de combiner avec habileté les préparatifs d'une attaque, au milieu de l'action replacée dans son élément, sa pensée s'agrandissait, son coup d'œil devenait juste et sûr, et il réparait, par l'audace rapide et calculée de son exécution, les fautes qu'il avait pu commettre. S'appliquant à lui personnellement les hauts principes de la politique romaine, il ne s'arrêtait jamais qu'après le succès. Battu, il reparaissait soudain sur le lieu de son désastre jusqu'à ce qu'il en eût fait un champ de triomphe. Tel était celui que les soldats surnommèrent l'*enfant chéri de la victoire*, et que de vieux guerriers regardent encore aujourd'hui comme le second capitaine du siècle. »

M. Saintine, plus particulièrement livré au roman qu'à l'histoire, sait intercaler avec habileté des fragments historiques dans ses ouvrages, et nous citerons comme un des plus curieux de ces morceaux, la description de l'origine du caractère scénique de Pasquin.

« Pasquin! ce nom, qui raisonna si souvent dans l'histoire de l'Italie moderne, avait été celui d'un tailleur d'habits, bon homme, d'un esprit caustique et railleur, et dont les reparties pleines de malice amusaient autrefois les oisifs de Rome, lorsque l'aiguille en main et les jambes croisées, il répondait aux propos des passants en montrant sa joyeuse figure mascaronique, enluminée, vermillonnée, aux pommettes saillantes, aux petits yeux noirs et plissés ; car il connaissait l'art de relever l'importance de ses quolibets par un geste, par une grimace, et surtout par un gros rire qui retentissait dans tout le voisinage comme une cloche de jubilation, annonçant à chacun que Pasquin venait de faire un bon mot.

» Bientôt les concetti fabriqués à Rome ne purent avoir cours qu'en portant son empreinte ; tous furent mis sur son compte, portèrent son nom, et Pasquin était mort depuis longtemps, qu'il jouissait encore de son privilége. Le peuple cependant lui trouva un héritier.

» Dans une fouille entreprise vis-à-vis le Palazzo-Torres, on avait découvert une vieille statue tronquée, défigurée, que l'on déposa comme un monument public près la maison occupée autrefois par le diseur de bons mots, au coin de l'édifice d'Ariane. Cette statue exerça la sagacité des antiquaires et des savants mythologistes ; les uns voulaient que ce fût Alexandre-le-Grand, les autres un Hercule. Le peuple les laissa discourir, et la nomma simplement Pasquin, en mémoire du pauvre tailleur.

» Le pasquin de pierre continua à lancer l'épigramme comme son prédécesseur, non-seulement contre les voisins ou à l'occasion des petits scandales de la ville, mais plus souvent encore contre les actes de l'autorité, la tyrannie des nobles et des grands, et les débordements du clergé.

« Quiconque avait une saillie, une sentence à faire connaître, chargeait Pasquin de sa publication, en l'inscrivant sur le socle qui soutenait la statue ou sur le mur auquel elle était adossée.

M. Saintine est également habile à peindre les effets de situation. « Déjà, a-t-il écrit, le pontife descendait les degrés de son estrade pour se retirer, lorsqu'un cri perçant, une voix de femme se fit entendre à plusieurs reprises dans l'intérieur du palais. Cette voix si lamentable, si déchirante, parut frapper de stupeur toute l'assemblée ; Sixte lui-même s'émut et s'arrêta. A ce cri le jeune homme releva la tête ; une effroyable pâleur couvrait sa figure, il écouta quelques temps cette voix, ces cris, qui allaient en s'affaiblissant, puis, n'entendant plus rien, il frappa du pied avec fureur, étendit la main vers le pontife, comme pour lui donner l'ordre de rester, et, prolongeant sur lui un regard d'indignation et de mépris, sans doute il s'apprêtait à lancer à son tour l'anathème sur le cruel vieillard ; mais une émotion trop vive avait paralysé ses organes : ses lèvres tremblantes ne purent balbutier un mot. Suivi des cardinaux, Sixte sortit de la salle d'un pas tranquille et assuré, et lui, étouffé de rage, épuisé d'émotions, il tomba sans connaissance.... dans les bras des bourreaux. » *(Le Mutilé).*

Enfin mes jeunes lecteurs me sauraient mauvais gré, si je ne leur faisais pas connaître la prose historique de notre premier versificateur contemporain, de M. Casimir Delavigne. Ce sont des fragments d'une lettre qu'il écrivit d'Italie à son ami M. Charles Nodier. Comme lettres, ce sont des modèles : ce qu'il dit est simple, naturel, et pourtant son style respire la grandeur des lieux qu'il parcourt.

« Herculanum et Pompeï sont des objets si importants pour l'histoire de l'antiquité, que, pour bien les étudier, il faut y vivre, y demeurer.

» Pour suivre une fouille très-curieuse, je me suis établi dans la maison de Diomède : elle est à la porte de la ville, près de la voie des tombeaux, et si commode, que je l'ai préférée aux palais qui sont près du forum. Je demeure à côté de la maison de Salluste.

» Il faut cependant avoir trouvé les mœurs du Levant agréables pour être bien dans un palais des anciens Romains. Ceci m'amène naturellement à vous dire, mon ami, ce que je vous ai répété tant de fois, c'est que les Grecs ont étendu leur civilisation dans un cercle immense, et que plus tard les Romains, maîtres du monde, ont porté partout les arts de la Grèce, sans être aussi heureux que leurs devanciers. . .

. . . .

» La liberté est partout nécessaire ; de ce bienfait viennent toutes les lumières, et il était bien probable que des hommes qui ne pouvaient être contredits par personne finiraient par dire des sottises, et c'est ce qui est arrivé. Par exemple, un savant nommé Martorelli fut employé pendant deux années à faire un mémoire énorme pour prouver que les anciens n'avaient pas connu le verre à vitres, et quinze jours après la publication de son in-folio on découvrit une maison où il y avait des vitres à toutes les fenêtres. . . . .

. . . .

» Mais sous les portiques de l'académie, à Pompéi, au pied de la tribune, occupons-nous des Romains.

» Les fouilles se continuent avec persévérance et avec beaucoup d'ordre et de soins : on vient de découvrir un nouveau quartier et des thermes superbes. Dans une des salles j'ai particulièrement remarqué trois sièges en bronze, d'une forme tout à fait inconnue et de la plus belle conservation ; sur l'un des deux était placé le squelette d'une femme dont les bras et le col étaient couverts de bijoux ; en outre, des bracelets d'or, dont la forme est déjà connue ; j'ai détaché un collier qui est vraiment d'un travail miraculeux ; je vous assure que nos bijoutiers les plus experts ne pourraient rien faire de plus précieux ni d'un meilleur goût. On y trouve l'industrie des bijoux mauresques que j'avais examinés à Grenade, et les dessins qui ornent les parures des femmes Maures et des Juives de Tétuan sur la côte d'Afrique. Les bracelets, formant un seul anneau, sont particulièrement d'une ressemblance si parfaite, qu'on les croirait travaillés par le même artiste.

» La principale salle de ces thermes est couverte d'ornements délicieux, et l'entablement est soutenu par un nombre infini de petites figures ronde-bosse d'un caractère très-original.

» Il est difficile de peindre le charme que l'on éprouve à toucher ces objets sur les lieux mêmes où ils ont reposé tant de siècles, et avant que le prestige en soit tout à fait détruit. Une des croisées était couverte de très-belles-vitres que l'on vient de faire remettre au musée de Naples. . . . .

. . . .

» Pompéï a passé vingt siècles dans les entrailles de la terre ; les nations ont passé sur son sol, ses monuments sont restés debout, et tous les ornements intacts. Un contemporain d'Auguste, s'il revenait, pourrait dire : Salut, ô ma patrie ! ma demeure est la seule sur la terre qui ait conservé sa forme et jusqu'aux moindres objets de mes affections. Voici ma couche, voici mes auteurs favoris. Mes peintures sont encore aussi fraîches qu'au jour où un artiste ingénieux en orna ma demeure. Parcourons la ville, allons au théâtre. Je reconnais la place où, pour la première fois, j'applaudis aux belles scènes de Térence et d'Euripide.

» Rome n'est qu'un vaste musée, Pompéï est une antiquité vivante. Je n'ai plus qu'un désir à former, c'est d'être un jour ici votre cicérone.... Je vais au temple solliciter cette faveur des dieux. » *(Pompeï, 16 novembre).*

L'histoire ne comprend pas seulement le passage des hommes et la marche des événements ; elle enregistre en même temps l'établissement et la chute des institutions civiles ou politiques ; de nos jours l'existence de ces institutions a été décrite souvent dans de simples articles de journaux ou dans des ouvrages spéciaux. L'encyclopédie moderne est de ce nombre, et son éditeur M. Courtin y a intercalé beaucoup d'articles sortis de sa plume, fort intéressants pour l'histoire des institutions : voici la définition qu'il a faite de la police.

» C'est en rapprochant ce qu'elle fut sous l'ancien régime de ce qu'elle a été dans le cours de la révolution, sous le directoire, l'empire, de ce qu'elle est devenue sous la restauration ; c'est en passant ses principaux actes au creuset d'une impartiale mais juste investigation, qu'on peut réunir les éléments d'une police qui soit pour les citoyens un gage de sécurité, et pour la France un nouveau titre à la confiance des étrangers. Jamais cette organisation ne rencontra moins d'obstacles : sous un gouvernement éminemment libéral, ayant un chef honnête homme, on doit facilement obtenir une police par d'honnêtes gens ; il est temps de la dépouiller de ses impuretés ; il faut lui donner pour base la justice, la morale et l'humanité, la réconcilier avec la probité et la loyauté publiques ; il faut prouver que, loin d'être incompatible avec la liberté, elle en est un des plus fermes appuis. Les moyens propres à rendre les délits moins fréquents, les peines par conséquent plus rares, se présenteront naturellement à elle ; elle les puisera moins dans les lois répressives que dans l'amélioration des mœurs, dans ce qu'elle fera pour rendre aux citoyens la pratique des vertus plus facile, en éloignant d'eux les occasions qui portent au vice et qui sont comme le foyer de leur fermentation.

M. Chasle, dans un autre ouvrage, fait le tableau de la Conciergerie telle qu'elle était autrefois :

» J'avais seize ans, lorque je vis pour la première fois la Conciergerie. Quelle prison c'était alors ! Une prison de l'ancien régime, belle d'horreur, hideuse de poésie ! un amas de cachots ; un dédale de corridors sombres et de voûtes infernales ! du front vous touchiez la poutre qui écrasait le guichet d'entrée ; ployé en deux, vous aviez peine à le franchir. Un réverbère, à la clarté rouge, brûlait éternellement sous le porche. Là, il y avait encore des faces noires de geoliers, des paquets de clés retentissantes, des barreaux de fer obstruant l'air et la lumière ; je m'en souviendrai toujours : de telles images ne périssent point dans la mémoire ; elles projettent leur ombre sur toute une vie. Elles forment un homme, ou l'écrasent, font germer son intelligence, ou la tuent. »

Dans le même ouvrage, **M. J.** Bousquet fait la description de la salle des assises de Paris ; elle est vraie et présente bien les pensées que fait naître la vue de ce temple de la justice répressive.

» Nous voilà donc dans l'enceinte de ce tribunal redoutable que la corruption de la capitale alimente sans cesse, et dans lequel elle entraîne, comme dans un vaste réservoir, tout ce que l'humanité a de plus abject, de plus funeste, de plus révoltant : incendies, meurtres, empoisonnements, parricides ; et ce crime des mères sur le fruit innocent d'un amour incestueux ou adultère ; et ces horribles attentats du mari contre l'épouse, de l'épouse contre le mari ; et ce poignard que l'infernale jalousie met dans les mains d'un amant forcené... : telle est la sombre galerie des forfaits qui se déroulent dans cet étage supérieur du crime, et que retrace en lettres de sang l'histoire de la justice répressive... Terribles archives, où l'on ne trouve que le mal, et qui lèguent à l'avenir la honte des temps passés. »

D'autres auteurs, forcés un jour par une charitable gratitude de faire de la prose pour un pauvre diable de libraire, se mirent à tracer plusieurs des faits habituels de la capitale. Plusieurs furent agréablement indiscrets, et de ce nombre on peut placer **M.** Brifaut, qui, par exemple, dans le tableau suivant, a mis au grand jour les réunions nocturnes des écrivains parisiens.

« Quand tout est calme, sombre et fermé, lorsque de lointains roulements de voitures, quelques cris faibles et bizarres, et le pas mesuré des patrouilles se font seuls entendre encore ; soudain, près d'un théâtre triste et noir, comme un édifice abandonné, en face de la Bourse, ce monument si étonné de se trouver sous notre ciel d'occident, une fenêtre s'éclaire et luit. Bientôt des paroles hautes, sans suite, mais gaies, folâtres, éclatantes et rapides surtout, viennent frapper l'oreille du factionnaire, qui s'ennuie à garder le péristyle corinthien du temple de l'agiotage ; le bruit des verres se mêle à des chants presque fantastiques d'harmonie incorrecte et inattendue, puis les cris se succèdent et se croisent, des détonations suivies de rires longs et tulmutueux sillonnent leurs discordances. Écoutez : que de noms connus arrivent jusques à vous ! Voici toute la galerie contemporaine ; les jugements se formulent vite, les arrêts sont inexorables et laconiques : tableaux, livres, statues, vers, estampes, journaux, drames, musique, discours, lois, opinions, faits ; quel brillant défilé ! tout est de leur ressort, leur compétence est universelle. Les interlocuteurs semblent lire un catalogue. Écoutez encore : Voici des promesses de courage, des protestations de conviction et d'intégrité ; voici l'épigramme et le sarcasme, l'éloge sincère ; vous entendrez ensuite les conseils, les plans, les idées, l'ivresse arrive. Quel tonnerre ! quelle étourdissante confusion ! et cependant il y a de toutes parts, de tous les coins de la salle, la plus étonnante débauche de réparties spirituelles, de sentences à retenir, d'expressions à conserver, et en même temps d'effrénés récits et d'effroyables anecdoctes. Est-ce une fête de démons ? Quelques passants s'arrêtent inquiets, les patrouilles ralentissent leur marche, et tous, après quelques minutes d'attention, se retirent en riant, de ce rire de désir et de convoitise, dont l'expression est indéfinissable.

Mais tout a cessé, on a soufflé les dernières bougies du café des Nouveautés. La nuit est parfaite.

Les convives se sont séparés, et la place a retenti de leurs adieux.

M. Casimir Bonjour, dans le parallèle suivant des comédiens d'a:-
jourd'hui et de ceux d'autrefois, est moins sorti de son genre d'auteur
dramatique, et son tableau est également remarquable de vérité , mais
au moins il ne porte nullement atteinte à la réputation morale des comédiens, tandis que l'indiscrétion de M. Brifaut pourrait porter à comparer les mœurs de nos écrivains actuels à celles du temps des Chapelle
et des Piron, ce qui n'est pas rigoureusement vrai.

« Un acteur de talent, un acteur doué d'une tête ardente, s'identifie
tellement avec son rôle, qu'il en fait une réalité. Il est l'homme qu'il
représente, il en a les passions , il en a toute l'existence , et quand il
rend bien son personnage, une grande assemblée le lui témoigne par
ses acclamations. Il jouit alors de son succès, il en jouit en personne ,
face à face, il est payé comptant, il boit la coupe à longs traits. Une tra-
gédienne d'autrefois, qui jouait les princesses et les reines , était effec-
tivement reine et princesse. Belle, riche, adulée, sa vie était un enchaînement de voluptés. Au sortir du théâtre, où elle avait porté un dia-
dème, elle ne rentrait chez elle que pour y trouver tous les raffinements
du luxe et de l'opulence. Courtisée des grands, chantée par des gens
de lettres, elle voyait à ses pieds tout ce qu'il y avait de plus célèbre ;
et quand on lui parlait de son trône et de ses mains royales , elle
croyait, et il lui était permis de croire à ses mains royales et à son
trône. Si ce sont là des illusions et des songes , nous en désirons de
semblables à tous ceux qui habitent les palais. »

Le séjour le plus habituel des auteurs et surtout des comédiens est
assurément le café ; là plus d'un écrivain, tant qu'il n'est pas encore

célèbre et que l'argent ne sonne pas fort dans sa bourse, se sert chaque jour de la table de marbre pour bureau. Aussi nous ne pouvons mieux faire pour donner une idée exacte de la vie du café à Paris, que de faire suivre la description vive et animée que M. Merville en a tracée.

« Qu'on ne compare point le cabinet de lecture au café. Le cabinet de lecture fermé, avec son atmosphère soporifique, et son pesant harpocratisme, se refuse essentiellement aux communications de la pensée ; le café les provoque. Que l'émeute s'engendre ; que l'imperceptible frémissement qu'elle excite avant d'être saisissable soit remarqué par quelque observateur exercé, ce n'est pas dans un cabinet de lecture qu'il en court donner avis ; ce n'est pas chez lui ; c'est au café, à son café, où il est sûr de rencontrer ses amis ; à son café, où il lit les journaux, où il cabale comme électeur et comme garde national. Quel point sert de ralliement aux premiers retentissements du rappel ? Où va-t-on prendre langue, s'encourager, se compter ? c'est au café. Pas un des trente mille citoyens qui suivirent le général Pajol à Rambouillet n'arriva dans les rangs sans avoir passé par le café ; tous y avaient vidé militairement la bouteille de bière ou le petit verre d'absinthe. C'est dans les salons que se font les candidats à la législation, les ministres, les présidents du conseil, tout le système politique du moment : mais si la sanction des cafés manque à ces arrangements, rien ne s'accomplit ; c'est dans les cafés que germent, mûrissent et naissent les commotions qui changent et déplacent dans l'ordre social.

La jeunesse doit prendre garde surtout à ne pas fixer son opinion littéraire sur tels ou tels personnages, d'après les jugements pompeux ou

sardoniques des journaux ; la littérature n'est pour rien dans ces jugements, car le plus souvent une idée plaisante, une amitié, une haine,
un intérêt quelconque les fait naître, et presque toujours ils sont le résultat de la passion et de la partialité. Ainsi, qui pourrait croire aujour-
d'hui que M. Viennet est digne de siéger à l'académie, et cependant il le
mérite aussi bien que beaucoup de ses collègues ; il est même assez
bon écrivain; mais il manque de tenue, d'à-propos, et cela par inadver-
tance. C'est une preuve que nous devons bien réfléchir à ce que nous voulons dire. Nous allons donner pour exemple de la manière d'écrire de
M. Viennet, sa description des réjouissances publiques :

« La chute d'un tyran, l'avénement d'un bon roi, la publication d'un
édit populaire, le rappel d'un ministre bienfaisant, la nouvelle d'une
grande victoire, causent ordinairement des explosions d'allégresse qui,
chez les nations modernes, se manifestent par des illuminations, des
chants et des danses. Le philosophe conçoit cet heureux désordre, cet
hommage spontané, volontaire, rendu par les peuples à ceux qui les ho-
norent en travaillant à leur gloire ou à leur bonheur. Mais ce n'est point
là ce qu'on entend par réjouissances publiques, qui ne sont qu'une joie
par ordre, un divertissement à jour fixe, un plaisir réglé d'avance par la
police municipale, et resserré dans les limites qu'une ordonnance impose à une population distraite de ses travaux, pour s'étouffer ou se battre
dans la poussière ou dans la boue. Tous les gouvernements ont adopté
ces saturnales; mais elles sont modifiées par les principes constitutifs
des états, par la nature de leur religion et par les caractères nationnaux.

« Ce sont toujours des fusées, des pétards, des lampions, des ifs, des
palais de feu ; une cohue d'ivrognes, de ménétriers, de bouffons, de
chanteurs à gages qui se tourmentent à froid, pour égayer une multitude indifférente. Aucune grande pensée ne préside à ces fêtes. Une

seule idée politique s'y manifeste ; c'est de mon'rer le chiffre du souverain régnant au milieu d'une pluie de feu et de l'explosion d'un volcan
artificiel : comme si la nature devait se déchirer pour produire le royal
monogramme. Les conceptions de notre police en goguette ne vont
pas plus loin que dans le quinzième siècle. Les spectacles fermés sont
substitués aux mystères en plein vent, et voilà tout. Du reste, moins de
magnificence. Tout est mesquin en comparaison des divertissements
donnés au peuple pour l'entrée d'Isabeau de Bavière, qui nous le rendit en calamités de toute espèce ; et notre mesquinerie est encore un
bonheur, car c'est le peuple qui paie les frais des réjouissances auxquelles l'État les convie. Dans tout le cours du dernier siècle, la joie de
ce peuple ne se manifesta spontanément qu'à deux époques : au réta-
lissement de Louis XV, qui ne le méritait guère, et à la renaissance de
nos libertés. Les saturnales de la terreur ont gâté les fêtes du Champ-
de-Mars. Mais, depuis les Romains, aucun peuple moderne n'avait joui
de divertissements plus dignes. Que nos hommes d'État y puisent, dans
l'intérêt de la monarchie et de la liberté, le caractère et les formes de
nos réjouissances nationales.

« Les vieilles traditions ne conviennent plus à un grand peuple qui
marche et veut marcher à la tête de la civilisation. »

———

Plusieurs jeunes auteurs ont encore recueilli des faits historiques
appartenant au moment actuel ; c'est M. Eugène Sue, en nous faisant
le portrait d'un médecin à la mode ; c'est M. Barginet, nous décrivant
le corps-de-garde du Pont-Neuf ; c'est enfin, M. Brazier, regrettant avec
nous la gaieté passée du boulevard du Temple, et nous faisant le por-

trait d'un de ses plus célèbres acteurs en plein vent, le fameux Bobèche.

« Un visage riant et fleuri, un heureux embonpoint qui tient le milieu
entre le conseiller d'état et le directeur-général ; le bout de l'oreille
rosé, la main blanche, enfin une certaine analogie morale et physique
avec les abbés d'autrefois, voilà les traits distinctifs d'un docteur d'aujourd'hui, a dit M. Eugène Sue, il n'effarouche plus ses malades par
des mots en *us*, par des prescriptions sévères ; il passe avec la plus
agréable facilité de l'ordonnance... à Malibran ou à la Sontag, du *ki-
nine*... à la dernière course de lord Seymour ; cite même, au besoin,
une bêtise d'Odry pour ramener le sourire sur le visage affaissé par la
douleur. Gourmand avec méthode, avec précaution (car il n'est jamais
permis à un médecin d'avoir une indigestion, c'est une anomalie, c'est
une tache indélébile) ; sans doute, gourmand ; comment échapperait-il
à ce friand péché ? c'est une jolie malade qui l'engage ; une jeune personne qui le caresse ; un père, un mari qui lui recommandent ce qu'ils
ont de plus cher ; la reconnaissance le tourne par la droite, l'espérance
par la gauche ; on l'embarque comme un pigeon, aussi c'est tout plaisir
que de le voir à table s'administrant des morceaux avec dignité, les travaillant avec calme en promenant du maître à la maîtresse de la maison des regards brillants comme des étoiles, de voir, en un mot, l'expression radieuse de sa physionomie qui a quelque chose de concentré
et de jubilant. »

« Le pauvre Gilbert, dit M. Barginet, mourant de génie et de faim, et
si lâchement assassiné par le philosophisme railleur du dix-huitième siè-

cle par ces encyclopédistes qui ont porté dans toutes nos croyances la hache du scepticisme, fut forcé de venir chercher un refuge au corps de garde du Pont-Neuf; les soldats, touchés de la douleur et de la misère de cet infortuné jeune homme, partageaient avec lui leur nourriture. Cette gaieté franche, cette généreuse cordialité qui distinguèrent de tous temps nos braves soldats, adoucissaient l'amertume des chagrins du poète. Les saillies de ces bonnes gens déridèrent quelquefois son front soucieux, et le sourire vint effleurer ses lèvres pâles, qu'une pensée mélancolique crispait douloureusement. C'était un rayon du soleil qui tombait sur un paysage solitaire que de verdoyants ombrages couvrent habituellement d'une obscurité attristante. »

Le boulevard du Temple, comme l'a dit M. Brazier, a eu, dans nos derniers temps, deux niais célèbres, Bobèche et Galimafré. Bobèche a tenu avec dignité le sceptre de la parade ; sa réputation a été grande, ses succès pyramidaux. Bobèche était malin, caustique et sous sa veste rouge, son chapeau gris à cornes, avec un papillon dessus, il a souvent dit de grosses vérités en plein air ; aussi la police a-t-elle été plus d'une fois obligée de le rappeler à l'ordre. Bobèche a joui de tous les priviléges accordés aux supériorités; il a été jouer chez des grands seigneurs, chez des ministres, chez des banquiers ; on avait Bobèche comme on aurait eu un grand acteur.

Si nous abordons maintenant des hommes plus profondément pensants, quoique peut-être moins observateurs que ceux dont nous devons de parler, nous passerons en revue les écrivains qui ont traité du genre philosophique et moral, genre auquel appartiennent les sujets religieux.

Nous trouverons d'abord, M. Cousin, professant l'histoire de la philosophie avec une facilité d'élocution désolante pour ses successeurs; malheureusement M. Cousin appartient à cette école allemande, dont les sectaires se contentent de comprendre ce qu'ils doivent dire et ne l'expriment pas toujours d'une manière suffisante pour le faire comprendre à leurs auditeurs ; l'esprit d'analyse les égare, et ils font l'honneur à leurs élèves de les croire aussi savants qu'eux-mêmes.

Enfin M. Cousin, dans son langage, est le plus éclatant représentant du rationalisme en France ; aussi ses paroles de dédain tombent-elles souvent même sur Voltaire, et sur toute la trivialité railleuse du dix-huitième siècle ; mais heureusement pour la paix littéraire que le sardonique seigneur de Ferney ne peut plus répondre. M. Cousin est donc le plus brillant philosophe de notre époque; bientôt cette science allait être oubliée, bientôt son histoire allait se perdre avec les temps, quand l'éloquence de M. Cousin rappela l'attention sur les travaux des Socrate et des Platon, et fit renaître enfin chez nous le goût de les mieux étudier. Voici quelques fragments de cet écrivain, appartenant tous au genre philosophique.

Dans le premier de ces fragments il nous donne la définition des époques historiques de tous les peuples.

» Dans chaque peuple, selon lui, selon les faits et la vérité des choses, il y a toujours, il y a nécessairement trois degrés, trois époques. La 1re est l'époque d'enveloppement, improprement appelée barbarie, où la religion domine, où les acteurs ou législateurs sont pour ainsi dire des dieux, c'est-à-dire des prêtres ; c'est l'âge divin de chaque peuple. La

2ᵐᵉ époque de l'histoire d'un peuple est la substitution d'un principe héroïque au principe théologique ; il y a là du divin encore, mais il y a déjà de l'humain, et le héros est pour ainsi dire, dans l'histoire comme dans la mythologie grecque, l'intermédiaire entre le ciel et la terre ; enfin, dans le 3ᵉ âge, l'homme sort du héros comme le héros est sorti de Dieu, et la société civile arrive à sa forme indépendante. Cela fait, l'homme, après s'être développé complétement, se dissipe ; le peuple recommence avec la nature, et parcourt le même cercle. . . . . . . Sans doute chaque peuple a son plan et parcourt un cercle, le cercle que décrit Vico ; chaque peuple a son point de départ, son milieu, sa fin ; chaque peuple a son progrès, son histoire aussi. Outre les lois communes qui les régissent, les différents peuples n'ont-ils pas d'autres rapports entre eux, des rapports de dissemblance quant à leur caractère, des rapports d'antériorité et de postérité dans le temps, rapports qui ont leur raison et qui constituent des lois nécessaires, lesquelles se rattachent à un plan plus vaste que celui de chaque peuple.

» Dans le second fragment, c'est encore une définition ; c'est celle des devoirs de l'historien philosophe ; mais dans le troisième il fait le parallèle de la gloire et de la réputation, et fixe les bases de la définition de ces deux mots.

» Le premier devoir de l'historien est de demander aux faits ce qu'ils signifient, l'idée qu'ils expriment, le rapport qu'ils soutiennent avec l'esprit de l'époque du monde au sein de laquelle ils font leur apparition. Rappeler tout fait, même le plus particulier, à sa loi générale, à la loi qui seule le fait être, examiner son rapport avec les autres faits élevés aussi à leur loi, et de rapports en rapports arriver jusqu'à saisir celui de la particularité la plus fugitive, à l'idée la plus générale d'une époque, c'est là la règle éminente de l'histoire. Cette règle se divise en autant de règles particulières que l'esprit en général d'une époque peut avoir de grandes manifestations. Or, à quelles conditions se manifeste l'esprit d'une époque? à trois conditions ; d'abord il faut que l'esprit d'une époque, pour être visible, prenne possession de l'espace, s'y établisse, et occupe une portion quelconque plus ou moins considérable de ce monde ; il faut qu'il ait son lieu, son théâtre ; c'est la condition même du drame de l'histoire. Mais sur ce théâtre il faut que quelqu'un paraisse pour jouer la pièce ; ce quelqu'un, c'est l'humanité, c'est-à-dire les masses. Les masses sont le fond de l'humanité ; c'est avec elles, en elles et pour elles que tout se fait ; elles remplissent la scène de l'histoire ; mais elles y figurent seulement, elles n'y ont qu'un rôle muet, et laissent pour ainsi dire le soin des gestes et des paroles à quelques individus éminents qui les représentent. En effet, les peuples ne paraissent pas dans l'histoire, leurs chefs seuls y paraissent. Et par ces chefs je n'entends pas ceux qui commandent en apparence ; j'entends ceux qui commandent en réalité, ceux que les peuples suivent en tout genre parce qu'ils ont la foi en eux et qu'ils considèrent comme leurs interprètes et leurs organes, et parce qu'ils le sont en effet. Les lieux, les peuples, les grands hommes, voilà les trois choses par lesquelles l'esprit d'une époque se manifeste nécessairement, et sans lesquelles il ne pourrait se manifester ; ce sont donc là les trois points importants auxquels l'histoire doit s'attacher.

» Ce qui distingue la réputation de la gloire, c'est que la réputation est le jugement de quelques-uns, et que la gloire est le jugment du plus grand nombre, de la majorité dans l'espèce humaine. Or, pour plaire au petit nombre, il suffit de petites choses ; pour plaire aux masses, il en faut de grandes.

» La gloire est le cri de la sympathie et de la reconnaissance ; c'est le prix des services qu'elle reconnaît en avoir reçus, et qu'elle lui paie avec ce qu'elle a de plus précieux, son estime. La gloire est presque toujours contemporaine ; mais il n'y a jamais un grand intervalle entre le tombeau d'un grand homme et la gloire. *(Introduction générale à l'histoire de la philosophie.)*

———

Avant M. Cousin, la gloire avait reçu de Raynal la définition suivante :

« La gloire est un sentiment qui nous élève à nos propres yeux, et qui accroît notre considération aux yeux des hommes éclairés. Son idée est indivisiblement liée avec celle d'une grande difficulté vaincue, d'une grande utilité subséquente aux succès, et d'une égale augmentation de bonheur pour la patrie. Quelque génie que je reconnaisse dans l'invention d'une arme meurtrière, j'exciterais une juste indignation, si je disais que tel homme ou telle nation eut la gloire de l'avoir inventée. La gloire, du moins selon les idées que je m'en suis formées, n'est pas la récompense du plus grand succès dans les sciences. Inventez un nouveau calcul, composez un poëme sublime, ayant surpassé Cicéron où Démosthène en éloquence, Thucydide ou Tacite dans l'histoire, je vous accorderai la célébrité, mais non la gloire.

» On ne l'obtient pas davantage de l'excellence du talent dans les arts. Je suppose que vous ayez tiré d'un bloc de marbre ou le Gladiateur ou l'Apollon du Belvédère ; que la Transfiguration soit sortie de votre pinceau, ou que vos chants simples, expressifs et mélodieux vous aient placé sur la ligne du Pergolèse ; vous jouirez d'une grande réputation, mais non de la gloire.

» La gloire appartient à Dieu dans le ciel ; sur la terre, c'est le lot de la vertu, et non du génie ; de la vertu utile, grande, bienfaisante, éclatante, héroïque. C'est le lot d'un monarque qui s'est occupé, pendant un règne orageux, du bonheur de ses sujets, et qui s'en est occupé avec succès ; c'est le lot d'un sujet qui aurait sacrifié sa vie au salut de ses concitoyens ; c'est le lot d'un peuple qui aura mieux aimé mourir libre que de vivre esclave ; c'est le lot, non d'un César ou d'un Pompée, mais d'un Régulus ou d'un Caton ; c'est le lot d'un Henri IV. » *(Histoire philosophique.)*

Nous possédons encore parmi nos contemporains un autre historien de la philosophie, c'est M. de Gérando. Voici comme il définit son histoire.

« C'est le tableau de la marche de l'esprit humain, ou du moins elle en occupe la portion la plus élevée ; car non-seulement elle comprend ses plus nobles travaux, mais elle embrasse le genre des recherches qui ont dû exercer la plus puissante influence sur toutes les branches des connaissances ; non-seulement elle se lie étroitement à l'histoire des mœurs, mais elle s'unit encore par celle-ci à l'histoire générale. La philosophie, dans ses progrès ou ses écarts, prend ou suit les révolutions de la civilisation, tour à tour y prenant une part essentielle, ou en ressentant les effets.

» Quel est l'homme doué de quelque élévation dans l'esprit qui n'éprouverait pas un juste respect en ouvrant les annales où se trouvent consignées tant de traditions antiques, tant d'importantes découvertes, tant de profondes controverses, et qui ne suivrait avec une juste curiosité les travaux par lesquels les plus illustres génies de tous les pays et de tous les âges ont éclairé les doctrines de la sagesse ! Le commerce qu'il entretiendra ainsi avec eux allumera en lui une passion généreuse ; ses vues s'étendront par de vastes comparaisons, seront fécondées par de grandes expériences. C'est dans l'application et l'emploi que la raison humaine a faits de ses facultés et de ses forces, qu'il apprendra à mieux connaître les lois qui la régissent et les prérogatives dont elle jouit ; c'est là qu'il découvrira les causes des progrès obtenus et des écarts commis ; c'est là qu'il épuisera des règles certaines pour apprécier le mérite ou les inconvénients des diverses méthodes, qu'il verra se peindre sous une forme sensible toutes les opérations de l'intelligence, qu'il observera les secours mutuels que les sciences se sont prêtés les unes aux autres, leur commune subordination à l'égard de cette science qu'on a justement nommée la *science-mère* ; c'est là enfin qu'il pourra apprendre à juger les diverses doctrines, non plus seulement par les principes, mais encore par leurs effets ; à reconnaître et à circonscrire le domaine réel de la philosophie, à découvrir les vides et *desiderata* qui restent encore à combler, et surtout à distinguer, par les caractères positifs, la fausse philosophie de la véritable.

« Si les moindres phénomènes de la nature matérielle nous offrent un intérêt toujours croissant, pourrions-nous demeurer indifférents au spectacle des opérations de cette raison qui est comme le reflet de l'intelligence suprême, et qui semble interposée entre le créateur et la création, pour révéler l'un à l'autre, pour expliquer celle-ci par l'idée de celui-là. » *(Histoire comparée des systèmes de philosophie.)*

Passant maintenant à des hommes plus essentiellement religieux que philosophes, et pour lesquels la philosophie est toute dans leur religion et non pas la religion dans la philosophie, nous apercevons ces écrivains dits de l'école catholique, dont les chefs sont MM. de Bonald, de Maistre, Lamennais et d'Eckstein.

Quant au premier, c'est un écrivain essentiellement systématique ; aussi ses admirateurs et ses critiques ne voient dans ses publications que des œuvres de raison pure, et en lui le créateur d'une théorie sociale, indépendante des temps et supérieure aux circonstances locales. Pour les uns, cette théorie a été le système divin dévoilé véritablement aux yeux des hommes ; et pour d'autres, cette théorie a été une doctrine attentatoire aux droits de l'humanité. Mais, système à part, lorsque M. de Bonald descend jusqu'à se faire comprendre du vulgaire, il trace quelquefois de fort belles pages, et tel est de ce nombre le portrait politique de Charles XII.

« Arrêtons-nous un moment devant ce Charles XII comme on s'arrête devant ces pyramides du désert, dont l'œil étonné contemple les énormes proportions, avant que la raison se demande quelle est leur utilité. On aime à voir, dans cet homme extraordinaire, l'alliance si rare des vertus privées et des qualités héroïques, même avec cette exagération qui a fait de ce prince le phénomène des siècles civilisés. On admire et ce profond mépris des voluptés et de la vie, et cette soif démesurée de la gloire, et cette extrême simplicité de mœurs, et cette étonnante intrépidité, et sa familiarité, et sa bonté même envers les siens, et sa sévérité sur lui-même, et ses expéditions fabuleuses entreprises avec tant d'audace, et cette défaite de Pultawa soutenue avec tant de fermeté, et cette prison de Bender où il montra tant de hauteur, et ce roi qui commande le respect à des barbares lorsqu'ils n'ont plus rien à craindre, l'amour à ses sujets lorsqu'ils ne peuvent plus rien en attendre, et, quoique absent, l'obéissance dans ces mêmes états où ses successeurs présents n'ont pas toujours pu l'obtenir ; et, à la vue de cette combinaison unique de qualités et d'événements, on est tenté d'appliquer à ce prince ce mot du père Daniel, en parlant de notre saint Louis : C'est un des plus grands hommes et des plus singuliers qui aient été. » *(Législation primitive.)*

Le second des écrivains de l'école catholique est assurément M. de Maistre : pour le faire connaître nous allons citer les paroles de M. Villemain.

« A côté de la philosophie amie de la liberté de madame de Staël, dit-il, s'élevait une autre philosophie théocratique et despotique ; elle était inspirée par la haine de toutes les violences irréligieuses et antisociales qui avaient tourmenté la France ; elle se réfugiait dans le pouvoir absolu ; elle prenait le contre-pied de tout ce qui avait été dit, fait et pensé en France, depuis un siècle. Nous avons déjà nommé l'organe, l'hiérophante de cette philosophie, M. de Maistre. Les principes toujours enseignés dans ses œuvres se résument ainsi : haine aveugle contre toute espèce de liberté, justification théorique du pouvoir absolu ; proscription de toutes les idées qui ont pu avancer l'indépendance de l'homme, proscription même des principes de justice et d'humanité qui ont précédé les violences de la révolution, anathème sur les lettres et les sciences, regret de l'ignorance du moyen-âge, apothéose de l'inquisition et de la tyrannie. C'est dans ses considérations sur la France, dans son principe générateur des constitutions sociales, dans ses soirées de Saint-

Pétersbourg et dans son église gallicane qu'on trouve ces idées peu philosophiques de cet habile écrivain. »

Malgré ce portrait peu charitable, nous citerons de lui son morceau sur la *loi universelle de la mort* et un fragment de lettre.

« Dans le vaste domaine de la nature vivante, il règne une violence manifeste, une espèce de rage prescrite qui acharne tous les êtres les uns contre les autres. Dès que vous sortez du règne insensible, vous trouvez le décret de la mort violente écrit sur les frontières mêmes de la vie. Déjà dans le règne végétal, on commence à sentir sa loi ; depuis l'immense catalpa jusqu'au plus humble graminée, combien de plantes meurent, et combien sont tuées ! mais, dès que vous entrez dans le règne animal, la loi prend tout à coup une épouvantable évidence. Une force à la fois cachée et palpable se montre continuellement occupée à mettre à découvert le principe de la vie par des moyens violents. Dans chaque grande division de l'espèce animale, elle a choisi un certain nombre d'animaux qu'elle a chargés de dévorer les autres ; aussi, il y a des insectes de proie, des poissons de proie et des quadrupèdes de proie ; il n'y a pas un instant dans sa durée où l'être vivant ne soit dévoré par un un autre. Au dessus des nombreuses races d'animaux est placé l'homme, dont la main destructive n'épargne rien de ce qui vit ; il tue pour se nourrir, il tue pour se vêtir, il tue pour se parer, il tue pour se défendre, il tue pour attaquer, il tue pour tuer. Ce roi superbe et terrible, il a besoin de tout, et rien ne lui résiste. Il sait combien la tête du requin ou du cachalot lui fournira de barriques d'huile ; son épingle déliée pique, sur le carton des musées, l'élégant papillon qu'il a saisi au vol sur le sommet du Mont-Blanc ou du Chimboraço ; il empaille le crocodile, il embaume le colibri ; à son ordre, le serpent à sonnettes vient mourir dans la liqueur conservatrice qui doit le montrer intact aux yeux d'une longue suite d'observateurs. Le cheval qui porte son maître à la chasse du tigre, se pavane sous la peau de ce même animal. L'homme demande tout à la fois ses entrailles pour faire résonner une harpe ; à la baleine, ses fanons pour soutenir le corset de la jeune vierge ; au loup, sa dent la plus meurtrière pour polir les ouvrages les plus légers de l'art ; à l'éléphant, ses défenses pour façonner le jouet d'un enfant : ses tables sont couvertes de cadavres. Le philosophe peut même découvrir comment le carnage permanent est prévu et ordonné dans le grand tout. Mais cette loi s'arrêtera-t-elle à l'homme ? Non, sans doute. Cependant quel être exterminera celui qui les extermine tous ? Lui : c'est l'homme qui est chargé d'égorger l'homme. » (*Soirées de Péters-bourg*).

L'esprit religieux, qui n'est point du tout éteint en France, fera un effort proportionné à la compression qu'il éprouve, suivant la nature de tous les fluides élastiques ; il soulèvera les montagnes, il fera des miracles. Le souverain pontife et le sacerdoce français s'embrasseront, et dans cet embrassement sacré ils étoufferont les maximes gallicanes ; alors le clergé français commencera une nouvelle ère et reconstruira la France, et la France prêchera la religion à l'Europe, et on n'aura rien vu d'égal à cette propagande. Et si l'émancipation des catholiques est prononcée en Angleterre, ce qui est possible et même probable, car la religion catholique parle en Europe français et anglais, souvenez-vous bien de ce que je vous dis, mon très-cher auditeur, il n'y a rien que vous ne puissiez imaginer, rien que vous ne puissiez attendre ; et si l'on vous disait que dans le courant du siècle on dira la messe à Saint-Pierre de Genève et à Sainte-Sophie de Constantinople, il faudra dire : Pourquoi pas ? cet oracle est plus sûr que celui de Calchas.

Un autre écrivain, M. de La Mennais, a pris le contre-pied de cet espoir; mais pour le faire connaître en détail, nous allons transcrire ici l'opinion qu'en a portée un de nos littérateurs distingués, M. de Sainte-Beuve.

« L'abbé de La Mennais, avec cette éloquente énergie de conviction qui ne s'est pas relâchée un seul instant depuis, apparut, dit-il, tout d'un coup au siècle en 1817, par son premier volume de l'Essai sur l'indifférence; les deux ou trois écrits qu'il avait publiés auparavant l'avaient laissé à peu près inconnu. Une grande confusion, à cet époque, couvrait l'état réel des doctrines; l'émotion tumultueuse des partis pouvait donner le change sur le fonds même de la société. M. de La Mennais ne s'y méprit pas. Il pénétra plus avant, et sous les haines politiques déchaînées, il vit indifférence religieuse dans la masse, indifférence religieuse dans la pouvoir, indifférence même dans toute cette portion considérable du clergé et du royalisme qui mettait le temporel en première ligne. Du milieu de cette immense langueur, de cette espèce d'atonie à nombreuses nuances, il séparait, en l'exagérant, la faction philosophique issue du dix-huitième siècle, la révolution antagoniste, selon lui, du christianisme, et endoctrinant contre Dieu le peuple. . . . .

. . . .

M. de La Mennais n'est pas et n'a jamais été homme du jour; on peut même dire qu'il n'est pas homme de ce siècle, en mesurant le siècle au compas rétréci de nos habiles, qui en ont fait quelque chose qui contient tantôt six mois, tantôt cinq ans, au plus quinze. Il vit, il a toujours vécu à la fois en-deça et au-delà, enjambant dans l'intervalle ces taupinières. C'est un des esprits les plus avancés et en même temps les plus antiques : antique en certaine place, le dirai-je? jusqu'à sembler suranné avec charme ; progressif jusqu'à devenir alors téméraire, si l'humilité ne le rappelait. Par sa naissance, par son éducation et sa première vie dans une province la plus fidèle de toutes à la tradition et à l'ordre ancien, par le genre de ses relations ecclésiastiques et royalistes dans le monde lorsqu'il s'y lança, par la nature de son scepticisme lorsqu'il fut atteint de ce mal, par la forme soumise et régulière de son retour à la foi, par tout ce qui constitue enfin les mœurs, l'habitude pratique, l'union de la personne et de la pensée, l'allure intérieure ou apparente, la qualité saine du langage et l'accent même de la voix, M. de La Mennais, à aucune époque, n'a trempé dans le siècle récent, ne s'y est fondu en aucun point ; il a demeuré jusqu'en ses écarts sur des portions plus éloignées du centre et moins entamées ; dans toute sa période de formation et de jeunesse pieuse ou rebelle, il a fait le grand tour, pour ainsi dire, de notre Babylone éphémère, et si plus tard il est rentré dans l'enceinte, ç'a été avec un cri d'assaut, muni d'armes sacrées, se hâtant aux régions d'avenir, et perçant ce qui s'offrait à l'encontre au fil de son inflexible esprit. . . . .

. . . .

C'est en Bretagne, à Saint-Malo, au mois de juin 1782, que naquit, d'une famille d'armateurs et de négociants, Félicité-Robert de La Mennais ; cette famille venait d'être noble (sous Louis XVI, je crois) pour avoir nourri à grands frais la population dans une disette. Sa première enfance jusqu'à huit ans fut extrêmement vive et pétulante. . . . .

. . . .

Il ne fut tonsuré en effet qu'en 1811, et ordonné prêtre qu'en 1817. Dès 1807, nous voyons paraître de lui une traduction exquise du Guide spirituel, petit livre ascétique du bienheureux Lois de Blois.

La préface, aussi parfaite de style que tout ce que l'auteur a écrit plus tard, respire un parfum de grâce céleste, une ravissante fraîcheur de spiritualité. Les Réflexions sur l'état de l'Eglise, qui furent imprimées un an après, en 1808, mais que la police de Bonaparte arrêta aussitôt, appartiennent au contraire à la lutte hardie de l'apôtre avec le siècle, en sont comme le premier défi.

Maintenant nous allons copier deux morceaux de la main de M. de La Mennais : le premier est sur l'immortalité de l'âme ; le second est pour ainsi dire de la prose poétique sur les morts.

« Pourquoi donc l'homme périrait-il? qui l'a condamné? sur quoi juget-on qu'il finisse d'être? Ce corps qui se décompose, ces ossements, cette cendre, est-ce donc l'homme? Non, non : et le philosophe se hâte trop de celler la tombe.

» Il y a six mille ans que les hommes passent comme l'ombre devant l'homme, et néanmoins le genre humain, défendu contre le prestige des sens par une foi puissante et un sentiment invincible, ne vit jamais dans la mort qu'un changement d'existence, et malgré les contradictions de quelques esprits abusés par d'incroyables désirs, il conserve toujours comme un dogme de la raison générale, une haute tradition d'immortalité. » (*Essai sur l'indifférence en matière de religion*, t. 2, chap. 16).

» Ils ont aussi passé sur cette terre, ils ont descendu le fleuve du temps ; on entendit leurs voix sur les bords, et puis l'on n'entendit plus rien. Où sont-ils ? qui nous le dira ? Heureux les morts qui meurent dans le Seigneur !

» Pendant qu'ils passaient, mille ombres vaines se présentèrent à leurs regards : le monde, que le Christ a maudit, leur montra ses grandeurs, ses richesses, ses voluptés ; ils les virent, et soudain ils ne virent plus que l'éternité. Où sont-ils ? etc.

» Semblable à un rayon d'en haut, une croix dans le lointain apparaissait pour guider leur course, mais tous ne regardaient pas. Où sont-ils ? etc.

» Il y en avait qui disaient : Qu'est-ce que ces flots qui nous emportent ? Y a-t-il quelque chose après ce voyage rapide ? Nous ne le savons pas, nul ne le sait ; et comme ils disaient cela, les rives s'évanouissaient. Où sont-ils ? etc. »

A côté de ces chefs de l'école catholique, on aperçoit M. Kératry, qui, sans s'éloigner beaucoup de ces écrivains, se rapproche cependant des systèmes purement philosophiques. Voici quelques morceaux sortis de sa plume ; ce sont des définitions de l'Etre suprême, de Dieu et des sépultures nationales.

L'*être* divin est réellement le seul *être* positif qui mérite cette dénomination. Il est seul, et seul il vit, parce que son existence et sa vie ne sont point des accidents. Il est l'être unique, il est l'être des êtres. Il n'y a point, il ne saurait y avoir d'*être* hors de lui, parce que les seules qualités positives qu'il nous soit donné de connaître prennent leur source en lui. Le bon, le beau, le juste, l'honnête émanent de son sein et font partie de son essence ; le mauvais, le difforme, l'injuste, le déshonnête sont des négations. Il est l'être nécessaire ; car sans lui les mondes eussent éternellement dormi dans le néant. Ce globe qui me porte, me montre mille formes changeantes ; l'organisation des végétaux, le mouvement des fluides, les diverses configurations des solides et le mélange des uns et des autres, lui prêtent une apparence de féerie. Les animaux le parcourent en tous sens, comme des ombres fugitives ; l'homme lui-même vient en tremblant hasarder quelques pas sur ce théâtre d'illusions : il y commence un rôle qu'il doit continuer ailleurs. Comme je l'ai déjà dit, partout l'*être* m'échappe, et je ne vois que Dieu qui en mérite le titre, parce que seul il en possède les attributs. Je ne saurais rien expliquer sans lui. La gravitation des solides, la végétation de la plante, l'assimilation des sucs dans les corps animés, la sensibilité qui naît du jeu de leurs organes, les perceptions qu'elles laissent dans le cerveau, les relations qui en résultent, la moralité qui s'attache à celle-ci ; tous ces phénomènes, dis-je, me confondent, me tourmentent, me désolent où il n'est pas ; tout se développe, s'explique et marche avec ordre dès que l'on fait intervenir sa présence. Je dirai donc de lui, et je dirai de lui seul, qu'il est. *(Inductions morales et physiologiques.)*

Les générations se succèdent et s'effacent ; les espèces restent ; mais ici éclate une énorme différence entre une seule de ces espèces et toutes les autres. L'animal individu a disparu sans retour, et l'homme individu laisse des traces : il vit à la fois d'une connaissance collective dans l'histoire de sa tribu, et d'une existence privée dans les souvenirs de la famille à laquelle il appartient. Comme fraction d'un tout ou comme être personnel, il a chargé le caillou du torrent, la colonne du désert, l'arbre de la forêt et les portiques des cités populeuses, de raconter son passage ; il l'a inscrit sur le feuillet des livres, il l'a figuré sur la toile des tableaux ; il l'a sculpté dans le marbre ; il en a recommandé de mille manières la mémoire à ses contemporains, et lorsqu'il ne s'est pas senti la force de s'adresser à ceux-ci avec cette voix haute qui donne de l'autorité aux paroles, il s'est reposé sur la mort elle-même du soin d'annoncer qu'il a vécu. La pierre funèbre roulée sur ses restes est devenue son organe accrédité : il y a enfoncé son nom ; elle le répètera fidèlement jusqu'à ce que, usée sous les pas du promeneur mélancolique, elle ne couvre plus qu'une poussière prête à céder la place à d'autres prétentions et à d'autres poussières.

Notre époque aussi eut ses orateurs chrétiens, et certes le plus distingué fut M. Frayssinous, prêtre habile. Il sut, pour ramener les incrédules à la religion, ne point rejeter ce que la philosophie peut avoir d'abordable pour un catholique, et fit comprendre dans ses conférences que les naturalistes, en interprétant par *époques* les espaces de la formation du monde désignés sous le nom de *jours* dans la Bible, n'étaient pas si éloignés de la vérité que des croyants trop peu instruits voulaient le supposer, et ne méritaient pas par conséquent d'être mis au ban de la chrétienté, comme l'avaient prétendu certains exaltés de l'Allemagne.

Un des plus beaux discours de M. Fraissynous est celui qu'il prononça sur l'existence de Dieu. Voici quelques fragments de son exorde.

« Qu'il est grand, messieurs, qu'il est beau le spectacle que présente la nature ! Et qui de nous peut rester indifférent à cet ensemble de merveilles dont elle ne cesse de frapper nos regards? Même parmi les athées, en est-il un seul qui n'en soit quelquefois profondément ému, et qui dans ces moments où les passions sont plus calmes, où la raison semble briller d'une lumière plus pure, ne soit effrayé de ses propres systèmes, et, par un sentiment plus fort que tous les sophismes, ne soit, comme malgré lui, rappelé à l'être souverain, qu'il n'est pas plus en notre pouvoir de bannir de la pensée que de cet univers? . . . »

Alors, pour s'appuyer de preuves, l'orateur développe à ses auditeurs les merveilles du ciel, de la terre, des mers, et finit son exorde par cette question :

« Et de-là, comment ne pas remonter au principe, auteur et conservateur de cette admirable unité, à l'esprit immortel qui, embrassant tout dans sa vaste prévoyance, fait tout marcher à ses fins avec autant de force que de sagesse? »

Puis, à la fin de son discours, il termine par une péroraison pleine d'images, qu'il commence adroitement par cette phrase :

« C'est assez, messieurs, parler à votre raison ; qu'il me soit permis d'en appeler à vos cœurs.... » Ensuite il revient à présenter les cieux comme la preuve la plus positive de l'existence de Dieu ; il fait un tableau vif et brillant des sentiments que l'observateur éprouve en admirant le firmament, surtout la nuit, au fond d'une forêt silencieuse ; et, revenant à cette idée, il finit par cette interrogation :

« Où faut-il étudier la nature? C'est surtout dans les cieux, au milieu de ces nuits tranquilles et pures, quand le silence règne sur la terre et dans les airs, et que la lune, avec ses douces clartés, semble verser sur l'univers le calme et la fraîcheur. Alors peut-il venir à la pensée qu'il n'y a pas de Dieu? Ah! plutôt des sentiments consolants et doux s'insinueront dans votre âme; quelques larmes d'admiration et d'attendrissement s'échapperont peut-être de vos yeux, et, tombant à genoux, vous direz : Dieu de l'univers, que tes œuvres sont belles! Dieu de mon cœur, qu'il m'est doux de croire en toi, et comment pourrais-je te méconnaître, quand ta présence éclate de toutes parts avec tant de gloire et de magnificence! . . . . . »

Voici encore un fragment de cet écrivain :

« Guerriers valeureux, vous, dont les uns, blanchis dans les camps, se sont illustrés par de hauts faits; dont les autres, trop jeunes encore pour avoir couru les mêmes hasards, brûlent de la même valeur, défenseurs armés du trône et de la France; et vous aussi, Français de tous les rangs, nous tous, éclairés par la même expérience, soyons animés des mêmes sentiments. Le moment est venu de renouer pour jamais l'antique alliance de l'autel et du trône, de reconnaître hautement que les deux ancres de salut pour la France sont la religion et le prince religieux. Fixons tous ensemble nos regards sur ce cercueil. Là repose le héros de la fidélité. C'est sur sa tombe qu'il faut abjurer nos erreurs et nos écarts, et protester plus que jamais de notre inviolable dévouement à la foi Ainsi nous marcherons sur les traces du prince objet de nos regrets et de notre vénération; ainsi, chrétiens et Français. nous vivrons, nous mourrons fidèles à Dieu, à la patrie. » *(Oraison funèbre du prince de Condé.)*

Depuis longtemps nous aurions dit un mot d'un homme mort depuis quelques années, si nous n'eussions craint de blesser par son voisinage la mémoire de plus célèbres littérateurs ; nous voulons parler de Victor Ducange. Écrivain populaire de même que M. Paul de Kock, il se fait comprendre, dans ses romans comme dans ses mélodrames, des habitués des théâtres du boulevard : leurs pensées sont les siennes, il n'est que leur interprète ; leurs habitudes, il les adopte, il ne fait que les peindre ; et de ce naturel joint à des tracasseries politiques il en était résulté, pour Ducange, une réputation littéraire, que le bon goût cependant désapprouve souvent. Quelquefois pourtant il proclame des vérités bonnes à répandre, et de ce nombre est sa manière de voir sur le duel ; la voici :

» Le point d'honneur, jeune homme ! où le placez-vous, s'il vous plaît ? Vous n'oseriez le dire, vous en rougiriez pour vous. Ah ! grâce au ciel et aux progrès de l'intelligence humaine, la raison tardive, mais enfin triomphante, a banni de nos mœurs le déplorable reste d'une coutume barbare et anti-sociale que l'ignorance et la grossièreté du moyen-âge avaient fondée chez nos ancêtres, lorsque la force brutale régnait à défaut de lois et de justice. Alors votre duel était le jugement de Dieu ; alors c'était le droit divin qui se plaçait partout à côté de la violence ; et ce beau droit du brigand, cette justice de Dieu, appartenait à l'épée la mieux trempée, aux poings les plus nerveux, au spadassin le plus adroit, fût-il d'ailleurs traître, félon, parjure, souillé de crimes et de meurtres ; au plus fort, au plus adroit, demeurait ce que vous appelez l'honneur ; et voilà, jeune homme, voilà l'origine de votre duel, si longtemps environné de je ne sais quel prestige de bravoure. »

Rarement les hommes de science écrivent bien : leurs descriptions, trop souvent techniques, sont rocailleuses et pénibles pour le vulgaire ; nous aurions donc le plus grand tort de ne pas placer ici quelques-unes des lignes brillantes de M. Alibert, ce médecin illustre, aussi connu par ses cures que par son style entraînant. Voici son tableau de l'amour maternel et sa description du chien.

« Un torrent de feu naquit d'une simple étincelle et enveloppa en un instant cette belle enceinte où tant de familles réunies se livraient à l'innocent plaisir de la danse. Des cris sinistres, les gémissements prolongés de la douleur succédèrent tout à coup au son des instruments qui avaient donné le signal de la fête ; les voûtes tremblaient, et déjà plusieurs victimes étaient écrasées. Le peu d'eau que l'on jetait à la hâte ne faisait que nourrir ce vaste embrasement ; tout s'engloutissait dans ce gouffre dévorateur. On s'embarrassait dans la fuite ; mais ce qu'il y avait de plus touchant au milieu de ces scènes d'horreur et de désespoir, c'est le courage sublime d'une multitude de femmes, pâles, échevelées, s'élançant au milieu des flammes, et disputant leurs filles à l'horrible incendie. Toutes les craintes personnelles s'évanouissaient devant les intérêts sacrés de la maternité malheureuse. En quelques minutes, ce théâtre d'allégresse fut converti en un monceau de cendres. Une princesse adorée y perdit la vie ; et le lendemain, quand on fouilla les décombres, on trouva le cadavre d'une autre mère qui tenait le corps de son enfant étroitement embrassé ; non loin d'elle, on apercevait les fragments d'un collier, des bracelets, des pierreries, quelques diamants épargnés par le feu et autres ornements, tristes restes de la vanité humaine, dont la vue affligeait les regards, en rappelant à l'âme contristée la futilité de nos biens et la fragilité de notre nature. » *(Phisiologie des passions.)*

« Qui n'a pas entendu parler des chiens de la Sibérie? il semble
néanmoins qu'on n'ait pas assez célébré leur intelligence, leur dévouement, leurs services, leur générosité. Ces animaux servent à la fois pour
les Samoïèdes, de bêtes de somme et de bêtes de trait. Ils manifestent
une étonnante vigueur, et transportent des fardeaux à une distance
prodigieuse. On les attelle à des traîneaux. Plus lestes que nos coursiers,
ils savent se frayer des issues au travers des routes les plus escarpées :
ils ne font qu'effleurer le sol, et passent rapidement sur la neige sans
jamais l'enfoncer ; aussi sobres que laborieux, il leur suffit, pour se
nourrir, de quelques poissons qu'on·fait mariner, et qu'on met ensuite
en réserve. Mais, ce qu'il y a de merveilleux dans les habitudes de ces
bons chiens, c'est qu'ils restent libres et livrés à eux-mêmes tout le
cours de l'été. Tant qu'on n'a pas besoin de leur assistance, ils vivent
de leur seule industrie. Ce n'est qu'à un signal qu'on leur donne, après
l'apparition des premiers froids, qu'ils accourent affectueusement
auprès de leurs maîtres, pour leur rendre tous les services dont ceux-ci
ont besoin ; ils les dirigent pendant les ténèbres de la nuit, et au milieu
des plus terribles orages. Quand les Samoïèdes tombent engourdis sur
la terre couverte de frimas, leurs chiens viennent les couvrir de leurs
corps, et leur communiquer leur chaleur naturelle. Mais que fait
l'homme, partout si ingrat, pour tant de bons offices? il attend que ces
animaux deviennent vieux pour exiger leur peau, et pour s'en revêtir. »
(Physiologie des passions.)

L'on nous pardonnera, nous l'espérons, de passer rapidement sur
des écrivains d'un mérite fort secondaire. Dans ce nombre nous de-
manderons la permission de ranger madame de Genlis, car ici la quan-

tité ne rachète pas la qualité, et malgré la pyramide colossale qu'on pourrait élever sur son tombeau avec les volumes qu'elle a publiés, madame de Genlis n'en sera pas moins un écrivain fort ordinaire dans ses compositions, plus que douteux dans ses jugements et d'une bonne foi légèrement hasardée ; il faut donc ne considérer ses ouvrages que comme de simples amusements sans conséquence. C'est une vérité que nous disons avec peine quoiqu'elle puisse affliger sa mémoire.

Cependant madame de Genlis, malgré la faiblesse de la plupart de ses compositions, ne manque pas d'un certain mérite, celui d'avoir écrit pour la jeunesse, et d'avoir employé dans ses contes ou romans un style toujours pur, exact, élégant, naturel et constamment rempli du sentiment le plus délicat des convenances. A côté de madame de Genlis nous placerons madame Guizot et mesdames Gay, Georgette Ducrest, ainsi que Ducray Duminil, le faiseur de romans à la mode il y a une vingtaine d'années ; nous ne devons pas non plus éloigner d'ici M. Aimé Martin, car, prosateur élégant et faible poète, il a écrit plusieurs pages aussi pour la jeunesse, et cela sinon avec verve, du moins avec un talent qui lui a permis d'exposer la science d'une manière agréable. Un autre écrivain, blanchi sous le poids des années, a constamment encore consacré sa plume à l'instruction de la jeunesse, c'est assez désigner le respectable M. Bouilly, dont les contes sont lus assez souvent avec utilité par des personnes d'un âge raisonnable.

Quant à M. de Pradt, ancien archevêque de Malines, on appréciera facilement pourquoi nous n'en parlons pas, car, tout à la politique, il offre peu de ressources à notre littérature, et nous aurions de la peine à citer quelques exemples à prendre dans ses mémoires ou dans ses divers écrits sur les congrès, l'Amérique et la Grèce. Laissons donc cet écrivain à la diplomatie, c'est-à-dire laissons-le tâcher de faire accroire aux autres ce qu'il ne pense peut-être pas lui-même.

Puisque le hasard nous fait parler d'un ancien dignitaire ecclésiastique, n'oublions pas ici M. Grégoire, ancien évêque de Blois ; car, auteur d'ouvrages estimables, il plaida souvent avec bonheur la cause de cette classe malheureuse qui, dans son état de domesticité, se décida humblement à se mettre aux ordres de nos moindres désirs ; il plaida aussi la cause des noirs. Il est à regretter que, dans ces divers écrits, M. Grégoire n'ait pas suffisamment oublié sa haute instruction ; cependant c'est avec plaisir qu'on retrouve les recherches profondes du savant dans son Histoire des sectes religieuses, car, là du moins, la science est tout à fait à sa place.

Mais puisque nous avons parlé de mesdames de Genlis et Sophie Gay, ainsi que de MM. Aimé Martin et de Pradt, nous allons faire connaître leur manière d'écrire en donnant ici quelques-uns de leurs morceaux. Le premier est tiré d'un ancien roman de madame de Genlis ; le second est le portrait de Louis XV, par madame Sophie Gay ; le troisième est un tableau de la mer, par M. Aimé Martin ; et le quatrième est un fragment de M. de Pradt.

« Quand un prince se soumet à des conditions humiliantes, quand il conclut un traité contraire aux intérêts ou aux droits naturels de ses sujets, alors il fait une paix honteuse ; mais quand on n'exige rien de lui qui puisse être préjudiciable à sa nation, il commet un crime en refusant la paix ; il est seul responsable de tout le sang qui sera versé. Je dirai de plus : Si l'ennemi lui demande une restitution équitable, il doit la faire et s'empresser d'expier ainsi le forfait d'une usurpation... Mais ici il ne s'agit point de ces grands sacrifices... On donne l'exemple 'une modération sublime, on demande la paix aux agresseurs et on eur offre des trésors pour épargner le sang des sujets. Si on la refuse... Pourrons-nous compter sur le zèle de nos troupes? Ont-elles leurs foyers à défendre? Quel intérêt prendraient-elles à cette guerre? Elles n'en sentiront que la fatigue et les dangers. Eh! qu'importent la valeur et l'habileté des chefs quand le soldat mécontent murmure! C'est son enthousiasme qui produit la victoire; le découragement et la terreur seront dans votre camp, tandis que l'énergie multipliera chez les assiégés et les ressources et les succès. De votre décision dépend le sort de cette multitude d'hommes qui composent les deux armées. Nos tentes dressées au pied de ces collines ont déjà répandu l'épouvante parmi les paisibles habitants de ces belles campagnes. Vous pouvez d'un mot dissiper leurs craintes mortelles. Ah! jetez les yeux sur ces prairies fertiles qui vous entourent, sur ces chaumières, asiles respectables de l'innocence, sur cette armée florissante, et songez qu'en rejetant la paix, vous prononcerez une sentence sanguinaire, dont l'exécution prompte et terrible portera partout la dévastation et la mort. Ces cabanes, ces villages, seront incendiés et détruits; ces champs seront dévastés; ces soldats, si lestes, si brillants, seront massacrés; et vous l'aurez voulu! Tous ces maux, toutes ces cruautés seront votre ouvrage!... Oui, je le soutiens, la guerre défensive est la seule légitime; et quand on peut accepter la paix ou l'offrir, une déclaration de guerre est le plus horrible des crimes; le succès même ne pourrait en diminuer l'atrocité aux yeux des êtres raisonnables et sensibles; car la véritable gloire est inséparable de la modération, de la justice et de l'humanité. » (*Les Chevaliers du Cygne.*)

PORTRAIT DE LOUIS XV.

« Louis XV était alors au plus beau moment de sa vie. A tous les
agréments que l'on recherche dans un homme du monde il joignait un
esprit juste, fin, et des sentiments nobles qui, bien dirigés, l'auraient
rendu capable de grandes actions. Aucun souverain n'avait mieux donné
dans son adolescence l'espoir d'un règne heureux et brillant ; et il ne
fallait rien moins que l'application constante d'un prêtre ambitieux
pour étouffer tant d'heureuses qualités et une nature si belle et si bonne.
Le dégoût de l'étude et l'ennui des affaires, voilà les seuls complices
de l'assassinat moral exercé par le cardinal de Fleury sur le caractère
de son élève ; en inspirant à Louis XV l'horreur de toute occupation
sérieuse, c'était contraindre ses facultés à se reporter sur les objets
frivoles, réduire sa volonté en caprices, son esprit en bons mots, ses
passions en débauches ; c'était condamner, par une indolence obligée,
au petit rôle d'homme aimable, l'homme qui pouvait gouverner digne-
ment une grande nation. »

« Couronnons-nous de roses, ô Sophie ! et volons à notre tour sur les
bords de la mer ; qu'elle entende nos hymnes de reconnaissance. Dieu !
quel spectacle s'offre à moi ! mon oreille est frappée du bruit sourd
des flots ; je respire un air humide et chargé de vapeurs salines ; une
foule de réflexions vagues et confuses sur la grandeur de Dieu, sur
l'immensité de cet abîme, occupent ma pensée ; je contemple et je ne
peux me lasser de contempler. Oh ! qui peindra ce mouvement éternel

des flots qui tourmentent le rivage, ces tempêtes qui grondent, ces vents qui soufflent avec violence, ces montagnes d'eau qui s'avancent, se recourbent, tombent avec fracas, et font place à de nouvelles montagnes qui s'élèvent et s'effacent sans cesse? Point de relâche, point d'interruption, point de repos; l'éternité semble être là. » *(Lettres à Sophie sur la Physique, la Chimie et l'Histoire naturelle.)*

« La prévoyance et la dignité ont tracé la route qu'a suivie l'Angleterre. Aussi comme elle s'est bien trouvée d'avoir considéré les objets de cette hauteur, et de s'être rendu honneur à elle-même! Sa dernière lutte a duré pendant vingt ans, l'on a vu ce que pouvait vaincre le travail opiniâtre : il a porté l'Angleterre au faîte des pouvoirs européens. L'Angleterre marche évidemment à leur tête. C'est elle qui dans cette longue contestation, toujours fixe dans son opposition, pendant que tout changeait autour d'elle, appelait aux combats, aplanissait les différents, armait et payait tous les bras. L'empire de l'Angleterre est immense comme indestructible. Plus de soixante millions d'hommes, soit en Europe, soit en Asie, soit en Amérique, obéissent à ses ordres. Elle colonise le monde et le couvre de population anglaise. Elle enserre le globe par une chaîne de postes savamment disposés autour de son enceinte, qui font que partout les avenues et les passages d'une partie à l'autre soient sous sa main, et comme sous sa clé. D'Héligoland à Madras, et du Gange à la baie d'Hudson, à Jersey, à Gibraltar, à Corfou, à Malte, au cap de Bonne-Espérance, à Sainte-Hélène, à l'Ile-de-France, à Ceylan, à Antigoa, à la Trinité, à la Jamaïque, à Halifax, partout on la trouve assise sur des rochers, ou placée dans des îles inaccessibles; partout en sûreté pour elle, et partout menaçante

pour les autres ; ce que les armes ne peuvent faire , son commerce l'accomplit ; opulente d'industrie comme de richesses, effet et cause l'une de l'autre , la puissance anglaise est surtout employée à fomenter le commerce dont elle-même est le fruit ; elle lui prête un appui continuel. Cette puissance résultant de la force navale est immense et n'offre chez aucun peuple, ni dans aucune époque de l'histoire, rien qui puisse lui être comparé. Elle surpasse toutes celles que l'Europe réunie pourrait lui opposer , et pour briser cette verge d'airain étendue sur le monde, il faudra que les libérateurs préparés par le sort en Amérique aient acquis toutes leurs forces ; alors , mais seulement alors , il pourra être donné de ramener l'Angleterre à des proportions moins oppressives pour le reste de l'univers. Jusque-là il n'y a rien à lui objecter , rien à lui opposer ; elle n'a de lois à recevoir que d'elle-même. »
(L'Europe après le Congrès d'Aix-la-Chapelle. — L'Angleterre.)

Maintenant , pour exercer le jugement de nos jeunes lecteurs , nous allons citer, sans les accompagner d'observations, quelques fragments de nos auteurs à la mode, laissant au professeur le soin d'en faire connaître le bon et le mauvais.

LETTRE A UN AMI.

Vers les neuf heures du matin, un effroyable bruit d'hommes et de chiens se fit entendre. C'étaient les chasseurs. Un d'entre eux criait plus fort que toute la troupe ensemble : c'était M. Armand , le héros de la

fête. Ce monsieur avait tué un aigle. Te figures-tu ce que peut être la
sotte joie d'un écolier qui abat un aigle par quelque coup de maladresse !
ses dignes compagnons le portaient sur un lit de branches d'arbres,
et mon oncle, aussi enfant que les autres, se prêtait à ce ridicule
triomphe.

Je te ferai grâce des récits pompeux dont les chasseurs assaisonnè-
rent la mort de l'aigle ; M. Armand n'était ni moins qu'un grand homme. Jamais on n'avait vu coup-d'œil plus juste, intrépidité plus grande.
Peu s'en fallait que l'aigle tué sur les escarpements d'une montagne
que l'on nomme, je crois, le Puy-Chopine, ne leur parût mériter les
honneurs du poëme épique. Déjà pour chanter l'aigle et son vainqueur,
on parlait d'aller chercher quelque Homère auvergnat. On ne se fait pas
idée d'une admiration plus niaise. Le bel effort de génie que de mettre
un fusil en joue et de lâcher une détente ! Le premier automate venu
ferait ces merveilles. Mais les hommes, je devrais dire les femmes surtout, ne trouvent rien de plus sublime que ces sortes de talents. Aussi
M. Armand fut-il vanté, célébré, embrassé par tout le monde, y compris les servantes. Sa mère pleurait de tendresse. (*Les Femmes vengées*,
PAR ERNEST DESPREZ.)

TABLEAU DU DÉPART DE LA FLOTTE FRANÇAISE POUR ALGER.

En ce moment nous pûmes jouir du coup-d'œil que donnait à la
population toulonnaise, réunie auprès de la grosse tour, cette course
légère de deux cents vaisseaux, frégates, corvettes, bricks, flûtes,
gabares, bombardes, navires du commerce de toute grandeur, nolisés
par le gouvernement, chargés de soldats, de matériel de toute sorte,
et forçant de voile pour aller prendre chacun sa position dans les lignes

de marche tracées par l'amiral. C'était beau, d'un genre de beauté que j'aurais de la peine à analyser ; car l'impression que fait éprouver la vue de la mer et des vaisseaux ne s'analyse guère ; on la sent profondément, on en est ému, on en pleure, et l'on ne sait pas pourquoi ; il y a là tant de grandeur, tant d'émotions, tant de charme, tant de puissance de poésie !

Ce qu'il y avait d'aventureux dans l'entreprise ne nous fardait pas les objets, et si nous y pensâmes sérieusement, ce fut, d'abord, quand *la Provence* nous fit le signal d'appareiller, et, ensuite, quand nous eûmes lutté pendant quinze jours contre les difficultés qui nous éloignaient sans cesse de la terre d'Afrique. Au point où nous étions, le spectacle nous occupait tout seul par sa magie et l'intérêt du drame nautique qui se jouait devant nous. C'était un drame, en effet, qui était à son premier acte et qui marchait à un dénouement inconnu. Aucun malheur ne va-t-il arriver ? Tant de bâtiments qui se hâtent, qui joûtent à se dépasser mutuellement, qui se pressent dans le goulet, sortiront-ils sans avaries ? Des avaries graves sont des causes de retard, et un retard nouveau eût été un si grand chagrin pour nous ! Nous étions donc inquiets, les longues-vues fixées sur la rade où nous voyions les appareillages se succéder rapidement. Rien de fâcheux n'arriva, et la manœuvre fut en général à l'abri des critiques. Nous pûmes à la fin nous donner au plaisir de voir, sans être troublés par des appréhensions tourmentantes ; nous pûmes commencer à juger de la marche des bâtiments, à admirer la tournure gracieuse ou imposante des uns, à rire de la lourdeur des autres. Un bâtiment sous voile, vu par son travers, est beau sans doute ; mais vu par-devant, quand la brise le fait incliner, quand toute la toile qu'il porte est bien arrondie par le vent qui la pousse, quand il s'avance en levant doucement son beaupré, qui redescendra, une seconde après, pour remonter encore au gré de la lame, il est selon moi bien autrement joli; c'est dans cette position que nous vîmes tous les navires de la flotte pendant une heure environ. Nous allâmes ensuite prendre notre poste, assigné à la gauche de l'armée.

Durant notre navigation nous avons eu bien des scènes différentes, bien des aspects entre lesquels la fantaisie d'Eugène Isabey et de Gudin a pu se trouver embarrassée de choisir; je crois pour moi qu'aucun ne fut plus pittoresque et plus intéressant que celui de notre appareillage de Toulon. Je citerai ensuite notre sortie de la baie de Palma, le 10 juin, à quatre heures du matin. C'était un morceau de coloriste. Un léger brouillard couvrait l'horizon et nous cachait un peu la ville aux monuments sarrazins, que pendant quelques jours nous avions étudiés avec tant de plaisir. Il ventait à peine; nous nous couvrîmes de voiles, et, tant bien que mal, nous ballâmes autour de cette belle et vaste rade, dont la partie la plus profonde s'élève en amphithéâtre. L'armée, qui n'était pas encore entrée à Palma, était au large, en calme, à quelques portées de canon, difficilement aperçue au travers du voile de brume grisâtre qui commençait d'ailleurs à se lever. Le soleil perça bientôt les vapeurs devenues diaphanes, et nous nous trouvâmes au milieu des bâtiments de la réserve et du convoi, bien placés pour jouir du spectacle qui nous était offert. Devant nous, loin et immobiles, les vaisseaux de guerre, sur deux lignes, attendaient le vent pour s'élancer; ainsi je ne sais quels chevaliers, de je ne sais quel poëme, attendaient que leur capricieux enchanteur vînt les réveiller; derrière nous, plus de cent bâtiments, comme de grandes bannières, avec leurs voilures blanches, qu'aucune brise ne soulevait; un dernier rang de ces navires, sur une ligne étendue en largeur, au milieu d'une mer calme et resplendissante de lumière ; l'escadrille des bateaux-bœufs, à la haute coiffure angulaire, s'avançant doucement, assez semblable à une procession de chartreux encapuchonnés ; puis, dans le fond, les bras verdoyants de la baie de Palma, et la ville ocrée, jaunissante, dorée, illuminée par le soleil qui se mirait aux vitraux de la cathédrale : voilà l'esquisse de ce délicieux tableau auquel il ne manque plus qu'une peinture. (A. JAL.)

DESCRIPTION D'UN ORAGE.

La nuit était horriblement noire, l'atmosphère lourde et étouffante : de temps en temps des éclairs, illuminant le paysage, faisaient apercevoir les silhouettes noires des arbres sur un fond d'un orangé livide. L'obscurité semblait redoubler après chaque éclair, et le cocher ne voyait pas la tête de ses chevaux. Un orage violent éclata bientôt. La pluie, qui tombait d'abord en gouttes larges et rares, se changea promptement en un vrai déluge : de tous côtés le ciel était en feu, et l'artillerie céleste commençait à devenir assourdissante. Les chevaux effrayés soufflaient fortement et se cabraient souvent au lieu d'avancer ; mais le cocher avait parfaitement dîné : son épais carrick, et surtout le vin qu'il avait bu, l'empêchaient de craindre l'eau et les mauvais chemins. Il fouettait énergiquement les pauvres bêtes, aussi intrépide que César dans la tempête lorsqu'il disait à son pilote : Tu portes César et sa fortune ! *(La double méprise,* par MÉRIMÉE.)

CARACTÈRE DU PROPRIÉTAIRE.

Le propriétaire de plusieurs maisons a donc quelque chose du pacha et du sultan : il en a le dédain superbe, et la satiété nonchalante, et les préférences capricieuses. Il a aussi quelque chose du cosmopolite, qui va de pays en pays sans en aimer aucun, sans se souvenir jamais qu'il a une patrie. Le propriétaire d'une seule maison est le naturel, l'indigène qui pousse ses racines dans le sol, s'y implante le plus solidement qu'il lui est possible, ne se souciant de vivre que là où il doit mourir, de mourir que là où il aura vécu. *(Tableau de Paris*, par JAMES ROUSSEAU.)

CARACTÈRE DE LÉOPOLD DE HONGRIE.

Cependant Léopold n'était pas né méchant. Maintenant que l'âge a calmé le feu de ses passions, j'aime à lui rendre justice. Il était sérieux, mais affable ; il eût passé pour un prince généreux, s'il eût su donner à propos ; il ne fut que prodigue, parce qu'il donna sans discernement. Il acquit, dans les guerres continuelles qu'il soutint, une âpreté de caractère que surmonta souvent sa bonté naturelle. Le plus grand de ses défauts fut son extrême facilité. Il se livra entièrement à des ministres qui abusèrent de leur ascendant pour assouvir la plus sordide avarice ; de là les impôts excesifs, les vexations, les assassinats juridiques ; de là les révolutions, les guerres, les maux incalculables qui affligèrent la Hongrie. *(Les Barons de Flesheim*, par PIGAULT-LEBRUN.)

PARALLÈLE DU VOLUPTUEUX ET DE L'HOMME CHASTE.

On a dit que les dissolus sont compatisants, que ceux qui sont portés à l'incontinence paraissent d'ordinaire chatouilleux et fort tendres à pleurer ; mais que les âmes qui travaillent à demeurer chastes n'ont pas une si grande tendresse. Cela ne contredit nullement, mon ami, ce que je vous dénonce de l'endurcissement et de la facilité de violence qui suit les plaisirs. Saint Augustin compare ces fruits étrangers d'une tige amollie aux épines des buissons dont les racines sont douces. Saint Paul, comme l'a remarqué Bossuet, range sous la même ligne, et tout à côté, les hommes sans bienveillance, sans chasteté, les cruels et les voluptueux. Je ne parle pas ici des femmes pécheresses et des samaritaines, qui gardent plus souvent à part des fontaines secrètes de tendresse et de repentir. La sagesse païenne, qui exprimait la même liaison de famille entre les vices en apparence contraires, s'écrie par la bouche de son Marc-Aurèle : « De quelles voluptés les brigands, les parricides et les tyrans ne firent-ils pas l'essai ! » C'est qu'en effet il n'y a jamais dans le voluptueux qu'un semblant de compassion, une surface de larmes, Ses yeux se mouillent aisément avant le plaisir ; ils étincellent et s'enduisent d'une vague intescence ; on croirait qu'il va tout aimer. Mais prenez-le au retour, sitôt son désir éteint, comme il se ferme ! comme il redevient sombre ! La couche brillante du dégel s'est rejointe au glaçon. Tandis que l'homme chaste et sociable, bon à tous les instants, d'une humeur aimante, désintéressée, d'une allégresse innocente qui s'exhale jusque dans la solitude, et qui converse volontiers avec les oiseaux du ciel, avec les feuilles frémissantes des bois ; le voluptueux se retrouve personnel, fantasque comme son désir, tantôt prévenant et d'une mobilité d'éclat qui fascine, tantôt, dès qu'il a réussi, farouche, terne, fuyard, se cachant, comme Adam après sa chute, dans les bois du paradis, mais s'y cachant seul et sans Eve. C'est qu'il a prodigué dans un but de plaisir rapace ce qui devait se répandre en sentiments égaux sur tous ; il a dépensé en une fois, et à mauvaise fin, son trésor d'allégresse heureuse et de fraternelle charité ; il fuit de peur d'être convaincu. Oh ! dans ces jours d'abandon et de précipice, qui dira les fuites, les instincts sauvages, la crainte des hommes où tombe l'esclave des délices ? qui dira à moins de l'avoir rencontré à l'improviste, l'expression sinistre de son front et la dureté de ses regards ? (*Volupté*, par SAINTE-BEUVE.)

PORTRAIT DE LA MÈRE DE NAPOLÉON.

A l'époque où *Madame* fut nommée *Madame* mère, elle pouvait avoir cinquante-trois ou quatre ans ; elle avait été parfaitement belle dans sa jeunesse, et toutes ses filles (madame Bacciochi exceptée) la rappelaient, et donnaient une idée de sa beauté ; sa taille était celle qui plaît dans les femmes, cinq pieds un pouce à peu près ; mais en vieillissant ses épaules s'étaient arrondies et lui faisaient ainsi perdre de sa taille, quoique sa démarche fût toujours assurée et convenable. Ses pieds et ses mains étaient et sont encore des modèles ; son pied surtout est le plus remarquablement petit que j'aie jamais vu ; il est rond et menu, le coude pied haut, et le pied nullement maigre ; il rappelle le mot de l'Arioste (*risondelle*). Sa main droite avait un défaut qui était à remarquer dans d'aussi jolies mains ; c'était l'index qui se tenait droit et ne se pliait jamais. Elle avait eu une opération mal faite à ce doigt, et le nerf ayant été coupé, la phalange ne pliait plus, ce qui faisait un singulier effet lorsqu'elle tenait des cartes. Elle avait encore à cette époque toutes ses dents, et, comme tous les Bonaparte, le plus charmant sourire, ainsi qu'un regard fin, perçant, et très-spirituel. Ses yeux ne sont pas grands, ils sont petits même, très-noirs, et jamais d'une expression méchante, ce qui n'est pas ainsi dans quelques-uns de ses enfants.

Madame était toujours fort soignée sur sa personne, et surtout très-convenablement habillée, selon son âge et selon sa condition ; toujours les plus belles étoffes de la saison, et faites d'une manière que la critique ne pouvait aborder. Elle représentait enfin fort bien, et certes je venais de voir des princes et des *princesses* qui avaient grandement besoin de mettre en avant d'eux ce titre d'altesse royale, pour n'être pas pris pour les plus francs roturiers que l'on pût rencontrer. Le seul et grand inconvénient quelle avait, et j'avoue qu'il était réel, c'était à la fois sa timidité et sa difficulté de s'exprimer en français. En me servant du mot *timidité*, je n'emploie qu'un terme justement appliqué : Madame était *timide* lorsqu'elle se trouvait en face de gens qui lui étaient présentés, et dont elle redoutait la censure moqueuse. Elle avait une grande finesse de jugement et de tact. Aussitôt qu'on était devant elle, son coup d'œil vous avait deviné, et tout en ayant l'air de regarder d'un autre côté, elle savait à quoi s'en tenir avant qu'on fût sorti de la chambre. Ce fut ce qui arriva le jour où *madame de Chevreuse* lui fut présentée en qualité de dame du palais, charge qu'au reste on lui avait fait accepter malgré elle ; elle vint chez Madame pour faire la visite d'usage, j'étais de service ce jour là ; lorsqu'elle fut sortie, Madame me demanda tout bas, parce qu'elle avait plus de liberté avec moi, quel était le nom de cette jeune femme. Je la lui nommai ; cela n'influença pas son jugement, parce que, pour elle, qui ne connaissait pas encore assez le faubourg Saint-Germain dans ses amours et dans ses haines, le nom de Madame de Chevreuse lui était moins familier que celui de Pozzo di Borgo, ou de Paoli, ou de tout autre ennemi corse. *(Mémoires de la duchesse d'Abrantès.)*

TABLEAU D'UNE MAISON DE JEU.

Oh ! la maison de jeu ! De tous les ulcères que le Palais-Royal étale avec un cynisme effronté, celui-ci est peut-être le plus sale et le plus honteux, car il est le plus doré. La maison de jeu!... rien ne vous la désigne d'abord, rien ne vous avertit de tout ce qu'on y perd. Pas d'enseigne à la maison de jeu, qu'un numéro flamboyant qui se balance à sa porte, un numéro sinistre qui rayonne dans l'ombre, comme le cadran de l'Hôtel-de-Ville, et qui vous apprend que *c'est là.* — Puis, si vous entrez, voyez comme cela se remue d'une façon hideuse tout autour de vous. Il semble que la maison de jeu ait, ainsi que la prison, ses habitudes à elle et son odeur particulière. Elle a ses porte-râteaux comme l'autre à ses porte-clefs : gens également durs, également vulgaires, également sinistres. Elle a son guichet tout usé où l'on dépose son chapeau en entrant, à la vue de deux gardes municipaux. Elle a ses impatiences poignantes, ses joies et son deuil, et surtout sa laideur. Cela se dresse et s'accroupit devant vous, comme ferait une forme monstrueuse de phoque ou de chien de mer réveillé en sursaut sur son île de glace. Cela jappe et s'allonge en tout sens, et se retire en ramassant votre or avec des serres d'oiseau de proie, avec des antennes qu'on appelle des râteaux, qui se lèvent toutes, à temps égaux, quand l'animal aboie. Or cet aboiement fait mal à entendre, tant il est rauque et monotone ; c'est un cri bizarre, étrangement accentué ; c'est une sorte de langage d'argot, pauvre et borné, qui tourne invariablement autour des mêmes mots, comme la boule d'ivoire lancée dans le fatal cylindre, et qui décrit éternellement les mêmes cercles autour de mêmes numéros. Les hommes qui, fascinés par le regard flamboyant de la maison de jeu, entrent pour consulter le sphinx, pour étudier de près la bête apocalyptique, abdiquent, sur le seuil, jusqu'à la qualité d'homme. Pour quelques instants les voilà devenus *pontes :* c'est l'appellation générique de tous ceux indistinctement qui entourent un tapis vert. Un *ponte,* c'est un joueur. Le ponte par excellence demande souvent à *messieurs de la chambre* des cartes et de la bière ; il pique beaucoup et joue peu. C'est un prudent, c'est un habitué. (*Tableau de Paris, le Palais-Royal,* par JAMES ROUSSEAU.)

NARRATION D'UNE RÉVOLTE DE PRISONNIERS.

Ce que vous ne saviez pas, c'est que je serais aussitôt libre. Un réfractaire arrêté le même jour que moi, et que je trouvai à la prison, me dit : « Camarade, si tu es un bon enfant, nous aurons bon marché des deux gendarmes qui doivent nous conduire ; avant d'être arrivés à la première étape, je te réponds que nous pourrons aller coucher chacun chez nous. » Il ne mentait pas ; après quelques heures de marche, la corde qui nous attachait fut usée avec nos dents ; nous feignîmes de tomber aux pieds des chevaux de nos conducteurs ; et pendant que l'un d'eux se baissait pour nous relever par le collet de nos vestes, je saisis le revers de son habit ; il tombe à terre, je tire son sabre ; il veut s'élancer sur nous, mon compagnon de voyage le reçoit sur la pointe d'un couteau qu'il était parvenu à dérober à toutes les recherches. L'autre gendarme, apercevant son camarade blessé, foulé aux pieds de son propre cheval, n'ose longtemps hasarder sa vie contre deux hommes encouragés par un premier succès et qui sont résolus à mourir. Il décharge ses pistolets sur nous, mais le danger lui fait perdre la tête. Voyant qu'il nous a manqués et que nous sommes prêts à nous venger, il crie grâce, jette ses armes et donne un vigoureux coup d'éperon à son cheval qui part comme un trait. » (*La femme du Réfractaire*, par MICHEL MASSON.)

DESCRIPTION DU PILLAGE DES TOMBEAUX DE SAINT-DENIS.

— Va-t-on donner un assaut à la gothique église ! Cette populace belliqueuse craint-elle de voir ces légions de saints accroupis depuis douze cents années dans leurs niches de pierre, se lever tout à coup, pour combattre sous le labarum de la France ?

Oh ! non, plus de merveilles, plus de prodige pour ce peuple qui a brisé un trône, qui a égorgé son roi, qui a foulé sous ses pieds d'airain la croix de Constantin et de Charlemagne. Il vint en armes à Saint-Denis, ce peuple, pour achever l'œuvre commencée sur l'échafaud de la place Louis XV.

Chasser les cadavres des rois de leurs sépultures, briser à coups de hache les robes de plomb qui les enveloppent, ravir les ternes diadèmes qui ceignent les fronts jaunis des trois dynasties de la France, détruire les pyramides funéraires, les catafalques de marbre, chefs-d'œuvre des arts de chaque siècle, souiller les vases sacrés, mutiler sur des enclumes de fer des statues d'or et d'argent, moins précieuses par le métal que par le goût excellent qui a présidé à leur fabrication. Voilà la mission de ces nouveaux inconoclastes, de ces modernes Lombards, qui voient dans des rois muets des tyrans, dans des croix muettes des accusateurs et des juges.

Les portes de la basilique sont enfoncées; voyez ces artisans de ruines se précipiter par flots sous les hardis arceaux de cette nef majestueuse? entendez-vous leurs cris, leurs imprécations, leurs grincements de dents? c'est le paradis pris d'escalade par les démons. Les cris redoublent, les juremcnts se multiplient, les coups de mille marteaux répétés par les échos de l'abbaye, par les tuyaux de l'orgue qui mugit, annoncent qu'ils sont arrivés à l'entrée des caveaux... Un hourra de victoire couvre le fracas des portes qui tombent, des trappes qui s'enfoncent, des piliers qui s'écroulent; c'en est fait, le peuple vivant va livrer un atroce combat à ses rois morts; les froids monarques de Saint-Denis auront aussi leur 21 janvier. (*L'Enfant de chœur. — Pillage et sacrilége*, par AMÉDÉE DE BAST.)

CARACTÈRE DE L'ÉPOUSE DU ROI DE PORTUGAL ALPHONSE XI.

Dona Maria de Portugal, veuve du roi Alphonse XI, était, pendant la vie de son mari, l'objet de l'amour général. On comparait avec une tendre compassion le sort de sa royale épouse, triste, pauvre, délaissée, à la brillante existence de Léonore de Guzman qui usurpait son rang et ses honneurs, et dont le faste éblouissant insultait à la misère publique. Partout on exaltait à l'envi le mérite de l'une pour mieux déprécier, l'autre, et aggraver les torts du roi, qu'on n'aimait pas. Dans ce parallèle, tout à l'avantage de la reine, il entrait beaucoup moins de sympathie pour elle que de haine pour sa rivale ; et la haine, toujours partiale ne montra peut-être jamais plus d'injustice. Ce n'est pas que Léonore fût exempte de reproches ; mais la reine était plus coupable encore ; bien loin d'être douée des vertus dont on se plaisait à décorer son malheur, pour justifier l'intérêt qu'il inspirait, dona Maria n'avait que des vices. L'exemple de cette femme perverse ne pouvait manquer de dépraver le caractère de son fils, ses préceptes devaient en faire un monstre. (*Don Martin Gil*, par MORTONVAL.)

TABLEAU D'UNE ÉMEUTE.

Une espèce de guerrier s'est précipité dans la salle ; c'est le coutelier Simon Caboche, le roi des émeutes, l'agent privilégié du duc de Bourgogne, et l'*écorcheur* par excellence.

— *Noël ! Noël !* nos camarades. Tout va bien, tout a réussi. Paris sera livré dans une heure à notre chevaleureux Jean-sans-Peur. Les Bourguignons ne tarderont pas à faire leur entrée triomphante, entre la double et triple haie des cadavres dont nous allons palisser les rues. Du sang jusqu'à l'os des génoux ! Ah ! j'en bondis de joie par avance. La belle nuit pour un déblai d'hommes ! Que de méchiefs et de vengeances ! on dira : *Glorieux 28 mai* ! Avancez-moi un escabeau.

— Quoi ! boucher ! tu es déjà las ? dit Capeluche en ricanant.

— Las d'attendre, répond Caboche, mais patience, écoutez-moi tous ! Perrin le Clerc, Perrin l'*écorcheur*, le brave marchand de fer du Petit-Pont, est parvenu sans encombre à tirer de dessous le chevet du lit de son père les clefs de la porte Saint-Germain. Villiers de l'Ile-Adam et ses troupes sont embusqués sous les remparts ; leurs fers sont fraîchement affilés.

— Mais la porte a des gardiens...

— Qui sont gens du peuple, et au peuple. Malheur aux Armagnacs ! Que d'égaîments après la tuerie ! L'entrée de la reine Isabelle. Des tapis, des fleurs, des courtines, comme ce sera beau sur du sang ! C'est le plaisir doublé par l'horreur. Non, avouons-le sans fantaisie, rien n'est comparable aux suprêmes enivrements d'une victoire populaire. Cette confusion de sentiments, ces explosions de vengeances, ces chants allègres des vainqueurs, ces cris lamentables du vaincu, et ces femmes avec des palmes, ces arceaux avec des couronnes, et ces incendies, ces morts, ces décombres, et au milieu de l'indiscipline, du pêle-mêle et du chaos, un beau soleil se levant sur la catastrophe sublime !... Amis ! concevez-vous ces délices ? la force pour loi, la liberté pour culte, le peuple pour roi. Ah ! c'est la nature agrandie par la désorganisation ! C'est l'homme empiétant sur les priviléges de Dieu ! (*Les Ecorcheurs*, par M. D'ARLINCOURT.)

PORTRAIT FICTIF D'UNE PROVENÇALE.

La Provençale possédait les qualités et les défauts du climat où elle était née, et en avait la vivacité, la pétulance, la franchise désordonnée, les passions impétueuses, le caractère ardent, vindicatif, l'âme de feu, et le désir permanent de punir l'offense qui lui était faite. Elle était étourdie, légère, évaporée, rieuse, elle aimait le plaisir pour lui-même, et le préférait surtout à l'argent ; elle avait de la générosité, une sorte de magnificence proportionnée à sa situation ; elle était sensible et compatissante, trouvait un charme vrai à obliger ; mais il ne fallait attaquer ni son cœur, ni sa tête ; elle devenait une lionne lorsque sa violence l'emportait ; tout tremblait devant elle, hommes et femmes, jusqu'à sa mère, la vieille Pétronille Rascas, qui, elle aussi, était à redouter plus encore que la belle et fougueuse Clothilde. (*Le Fournisseur et la Provençale*, par LAMOTHE-LANGON.)

NARRATION DE FANTAISIE.

Une des personnes qu'ils visitaient souvent, était cette fameuse Eléonore Pimentale, qui fut peintre, improvisatrice, et mérita une troisième renommée en tombant victime de son dévouement pour une noble cause. Déjà elle s'était enfermée au château de Saint-Elme pour n'en sortir que victorieuse ou morte, et les sentiments les plus vifs, les plus généreux, exprimés alors dans le Moniteur napolitain, passaient pour être les inspirations de sa plume. Chez elle, on se réunissait après les solennités du jour ; soit au sortir de ces assemblées sur le *largo San Spirito*, où le peuple avait élevé un pavillon national ; soit après avoir entendu des hymnes autour de quelque peuplier devenu comme en France le symbole d'une liberté orageuse. C'était là que chaque soir venaient ces femmes brillantes de grâces, ces hommes jeunes et confiants qui voulaient régénérer un peuple. En les voyant s'enivrer de leurs espérances, sourire à leurs propres vertus, parlant de l'avenir avec orgueil, d'Hauteville pensait quelquefois aux retours du sort, dont la révolution de son pays avait fourni tant d'exemples. En voyant quelle vive gaîté animait Hector Caraffa, Granalli, Torilla, Cimarosa, Velasco ; en écoutant Vitagliani qui, les yeux fixés sur les flots, laissait là, dans l'embrasure d'une croisée ouverte, errer ses doigts sur la guitare ; en admirant plus loin Nicolo Palumba dessinant des fleurs sur un album, il ne pouvait écarter quelques sinistres sentiments. (*Naples et Paris, dans Fragoletta*, par DE LATOUCHE.)

LES CAFÉS DE PARIS IL Y A VINGT ANS.

Les cafés sont, à Paris, les salons des oisifs des différentes classes ; ces sortes de gens prélèvent de force, sur les propriétaires de ces établissements, une taxe journalière qu'on leur paie en feu, en lumière et en gazette. Ce sont, le plus ordinairement, des rentiers célibataires dont la jeunesse remonte à peu près à la régence, et dont la conversation roule encore sur les billets de Lanque de Law, la compagnie de

Mississipi et les miracles du diacre Pâris ; de vieux militaires qui croient avoir dîné avec le maréchal de Saxe, et sont convaincus qu'il ne s'est rien passé de remarquable en Europe depuis le siége de Prague et la bataille de Fontenoy; enfin des vétérans des aides, qui s'obstinent à vouloir régler les finances de l'empire sur les données de l'impôt du vingtième de la *gabelle*, ou des règlements de l'*équivalent*. Ces trois classes principales de parasites de café se subdivisent en diverses espèces, lesquelles se partagent les différents cafés de Paris. Le café de Foi est le centre des vieux politiques; chez Corazza, se réunissent quelques survivants de la secte des économistes, et le café de la Régence est encore le rendez-vous des descendants de Philidor. *(L'ermite,* par Jouy.)

NARRATION D'UNE DÉCLARATION D'AMOUR TACITE, MAIS VÉRITALE.

Un soir, un air pur, une température chaude, donnaient à Juanitto quelques ressouvenirs de sa patrie ; il se mit à la vanter, à la dépeindre, comme eût fait un amant d'une maîtresse absente, adorée. C'était un hymne qui s'élançait de la poitrine agitée, inspirée, du jeune Espagnol. Son œil, d'un éclat singulier, lançait des scintillements qu'on pouvait à peine soutenir. L'exilé épanchait dans une bienveillante attention la tendresse mêlée d'amertume qu'il nourrissait pour son pays; sa parole devint haletante, saccadée. Nelly se trouvait vers le balcon; son cœur bondissant allait trahir son émotion combattue, quand Juanitto, s'aper-

cevant qu'il sortait des convenances, se tut. . . . Alors la jeune fille
s'assied doucement au piano, l'ouvre avec des précautions enchanteresses, comme pour lui épargner tout bruit désagréable qui puisse le
réveiller de l'extatique rêverie à travers laquelle il voit encore sans doute
sa patrie, mirage intellectuel; elle veut que l'harmonie l'y retienne et
prolonge l'illusion; elle suit pour ainsi dire le vol de la pensée de
Juanitto; elle va lui parler le seul langage qui lui soit permis; elle joue
lentement sur un mode aérien, céleste, la romance favorite qu'il a chantée, originale et vraie, dans l'idiome sonore et accentué de l'Espagne;
elle joue, et Juanitto, tressaillant, écoute les modulations chéries qui
lui rendent, pour un instant, ses romantiques vallons embaumés d'o-
rangers et de plantes à forte végétation; elle joue, et la mélodie tantôt
coule dans le fond de l'âme, tantôt prend un corps, se dessine à son
œil fixe et magnétisé. Il se lève, s'appuie sur la tête de l'instrument, et
chante la romance, que Nelly accompagne soudain avec tant de justesse,
avec une sympathie si étroite des paroles et de la musique, qu'il semble
qu'elles ne fassent qu'une, que deux âmes se plaignent et s'aiment par
la même voix, par les mêmes accents.

C'était une de ces soirées d'été, rares en Angleterre, belles par une
sérénité chaude et complète; le crépuscule retenait au ciel l'auréole
enflammée du soleil, disparu sous l'horizon transparent; une demi-
clarté oscillait, reflétée sur la délicate figure de Nelly; chaque personne
veillait à son silence dans l'appartement, tant on était recueilli dans les
délices de cette harmonie. La romance s'exhala comme un soupir aux
lèvres de Juanitto; mais, heureuse de ce charme, Nelly le continua par
des modulations qui en étaient comme l'écho intelligent; puis, de ces
vibrations mourantes, elle entra dans une série plus animée d'inspirations, fidèle traduction d'une tendresse comprimée; elle s'y oubliai.

Elle avait tant besoin d'être un peu comprise ! Ce n'était que de la musique pour les personnes assises dans le salon, où l'ombre descendait : pour Juanitto, placé devant elle, sous son regard humide, éloquemment attendri, c'était un langage enivré d'une suave pureté, la parole d'amour des anges dans le ciel. Mais le vague de cette expression musicale la fatiguait, car elle ne la satisfaisait pas ; et l'amour, qui cherche à peu près, ne trouve jamais rien d'assez précis, d'assez plein ; il voudrait pouvoir tout renfermer dans un mot, dans un baiser. Cette lutte épuisait cette jeune âme, élevée par l'amour jusqu'au génie. Dans son délire musical, elle mêlait ses soupirs aux notes, et le cœur de Juanitto, qui recueillait tout, agité, heurtait les parois de son sein. Eperdue, craignant d'en avoir trop dit, elle s'arrêta au hasard, et, ses mains retombant de lassitude sur le clavier, cette tendre et poétique improvisation finit par une dissonance pénible. (*Nelly*, par DROUINEAU.)

TABLEAU DU BAL MASQUÉ DE L'OPÉRA.

Le bal de l'Opéra était encore, au temps dont nous parlons, la fête du plaisir défendu de l'intrigue, des amoureux, et, par ces raisons, la nuit des morts des maris. L'éclat de mille variétés de costumes, le babillage en fausset de tous ces arlequins, ces pierrots, ces espagnols d'Isabelle, ces polichinelles, ces turs, ces dominos ; et ces voix naïvement grondeuses de ces déplorables maris qui furetaient, cherchaient et ne trouvaient leurs femmes qu'à six heures du matin sous la pendule du foyer ; l'orchestre en mascarade, la musique de Colinet ; le bruit des por-

tes des loges, les cris, les ris, le craquement sur un plancher factice de
ces dix mille semelles marchant, sautant, glissant : de tout cela, il y
avait à en devenir sourd, à en perdre le sens commun.

Enfin, le bal de l'Opéra, jusqu'au moment où le principe de la restauration étendit son influence morale sur les plaisirs du public, le bal
de l'Opéra était une délicieuse bacchanale. Une femme de bon ton pouvait y jouer au déshonneur, les *lovelaces* aux femmes perdues , le diable à tous les jeux. C'était ravissant! (*Calomnie*, par BONNELIER.)

PRIÈRE DE JEANNE GRAY.

O mon Dieu ! dit-elle en élevant ses regards vers l'ivoire sacré; mon
Dieu ! je sais bien que ta divine religion défend le suicide ; mais que
veux-tu que je fasse, puisque tu ne m'as point donné le courage nécessaire pour attendre la mort? Il y a un mois encore, j'étais forte ; maintenant je tremble comme un enfant. Hélas ! je n'avais pensé jusque-là
qu'à un trépas rapide ; à présent , c'est un double supplice qui m'épouvante. Dieu puissant! mes iniquités ont été si nombreuses et si énormes, que je redoute ta colère ! Ah ! si tu m'avais condamnée, comme
l'autre malheureuse reine Anne de Bouleyn, à épuiser ce que l'agonie a
de plus horrible et de plus atroce ! Tout mon courage tombe devant ce
sinistre pressentiment. Ah ! si la hache n'allait pas me tuer du premier
coup; si je devais la sentir entamer ma chair, s'arrêter au milieu du
chemin ; s'il fallait soulever mes mains ensanglantées, et les tendre vers
mon bourreau , en le suppliant de m'achever... Tout mon cœur se res-

serre, je ne suis plus qu'une pauvre femme qui tremble et qui souffre : tu le vois, je vais me donner volontairement la mort ; mais je ne dois point te paraître criminelle, puisque je ne ferai que hâter de quelques jours la fin d'une existence qui appartient aux hommes. Tourne au moins sur moi un regard de compassion, Dieu créateur, et pardonne-moi! (*Jeanne Gray*, par ALPHONSE BROT.)

NARRATION DU DÉVOUEMENT D'UN INCONNU POUR SAUVER UN NOYÉ.

Tout à coup un bruit nous fit retourner ; plusieurs personnes, de l'autre côté de la rivière, criaient et appelaient au secours ; leurs signes et leurs gestes nous firent regarder dans l'eau.

Horreur! un homme luttait contre la mort ; de temps à autre il paraissait sur l'eau, et sa voix étouffée faisait de vains efforts pour appeler et ne produisait qu'un affreux hurlement. Ses yeux blancs s'élançaient de sa tête ; sa figure était violette, et ses bras sortaient de l'eau pour saisir quelque chose pour se raccrocher à un appui. Rien ! il ne trouvait rien ! et, malgré ses efforts désespérés, il disparaissait. Deux fois nous le vîmes revenir ainsi ; à la troisième fois il ne fit qu'apparaître une seconde ; et il ne revint plus. A ce moment un homme qui se trouvait en face de nous, de l'autre côté de l'eau, arracha ses vêtements, se précipita dans la rivière, et nagea vers l'endroit où le noyé avait disparu. Nous le suivions des yeux avec un horrible serrement de cœur. Il enfonça la tête dans l'eau, puis le corps ; ses jambes mêmes disparurent, et il y eut quelques moments d'une affreuse incertitude ; personne des assistants ne respirait ; mais un peu plus loin l'eau s'agita, et nous vîmes reparaître les deux hommes ; nous respirâmes. Mais alors se passa une chose affreuse ; une lutte terrible s'engagea entre eux. Le premier qui avait disparu, furieux, fou, voulait sortir de l'eau tout entier ; son sauveur voulait le maintenir et le porter au bord ; mais le fou le prit à la gorge, l'entoura de ses jambes, et tous deux se débattirent avec d'épouvantables convulsions. Le jeune homme était entraîné par celui qu'il avait voulu sauver : malgré ses efforts, il enfonçait dans l'eau, et on le voyait raidir son cou et lever la tête pour respirer plus long-temps ; il appela, il jeta un nom... un nom semblable au tien... et l'eau les engloutit tous les deux. Un cri d'horreur se fit entendre sur les deux bords ; ma tête était perdue ; je me jetai à genoux devant mon père, devant son ami : « Allez ! allez ! dis-je en pleurant et en criant, sauvez-les ! Les laisserez-vous mourir ? » Mon père ne sait pas nager ; son ami était glacé d'effroi, et complétement inerte et sans force.

« O Dieu du ciel, criai-je, ne vois-tu donc pas ce qui se passe ? »

O Madeleine ! c'était un cruel spectacle. L'eau avait repris tranquillement son cours. Mon père disait : « Le malheureux doit horriblement souffrir. Je connais un homme qui a failli se noyer, et qui cherchait à se briser la tête au fond de l'eau. » Nous restâmes plusieurs minutes muets et dans une stupide torpeur, les yeux fixés sur l'eau. Six ou huit minutes s'étaient écoulées : mon père me prit dans ses bras, et me dit : « C'est fini, allons. » (*Sous les Tilleuls,* par ALPH. DE KARR.)

Quelques hommes plus particulièrement remarquables que nos sim‑
ples hommes de lettres, figurent avec avantage sur les rayons de nos
bibliothèques ; ce sont des historiens favorisés autant par la mode que
par un véritable mérite. Les uns, jeunes antiquaires, ont feuilleté les
annales du moyen-âge, et ont extrait des récits animés qui ont fait for‑
tune ; les autres, au contraire, rattachant leurs idées à des temps plus
modernes, se sont contentés, comme M. Thiers, de la moisson historique que leur offraient nos années révolutionnaires; quelques-uns cependant on fait remonter leurs recherches jusqu'à Louis XIV, et dans
ce nombre on trouve surtout un homme que nous avons omis en par‑
lant des historiens positifs ; c'est Lémontey, qui malheureusement
mourut il y a plusieurs années en laissant des ouvrages justement esti-
més. Son histoire de la Régence faisait espérer de son vivant qu'il lais-
serait à sa mort de précieux manuscrits. Mais paresseux à l'extrème,
Lémontey n'eut le courage de rien écrire. Morale et physique, cependant les pages qu'il a fait imprimer sont tout à fait remarquables.

CARACTÈRE ET ÉDUCATION DE LOUIS XV.

S'il est un élément particulier dont se forment les rois, on peut assurer qu'il n'en fut pas mêlé une parcelle à l'âme de Louis XV. Il naquit pour ainsi dire avec l'antipathie du trône, et montra dès le berceau un goût exclusif pour les détails les plus humbles de la vie privée.
Un jour qu'il avait été astreint à quelque acte de représentation, il en
fut excédé, et la duchesse de Ventadour, sa gouvernante, écrit à madame
de Maintenon : « Il fit ensuite son potage lui-même, et trouva du sou‑

lagement à ne plus faire le roi. » Cette disposition presque farouche semblait même être organique dans sa personne. « Il a des vapeurs » , ajoute la gouvernante, et il en a eu au berceau ; de là ces airs tristes et ces besoins d'être réveillé. Naturellement il n'est pas gai, et les grands plaisirs lui seront nuisibles parce qu'ils l'appliqueront trop. »

Ses plus beaux jours furent ceux où retiré au parc de la Muette, avec les ustensiles d'une laiterie, et une vache d'une petitesse extraordinaire, que lui avait donnée une intrigante de ce temps-là, appelée mademoiselle de la Chausseraie, il put se croire destiné à la vie d'un pâtre. Pour la première fois peut-être il manifesta sa joie par des éclats en recevant de la part du roi de Sardaigne, son grand-père, une pioche et des petits chiens destinés à la recherche des truffes. Le maréchal de Villeroi, son gouverneur, vieillard frivole et sans discernement, dur dans ses caprices ou bas dans ses complaisances, fit violence à ce naturel sauvage ; et parce que Louis XIV avait dansé sur le théâtre, il força son successeur à l'imiter, et redoubla son aversion pour toute démarche publique.

L'évêque de Fréjus, plus adroit ou plus répréhensible, suivait une route opposée. Doué d'une phisionomie douce, d'un esprit tranquille et de manières simples, il séduisait l'enfant par ses caresses et son indulgence, offrait à sa timidité l'abri d'une confiance toute puérile, et lui laissait à peine apercevoir qu'il fût sorti des mains des femmes. Fénelon, armé de la double force du patriotisme et du génie, avait osé enter des vertus sur les défauts du duc de Bourgogne ; Fleury ne songea qu'à modérer ceux de son élève par l'assoupissement de ses facultés. Les études du roi furent molles et presque mécaniques ; il reçut la religion et la morale, comme il convient aux enfants du peuple sous forme de préjugés. On l'isola de tout ce qui pouvait élever l'âme ou l'esprit, et la défiance du précepteur s'étendit jusqu'aux mystères de la confession. Le roi l'écrivait de sa main, et lorsqu'elle avait été revue par l'évêque de Fréjus, il la récitait au confesseur ; celui-ci prononçait quelques mots d'exhortation et le renvoyait aussitôt sans oser lui adresser une question(*Histoire de la régence*, ch. XIX, par LÉMONTEY.)

PORTRAIT DE MADAME DE GENLIS.

« Un soir, dit madame de Genlis, M. le duc de Chartres vint, comme à son ordinaire, me rendre visite à Bellechasse. Il me trouva seule, il me dit sur-le-champ qu'il n'avait plus de temps à perdre pour nommer un gouverneur à ses enfants parce que, sans cela, ils auraient le ton *de garçons de boutique.* Il me consulta sur ce choix, je lui proposai M. de Schomberg : il le refusa en disant *qu'il rendrait ses enfants pédants.* Je proposai le chevalier de Durfort ; *il dit qu'il leur donnerait de l'exagération et de l'emphase.* Je parlai de M. Thiers ; M. le duc de Chartres répondit *qu'il était trop léger et qu'il ne s'en occuperait pas du tout.*

» Alors je mis à rire, et je lui dis : Eh bien ! moi. *Pourquoi pas ? reprit-il sérieusement.* Je protestai que je n'avais cru faire qu'une plaisanterie, mais l'air et le ton de M. de Chartres me frappèrent vivement. Je vis la possibilité d'une chose *extraordinaire et glorieuse,* et je désirai qu'elle pût avoir lieu ; je lui dis franchement ma pensée. Monsieur le duc parut charmé et me dit : *Voila qui est fait ! vous serez leur gouverneur.*

» Ce furent ses propres paroles. Il fut convenu que l'on m'amènerait les princes tous les matins à Bellechasse, et qu'on les ramènerait le soir au Palais-Royal ; que l'on achèterait une maison de campagne pour y passer tous les ans huit mois ; et enfin que je serais *maîtresse absolue de leur éducation.* »

Cette nouvelle fut un événement pour la haute société ; elle y éveilla généralement la malignité. Elle frappa d'étonnement les personnes qui croyaient encore retrouver dans madame de Genlis la modestie dont mademoiselle de Saint-Aubin avait dû se parer jusqu'alors. On l'avait vue moins empressée de tirer vanité d'une finesse d'observation qui chez elle fut précoce, que soigneuse de se parer des qualités propres à faire naître la confiance et commander l'affection. Néanmoins sa coquetterie cherchait plutôt à subjuguer l'esprit qu'à toucher le cœur. La soif de la la célébrité agrandit prodigieusement le cercle de ses liaisons, elle en eut d'assez intimes avec des philosophes et des abbés, avec des gens de lettres et des gens du monde ; avec des patriotes aussi prononcés que Savigny, avec des révolutionnaires plus ardents que Pétion, et même avec certains royalistes. Les mémoires nous offrent une très-longue suite d'admirateurs, et même de personnes à qui elle inspira une passion fort vive ; mais on lui connaît peu d'amis dans un sexe, et dans l'autre plusieurs rivales qu'elle poursuivit de son inimitié dans la république des lettres.

Jamais femme ne fut peut-être ni moins capable d'endurer la plus légère concurrence, ni plus tourmentée du désir de primer partout, ni plus avide de réunir sur sa tête tous les genres de gloire, comme une

auréole d'immortalité. Toujours prête à sacrifier le plaisir qui la cherchait à la crainte de perdre le temps que l'étude réclamait, elle se livrait
avec un zèle soutenu à toute application qui pouvait développer ses facultés intellectuelles, et lui valoir l'espèce de considération que procure
le mérite personnel. Avec de pareilles dispositions, madame de Genlis
devait nécessairement briller dans la carrière que lui ouvrait la fortune.
(*La cour et la ville*, par TOULOTTE).

PORTRAIT ET CARACTÈRE DE CASIMIR III, ROI DE POLOGNE.

Enfin la couronne, que se disputaient tous les princes du sang de
Piast, se fixa, parmi ces orages, au front de Casimir III, et tout changea. Spirituel et poli, doux mais ferme, habile dans la guerre, plus
habile dans la paix, amoureux des sciences, des lettres, des arts, trop
amoureux des femmes, tel était ce prince, qui sut se rendre respectable
aux factions ainsi qu'à l'étranger. Des victoires signalèrent ses commen-
cements ; il ne triompha que pour pacifier.

L'heureux Casimir sut en même temps forcer la noblesse épuisée à
l'obéissance. Les lois régnèrent ; leur niveau courba ces têtes indociles.
Toujours mêlée avec l'administration et le commandement militaire, la
justice fut du moins dépouillée de quelques-unes de ses formes barbares.
On vit de sages réglements établis, des places fortes construites, des
monuments élevés, les arts conviés de tous les coins de l'Europe, une
riche université fondée au fond de Cracovie.

Casimir, roi législateur, prit surtout en pitié la servitude des classes inférieures ; son règne se composa d'efforts pour les relever de leur misère. Le siècle affreux qui venait de s'écouler avait commencé, par ses calamités mêmes, l'établissement d'une classe moyenne. Il fallut bien, sous le poids de tant d'invasions, enrégimenter les serfs ; et le métier des armes, les faveurs des rois créèrent parmi eux quelques existences favorisées. L'introduction des arts de l'Europe dota quelques cités d'une bourgeoisie plus éclairée que l'ordre équestre, enrichie par ses travaux, empressée à recueillir la dépouille des maîtres du sol ruinés par la guerre, initiée par l'amour de l'étude à la connaissance des lois, aux charges de l'administration, quand une administration se forma. Déjà Leszko-le-Noir avait introduit en Pologne ces libertés municipales qui, sous le nom du droit de Magdebourg, propageaient dans les provinces allemandes toutes les prospérités. Casimir fit plus ; il osa consacrer pour les paysans le droit de devenir soldats, instituer pour les nobles qui assassinaient des serfs la peine d'une amende de plusieurs écus, régler les priviléges des citadins, leur accorder une juridiction, aplanir devant eux l'accès du sacerdoce, appeler même aux diètes les bourgeois de quelques-unes des villes les plus florissantes. Il voulait élever les communes au rang d'un ordre dans l'état, et, inquiet de leur faiblesse, il imagina de prendre au dehors une bourgeoisie toute faite pour la transplanter dans les déserts de la Pologne. Des négociants, des juristes, des professeurs accoururent en foule d'Allemagne dans ses cités agrandies. (*Tableau historique, liv.* I, par SALVANDY).

CARACTÈRE DE DUMOURIEZ.

Une longue vie passée dans l'exil, ce qui est pis encore pour un homme dont le nom avait retenti dans l'Europe, passée dans l'oublie, une longue vie usée en vains regrets, fut réservée à Dumouriez ; ses grands talents, son audace, son bouillant courage, l'avaient élevé au premier rang ; il avait été proclamé le sauveur de la patrie, c'était le plus beau titre qu'un mortel pût ambitionner dans une république. Mais son caractère n'était pas à la hauteur de la grande mission qui lui avait été confiée. Découragé par un premier revers, il ne sut pas opposer au sort la constance qui caractérise les grands hommes ; et au lieu de sacrifier sa vie à la défense de la cause à la quelle il devait sa gloire, au lieu de chercher à s'illustrer encore davantage par sa fidélité à la liberté et au peuple français, il ne trouva rien de mieux à faire qu'à aspirer au rôle de vil courtisan. C'est que Dumouriez était un homme sans principes, sans moralité, c'est qu'il avait été élevé dans les rangs des aristocrates, c'est que la liberté et les peuples ne doivent jamais confier leurs intérêts à ceux qui, par position ou par éducation, ne peuvent aimer sincèrement ni la liberté ni le peuple ; c'est enfin parce qu'on avait laissé Dumouriez entouré d'hommes qui, tôt ou tard, devaient le perdre. (*Histoire de la convention nationale*, par LÉONARD LE GALLOIS).

MORT DE JACQUES II.

Jacques revint à Saint-Germain, désespérant de reconquérir ses états tant que Guillaume vivrait : toutefois, il refusa constamment d'autoriser toute entreprise qui tendait à faire assassiner son gendre. Jacques descendait volontiers jusqu'aux plus petites trahisons d'une politique méticuleuse ; mais il n'avait point cette énergique et fatale ambition qui se familiarise avec les grands crimes. Bientôt même en se réfugiant dans la piété, il y goûta d'autres consolations que les puériles pratiques de la vie dévote; en renonçant peu à peu à la terre, il s'exalta jusqu'à cette généreuse abnégation de soi qui conduit aux nobles pensées et souvent aux nobles choses : c'était sans doute « en montant dans cette haute partie de lui-même », pour nous servir de l'expression de Bossuet, qu'il trouvait les belles réponses qu'il faisait à Louis XIV, lorsque celui-ci lui offrait le trône de Pologne en 1697, et plus tard lorsqu'il crut pouvoir faire reconnaître son fils comme l'héritier de Guillaume. « Accepter un autre trône que le sien était, selon lui, abdiquer ses droits légitimes et ceux de ses enfants. »

Ce fut lors du traité de Riswich que Louis XIV, forcé de reconnaître Guillaume, aurait voulu que celui-ci acceptât le prince de Galles pour son successeur : Guillaume n'en eût pas été éloigné, Jacques s'y refusa : « Je puis, dit-il, supporter avec la patience du chrétien l'usurpation du prince d'Orange, mais je ne supporterai jamais que mon propre fils devienne complice de l'usurpateur, il ne peut tenir sa couronne que de moi. » C'était, dira-t-on d'après nos idées modernes, ne reconnaître que le *droit divin*; mais la proposition supposait que Guillaume reconnaissait un droit à Jacques, et dès-lors il était de la dignité de celui-ci de n'y point renoncer.

Jacques vécut encore un an à Saint-Germain, s'occupant beaucoup plus de sa mort que des intérêts de sa couronne mortelle, quoi qu'il continuât à écrire ses mémoires pour justifier sa vie. Sa prière la plus fréquente était : « Je vous remercie, ô mon Dieu, de m'avoir ôté trois royaumes, si c'était pour me rendre le meilleur. » Il parut cependant satisfait de l'assurance que Louis XIV se plut à lui donner qu'il reconnaîtrait son fils pour roi d'Angleterre ; tout ce qu'il avait désormais à demander au ciel, c'était de mourir un vendredi, et ce vœu fut accompli le 16 septembre 1701. (AMÉDÉE PICHOT).

NARRATION DU SIÉGE DE PERPIGNAN.

L'armée battit des mains; le roi, étonné, s'arrêta, il regarda autour de lui et vit dans tous les yeux le brûlant désir de l'attaque ; toute la valeur de sa race étincela dans les siens ; il resta encore une seconde comme en suspens, écoutant avec ivresse le bruit du canon, respirant et savourant l'odeur de la poudre; il semblait reprendre une autre vie et redevenir Bourbon ; tous ceux qui le virent alors se crurent commandés par un autre homme, lorsque élevant son épée et ses yeux vers le soleil éclatant, il s'écria : » Suivez-moi, braves amis, c'est ici que je suis roi de France ! Sa cavalerie, se déployant, partit avec une ardeur qui dévorait l'espace, et soulevant des flots de poussière du sol qu'elle faisait trembler, fut dans un instant mêlée à la cavalerie espagnole, engloutie comme elle dans un nuage immense et mobile.

— A présent, c'est à présent ! s'écria de sa hauteur le cardinal avec une voix tonnante ; qu'on arrache ces batteries à leur position inutile.

Fabert, donnez vos ordres ; qu'elles soient toutes dirigées sur cette audacieuse sortie ; renversez cette infanterie qui va lentement envelopper le roi. Courez, volez, sauvez le roi.

Aussitôt, cette suite auparavant inébranlable s'agite en tous sens, les généraux donnent leurs ordres, les aides de camp disparaissent et fondent dans la plaine où, franchissant les fossés, les barrières et les palissades, ils arrivent à leur but presque aussi promptement que la pensée qui les dirige et que le regard qui les suit. Tout à coup les éclairs lents et interrompus qui brillaient sur les batteries découragées deviennent une flamme immense et continuelle, ne laissant pas de place à la fumée qui s'élève jusqu'au ciel en formant un nombre infini de couronnes légères et flottantes ; les volées de canon, qui semblaient de lointains et faibles échos, se changent en un tonnerre formidable dont les coups sont aussi rapides que ceux du tambour battant la charge, tandis que de trois points opposés les rayons larges et rouges des bouches à feu descendent sur les sombres colonnes qui sortaient de la ville assiégée. (*Cinq Mars*, par ALFRED DE VIGNY).

DIALOGUE ENTRE LE DUC ET LA DUCHESSE DU MAINE.

La duchesse du Maine était dans son appartement aux Tuileries, où elle attendait avec impatience l'issue du lit de justice. Le duc du Maine entre : —Votre pâleur, lui dit-elle, au premier coup d'œil, ne m'apprend que trop ce qui vient de se passer. Vous deviez vous y attendre du jour où vous vous êtes laissé honteusement dépouiller de votre qualité de prince du sang.

LE DUC.

Que vouliez-vous faire contre la force ?

LA DUCHESSE.

Opposer du courage.

LE DUC.

N'ai-je point protesté ?

LA DUCHESSE.

Belle défense ! Sachez, monsieur, que lorsqu'une fois l'on a acquis l'habileté à succéder à la couronne, on doit, plutôt que de se la laisser arracher, mettre le feu aux quatre coins du royaume.

LE DUC.

Le moyen serait violent.

LA DUCHESSE.

Tout est permis pour se venger.

LE DUC.

Que serait ce donc si vous saviez?...

LA DUCHESSE.

Comment! et quel nouvel affront?...

LE DUC.

On conserve au comte de Toulouse tous les honneurs ; ce n'est qu'à moi qu'on les enlève.

LA DUCHESSE.

Lâche parlement !

LE DUC.

Ce n'est pas tout encore, il faut quitter les Tuileries.

LA DUCHESSE.

Et pourquoi !

LE DUC.

Je ne suis plus surintendant, on a donné cette charge à M. le duc.

LA DUCHESSE.

Malédiction ! il ne me reste donc que la honte de vous avoir épousé !

Et dans sa fureur, elle brisa les glaces et les meubles du salon. (*La Conspiration de Cellamare*, par Vatout).

CARACTÈRE DE KLÉBER.

Bonaparte consul n'a pas perdu de vue les devoirs du commandant en chef de l'armée d'Égypte. Plusieurs décrets sont rendus en faveur de cette armée. Il s'occupe d'elle, veille sur elle. Il lui recommande l'obéissance au brave général qu'il lui a laissé. Trop grand pour être accessible aux petites passions, il pardonne au général Kléber l'injustice de ses plaintes contre le général Bonaparte. Il sait que Kléber est d'humeur querelleuse, et prompt au murmure ; que le même homme qui, la veille, regarde sa situation comme désespérée, est capable le lendemain, mesurant la difficulté à ses forces, de se sentir assez d'énergie et de ressources pour triompher des obstacles et conserver l'Egypte, ce qu'il eût fait sans le poignard du fanatique qui l'arrêta dans sa course. Qu'importent au dépositaire de la France quelques traits d'un esprit satirique et grondeur? Kléber, le fier Kléber, n'a cependant reconnu de supérieur, de maître qu'en lui. Aussi de son côté, dans son fougueux lieutenant, Bonaparte ne voit que le grand capitaine. (*Gouvernement provisoire*, par BIGNON).

Plusieurs écrivains sortent encore de la ligne ordinaire : c'est M. Berville, dont nous citerons sa définition de la grâce ; c'est M. Félix Bodin, qui s'est acquis une réputation d'historien, et dont nous allons présenter un tableau des talents artistiques chez les femmes; c'est M. Cauchois Lemaire, toujours écrivain politique, duquel nous rappellerons le tableau suivant de la puissance de l'opinion.

De la grâce unie à la délicatesse, à l'élégance, au sentiment, à l'harmonie, résulte la suavité du style. . . . .

: . . . .

Quoique la grâce soit l'accompagnement nécessaire des expressions
mélancoliques et touchantes, elle ne refuse point à embellir la gaîté,
qu'elle rend plus douce et plus aimable. Parmi les écrivains enjoués, on
distingue ceux dont les grâces ont inspiré le badinage. Plaute et Re-
gnard ne sont que des plaisans; Horace et La Fontaine sont à la fois
plaisants et gracieux

La plaisanterie basse ou bouffonne, le burlesque, le comique prononcé, ne sauraient s'allier avec la grâce. La grâce est toujours décente,
et le badinage même s'ennoblit par elle. C'est cette grâce folâtre *(molle
atque facetum)* qui respire dans les bucoliques du cygne de Mantoue;
c'est elle qui brille dans la correspondance de Voltaire; c'est par elle
que, sans franchir un moment la limite des convenances les plus délicates, le poète joue familièrement avec les rois, et sauve la dignité du
génie sans offenser l'orgueil de la puissance. (BERVILLE.)

Vous voyez cette jeune fille de seize ans qui est au piano; elle triomphe des difficultés les plus inabordables que Hummel ou Moschelès ait
écrites; quatre parties fuguées se débrouillent à la fois sous ses doigts;
les passages où les deux mains sont le plus entrelacées, les traits les plus
rapides, rien ne la déconcerte. Vous placeriez sur son pupitre la plus
bizarre partition de Beethowen, qu'elle vous en rendrait à la première
vue les principaux effets sur son clavier. Elle a donc un sentiment bien

profond de l'harmonie? Elle sent donc bien vivement toutes les beautés qu'elle exprime ainsi? Oh! mon Dieu, non, elle remplit sa tâche de son mieux; mais je vous jure qu'elle n'y prendrait pas le moindre plaisir si vous ne l'écoutiez pas. Elle s'est appliquée à cela comme elle l'eût fait à raccommoder de la dentelle et à broder du tulle ou de la tapisserie; mais elle ne s'y est pas plus amusée que cette autre qui peint un petit tableau d'intérieur d'après nature, et qui a pour modèle une vieille femme. Je ne vous dis pas qu'un autre sujet ne l'intéressât davantage, mais ce qui est certain, c'est que celui-ci l'ennuie beaucoup; toutefois elle accomplit ce devoir bien soigneusement, parce qu'une jeune fille doit s'occuper à quelque chose, parce qu'elle doit être assujettie à quelque besogne régulière, et qu'elle doit toujours bien faire. Elle touche avec la plus minutieuse finesse de pinceau les plus petits détails et elle lèche une à une toutes les rides de la vieille, comme le ferait Laurent ou un peintre de l'école de Lyon; ensuite elle songe à l'approbation qui sera le prix de son assiduité. Un éloge de la maîtresse de pension, un sourire d'orgueil de ses parents, la voilà récompensée en attendant le succès du monde, qu'elle n'envisage que d'un coup d'œil à la dérobée. (F. BODIN.)

DE LA PUISSANCE DE L'OPINION.

Le siècle repousse aujourd'hui toute autre conquête que celles de la philosophie, des arts, des sciences, de l'industrie : il ne peut jouir de ces conquêtes, il n'en peut faire de nouvelles que sous le règne de l'indépendance. L'indépendance est le vœu général : elle régnera, ainsi l'a ordonné l'opinion ; et quand l'opinion parle, ou elle entraîne, ou elle subjugue, ou elle renverse tout ce qui s'oppose à sa volonté. Ouvrez l'histoire : qu'y voyez-vous ? l'irrésistible puissance de l'opinion, alors même qu'elle est erronée, fausse, absurde. Et l'on prétendrait la vaincre lorsqu'elle s'appuie sur l'expérience, sur la raison, sur la vérité ! Quand les rois abaissaient leurs fronts superbes jusqu'aux pieds de l'évêque de Rome, ce n'est pas lui, c'est à l'opinion du peuple qu'ils rendaient hommage.

O toi, à qui nous en appelons en ce jour, opinion, manifestation publique de la pensée de tous, et, comme telle, reine de tous les lieux, de tous les instants ; on s'efforce d'étouffer ta voix, et partout ta voix se fait entendre. Tu commandes dans les chaumières et dans les palais ; c'est toi qui donnes au plus chétif habitant de la campagne, en présence de celui qu'il appelait autrefois son maître, et l'attitude et l'accent qui conviennent à un homme parlant à un autre homme ; c'est toi qui as proscrit ces formules barbares et humiliantes que la bassesse et le despotisme nommaient le langage des rois ; dans les modes les plus frivoles comme dans les entreprises les plus graves, on se conforme à tes volontés ou l'on redoute tes censures. A la tribune, au théâtre, dans les salons, dans les écrits, en religion, en morale, en littérature, en politique, dès que tu te prononces, tes décisions sont des lois qui infirment toutes les lois contraires ; c'est encore toi qui arrêtes tes propres adversaires, ceux qui te mutilent dans l'ombre du cabinet, ceux qui te poursuivent dans la personne de tes interprètes et de tes défenseurs ; tu mets un frein à la servilité des uns et à la cruauté des autres ; tu fais tomber le glaive des mains de la vengeance elle-même. (CAUCHOIS-LEMAIRE.)

Maintenant la foule des noms des hommes mettant la main à la plume se presse sous la nôtre; tous, on peut le dire hardiment, jettent au public du bon et du mauvais dans les masses de romans qu'ils font journellement imprimer. Les plus marquants par le naturel de leurs fabliaux et par la hardiesse de leurs expressions sont, sans contredit, MM. de Balzac et Corbière. Mais le premier eut le grand tort de se tromper sur le goût du jour; il crut, en voyant surgir la passion pour les antiquités et pour les meubles de la renaissance, que la décence allait fléchir devant l'ancien langage et que l'on pouvait sans crainte, pour toucher de plus près la vérité, faire revivre quantité de vieux mots grivois; mais les femmes en rougirent, le siècle s'en offusqua, et force fut à M. de Balzac de revenir au langage du jour. Qu'il nous soit encore permis d'ajouter que M. de Balzac possède une littérature particulière à son usage; elle est toujours entre ciel et terre, comme il le prouve dans son conte de la Peau de chagrin. Ses œuvres sont mêlées d'observations heureuses, mais trop empreintes d'une couleur fantastique toute à lui, car elle ne l'est ni à la manière moqueuse de Voltaire, ni à la manière bouffonne, capricieuse, dévergondée et profondément philosophique de l'allemand Hoffmann, ni à la manière sombrement sépulcrale de Lewis, et encore moins à la manière de Byron; c'est une couleur fantastique mystérieusement métaphysique, obscurément et vaguement sentie, souvent trop emphatiquement rendue, quoique pourtant quelquefois très-vivement enluminée.

Le genre de tous les écrivains qui vont suivre étant à peu près le même, c'est-à-dire la littérature romancière, nous allons présenter à la suite les uns des autres plusieurs de leurs morceaux sans les faire précéder d'aucune observation.

PORTRAIT FANTASTIQUE.

Imaginez-vous un front chauve, bombé, proéminent, retombant en saillie sur un petit nez écrasé, retroussé du bout comme celui de Rabelais et de Socrate; une bouche rieuse et ridée; un menton court, légèrement relevé; mais garni d'une barbe grise taillée en pointe; des yeux vert de mer, ternis en apparence par l'âge, mais qui, par le contraste de blanc nacré dans lequel flottait la prunelle, devaient jeter parfois des regards magnétiques au fort de la colère ou de l'enthousiasme. Du reste, le visage était singulièrement flétri par les fatigues de l'âge et plus encore par ces pensées qui creusent également l'âme et le corps; les yeux n'avaient plus de cils, et à peine voyait-on quelques traces des sourcils au-dessus de leurs arcades saillantes.

Mettez cette tête sur un corps fluet et débile, entourez-la d'une dentelle étincelante de blancheur et travaillée comme une truelle à poisson, jetez sur le pourpoint noir du vieillard une lourde chaîne d'or.... et vous aurez une image imparfaite de ce personnage auquel le jour faible de l'escalier prêtait encore une couleur fantastique. Vous eussiez dit une toile de Rembrandt marchant silencieusement et sans cadre dans la noire atmosphère créée par ce grand peintre. (De Balzac.)

PORTRAIT D'UN DÉBITEUR.

La veille de l'échéance, je m'étais couché dans ce calme faux des gens qui dorment avant leur exécution, avant un duel : il y a toujours une espérance qui les berce.... Mais en me réveillant, quand je fus de sang-froid, que je sentis mon âme emprisonnée dans le portefeuille d'un banquier, couchée sur des états écrits, à l'encre rouge, mes dettes jaillirent comme des sauterelles ; elles étaient dans ma pendule, sur mes fauteuils, incrustées dans les meubles dont je me servais avec le plus de plaisirs. Ces esclaves matériels seraient donc la proie des harpies du Châtelet... Ils me quitteraient, enlevés par des recors, brutalement jetés sur la place!.... Ah! ma dépouille, c'était encore moi-même.... La sonnette de mon appartement retentissait dans mon cœur; elle me frappait où l'on doit frapper les rois, à la tête. C'était un martyr, sans le ciel pour récompense. *(Le suicide d'un poète,* par DE BALZAC.)

TABLEAU D'UNE ORGIE.

Les vins de dessert apportèrent leurs parfums et leurs flammes, philtres puissants, vapeurs enchanteresses, qui engendrent une espèce de miracle intellectuel, et dont les liens puissants enchaînaient les pieds, alourdissaient les mains... Les pyramides de fruits furent pillées, les voix grossirent, le tumulte grandit. Alors il n'y eut plus de paroles distinctes ; les verres volaient en éclats, et des rires atroces partaient comme des fusées.

Un vaudevilliste saisit un cor et se mit à sonner une fanfare. Ce fut comme un signal donné par le diable : cette assemblée en délire hurla, siffla , chanta , cria , rugit , gronda

Vous eussiez souri de voir des gens naturellement gais devenir som-bres comme les dénouements de Crébillon , ou rêveurs comme des marins en voiture. Les mélancoliques souriaient comme des danseuses qui achèvent leurs pirouettes. Un journaliste se dandinait à la manière des ours en cage. Des amis intimes se battaient. Les ressemblances animales inscrites sur les figures humaines , et si curieusement démon-trées par les physiologistes, reparaissaient vaguement par les gestes dans les habitudes du corps... Il y avait un livre tout fait pour quelque Bichat qui se serait trouvé là froid et à jeun. *(La peau de chagrin ,* par DE BALZAC.)

UN ABORDAGE.

Un lougre, corsaire du Nord , de Dieppe ou de Calais, je crois, se trouva être chassé , après avoir fait quelques prises , par une corvette anglaise, à laquelle il ne put échapper qu'en mouillant en dedans des bancs de la Somme, sur un fond que le bâtiment ennemi, avec son grand tirant d'eau, ne pouvait s'exposer à franchir. La nuit s'appro-chait ; mais avant que la nuit ne vînt envelopper tous les objets autour de lui, le capitaine du lougre vit à la lo gue-vue la corvette mettre trois embarcations à l'eau, et puis après, ces embarcations recevoir des armes qu'on faisait passer de dessus les bastingages aux hommes qui les montaient... Plus de doute, les péniches anglaises devaient venir pendant la nuit attaquer au mouillage, qu'il ne pouvait plus quitter, le pauvre corsaire français. Il ne fut pas difficile au capitaine du lougre de faire comprendre à son équipage tout le danger qu'il alait courir. Le corsaire n'avait pas de filets d'abordage. On se décida à en faire sans perdre de temps. Chacun se mit vaillamment à l'ouvrage; avant l'heure de la marée, que devaient choisir les Anglais pour l'attaquer, le lougre se trouva encagé et garanti, non pas seulement avec des filets simples, mais encore avec les doubles filets qu'il venait d'improviser. Les Anglais peuvent arriver maintenant quand il leur plaira, dit le capitaine à son équipage, vous les avez déjà battus d'avance. Et, en effet, de longs avirons au bout desquels s'étendaient extérieurement les doubles filets, présentaient autour du lougre l'aspect de deux énormes éventails prêts à tomber et à écraser tout ce qui aurait l'imprudence d'approcher du navire. On veillait partout à bord du corsaire, aux bossoirs, à la hanche par le travers. Tous les yeux effleuraient les flots calmes et silencieux. Toutes les oreilles cherchaient à entendre le moindre bruit, le mugissement des flots, le vagissement de la houle à terre, le frémissement du peu de brise qui se jouait au roulis, dans la mâture et les haubans du lougre. Quelques heures d'attente se passent ainsi. On ne chante plus à bord du corsaire; on se parle tout bas : le capitaine veut faire croire aux Anglais que tout sommeille à son bord... Minuit arrive... on n'aperçoit rien encore : on n'entend rien... A une heure, un des officiers, placés sur l'avant, traverse la foule des hommes armés jusqu'aux dents, et qui encombrent le pont trop étroit du corsaire. Il dit au capitaine : Capitaine, regardez bien là. Le capitaine regarde... Ce sont les péniches, silence, enfants : veillez bien à ne faire feu et à n'amener nos doubles filets qu'à mon seul commandement... L'équipage ne répond seulement pas, oui, capitaine, tant il sent la nécessité de faire silence et d'obéir sans dire mot à l'ordre de son chef. Quel moment que celui qui précède de si peu une attaque de nuit à laquelle on est préparé! comme les cœurs palpitent! comme les mains qui se rencontrent, se pressent en frémissant de plaisir, de crainte ou d'impatience! Il y a bien des adieux faits en silence et d'une manière bien expressive dans un pareil instant... Les péniches approchent : trois points noirs se dessinent sur les flots; les coups d'avirons que donnent par longs intervalles les Anglais sont encore sourds; mais on les entend malgré la précaution qu'ils ont prise de garnir en drap leurs rames au portage, pour assourdir le bruit de leur nage. Rendus à une demi-portée de fusil du lougre, ils lèvent leurs rames : le plus grand silence règne partout dans l'obscurité qui enveloppe cette scène mystérieuse et qui va bientôt devenir si terrible et si animée... Les péniches paraissent se défier du calme qu'elles remarquent à bord du lougre!... elles se décident, au cas où elles seraient vues, à attendre la volée de l'ennemi, pour l'aborder ensuite avant qu'il n'ait pu recharger ses pièces... Le capitaine français, qui pénètre le motif de leur retard à l'aborder, feint de tomber dans le piège; il ordonne de faire feu de deux pièces seulement, et, après cette explosion, les péniches donnent deux ou trois bons coups d'avirons, et les voilà le long du corsaire... C'est alors que les coups de feu partent, que les pièces pointées à couler bas percent les péniches. Les assaillants veulent monter à bord : ils rencontrent les filets d'abordage. Une des péniches veut fuir, et les doubles filets s'abaissent sur les embarcations qu'ils enlacent de leurs réseaux inextricab'es. Rendez-vous, rendez-vous, crie le capitaine du corsaire aux Anglais, que les gens du lougre fusillent pendant qu'ils cherchent à se dépétrer de la maille des doubles filets. Les assaillants, assaillis à leur tour, sont percés, accablés, foudroyés sans défense. Ils ne peuvent que crier qu'ils se rendent... Le feu cesse alors : on ouvre une petite partie des filets, et chaque prisonnier que l'on dégage du piége passe à bord du corsaire pour être renfermé dans la cale. Une fois les péniches vides, on travaille, pour les maintenir sur l'eau, à boucher vite les trous des boulets qu'elles ont reçus. A peine tous les prisonniers désarmés sont-ils fourrés dans la cale, que le capitaine du corsaire s'écrie : Mes amis, ce n'est pas le tout, la corvette a voulu nous prendre, il faut la prendre elle-même. Sautez-moi en double dans les péniches, allez prendre une touline sur l'avant pour remorquer le lougre ; coupons nos amarres et gouvernons sur la corvette anglaise. Cet ordre est aussi vite exécuté que l'intention du capitaine est comprise. Les péniches nagent sur l'avant, hallent le corsaire vers l'endroit où la corvette est mouillée. Au bout d'une demi-heure d'efforts, le lougre est amené le long de la corvette anglaise, qui croit voir dans le navire qui l'approche l'ennemi que les péniches sont parvenues à enlever. Aussi, dès que le commandant anglais pense que le lougre est rendu assez près de lui, il lui hèle de mouiller. Il n'est plus temps ; les trois embarcations qui remorquent le corsaire coupent leur touline et accostent la corvette pendant que le lougre, avec les avirons qu'il a bordés lui-même, aborde l'ennemi par l'arrière et lui jette tout son monde à bord... La corvette, qui s'était dépourvue de la plupart de son équipage pour armer les péniches qui devaient enlever le lougre, se rend au bout de quelques minutes d'abordage. Le soir même de ce jour si bien employé par le corsaire, le lougre victorieux rentrait à Calais avec la double capture.

(Ed. Corbière.)

DÉFINITION DU VAUDEVILLE.

Le vaudeville semble arrivé de nos jours à l'apogée du progrès. Éclaireur aventureux de la littérature dramatique , il aborde tous les genres avec audace , s'élance dans toutes les voies, poursuit, malgré le feu roulant de la critique , la hardiesse de ses excursions, et résume à lui tout seul le pêle-mêle de notre théâtre et le mouvement anarchique de notre société où se croisent , s'agitent et tourbillonnent tant de croyances et de systèmes. Le vaudeville s'est fait histoire, roman, drame , comédie de mœurs , tragédie , chronique. Ici , exclusivement voué à la peinture des mœurs de salon , il tâche de continuer la comédie , abandonnée des théâtres qui devraient lui servir d'asile ; il se fait fashionable, dandi, banquier , duc et pair ; il habite la Chaussée-d'Antin ; il est riche à millions ; il a voiture ; il fouille les derniers replis du cœur féminin , et examine à la loupe les passions humaines dans le cœur bouillant d'un agent de change ou d'un avoué. Là, il porte dague et pourpoint ; c'est un féal et amé seigneur suivi de pages et de varlets ; il habite le vieux Paris, le vieux Louvre ; il est blasonné , cuirassé ; il marche appuyé sur un astrologue-parfumeur-empoisonneur ; il dit vive Dieu , jure par sa bonne lame , ne se rase jamais , et donne tous les soirs , de sept à onze , savante leçon d'histoire et d'antiquités aux professeurs de la Sorbonne. Ici , c'est le peuple d'aujourd'hui avec sa physionomie franche et animée ; c'est la comédie populaire, avec son allure vive et joyeuse ; c'est la bêtise humaine , étudiée, mise à nu dans ce qu'elle a de plus original, de plus grotesque, et poussée jusqu'à un degré de comique que n'avait point deviné Molière. Sous toutes ces faces si diverses, sous toutes ces physionomies si mobiles, le vaudeville plaît et réussit aussi bien en province qu'à la capitale. (LÉON HALEVY.)

ALLÉGORIE SUR LE PAYS DES BOSSUS.

LES BOSSES. (Histoire orientale.)

Heureusement, Sendbad n'en était pas à son premier malheur, et il ne perdit pas courage. Il se fit une massue avec une grosse branche d'arbre, et marcha tout droit devant lui.

A sa grande surprise, il se trouva tout à coup dans une immense bourgade dont tous les habitants étaient bossus ; bossus par devant et par derrière, bossus avec des bosses énormes; à la vue de Sendbad droit, fort bel homme, ces personnages singuliers se laissèrent aller à un rire inextinguible. Qu'il est laid ! oh ! le monstre ! telles furent les exlarations que l'on fit de toutes parts. Les petits enfants s'enfuyaient épouvantés, et une femme gre se avorta de terreur. Il fallut que Sendbad prît la fuite, car on l'aurait assommé.

Quel parti prendre ? Après y avoir ruminé toute la nuit, Sendbad, qui trouva par hasard du safran dans une de ses poches, s'en jaunit le visage, et se fit ensuite, avec de la mousse, les plus gigantesques bosses que l'on puisse jamais se figurer. Elles traînaient à terre, et Sendbad ressemblait plutôt à une masse informe qu'à un homme.

Il se présenta ainsi dans la bourgade dont on l'avait si rudement chassé la veille. Un cri d'admiration s'éleva de toutes parts. Oh ! la belle créature ! quelle grâce ! quelles formes ravissantes ! jamais le ciel n'a rien créé de si beau ! Toutes les femmes raffolèrent de Sendbad.

Du reste, comme c'était un homme sage, plein d'expérience et de savoir, il civilisa ce peuple sauvage, et mourut dans un âge avancé, regretté par chacun comme le bienfaiteur du pays, et le plus bel homme qui jamais eût existé.

Le fait est que c'était un sage, et que tout sage doit faire comme lui.

En disant ces dernières paroles, M. Galand prit son chapeau et demanda sa voiture. Personne ne comprit rien à son histoire, excepté un tout jeune seigneur qui l'avait écouté attentivement et qui par la suite en sut faire son profit. On le nommait Arouet de Voltaire. (S. Henri Berthoud.)

PORTRAIT DE LA JEUNE FIANCÉE.

Il m'a semblé qu'il était un moment dans la vie où, brillante des plus riches atours, elle oublie tout ce qui la fit rêver si longtemps; sa robe de satin, la couronne qui orne ses cheveux, le miroir qui lui a répété cent fois qu'elle était jolie, ce n'est plus ce qui l'occupe : les regards jaloux des femmes, les hommages des hommes ne peuvent plus flatter sa vanité ; car, en ce moment, elle n'entend plus que les paroles du prêtre, et peut-être même n'est-il qu'un mot qui puisse vibrer fortement à son oreille et trouver un écho dans son cœur : c'est le *oui* que bientôt prononcera son époux. (MICHEL RAYMOND.)

TABLEAU DE DÉCOURAGEMENT.

Ainsi courbé sous le poids de mon destin, je traînais une existence solitaire, flétrie, découragée. Six mois s'écoulèrent pendant lesquels je ne me souviens pas d'avoir conçu une pensée qui ne fût une pensée de désespoir. Enfin chose singulière ! l'habitude est si puissante que l'excès de mon infortune produisit en moi une sorte d'insensibilité morale et physique. Oublieux et insouciant de tout, je m'abandonnais machinalement à ma destinée, semblable au navigateur qui, voyant sa barque entraînée par un courant irrésistible, n'essaie plus de la diriger, et, les bras croisés sur la rame, se laisse emporter vers le gouffre ouvert pour l'engloutir. (BIGNAN.)

ESCRIPTION D'UN JUGEMENT MILITAIRE.

« Arnold, dit-il, me remit cette lettre hier soir, quand on me donna mon billet de logement. Toute la nuit je ne pus dormir, je pensais au

pays et à Marie. Elle me demandait quelque chose de France. Je n'a-
vais point d'argent, j'ai engagé mon prêt pendant trois mois pour mon
frère et mon cousin, qui son retournés au pays il y a quelques jours.
Ce matin, quand je me suis levé pour partir, j'a ouvert ma fenêtre. Un
mouchoir bleu était suspendu à une corde, c'était la même couleur, les
mêmes raies blanches. J'ai eu la faiblesse de le prendre et de le mettre
dans mon sac. Je suis descendu dans la rue : je m'en repentais : j'allais
revenir à la maison, quand cette dame a couru après moi; on a trouvé
le mouchoir : voilà la vérité. La capitulation veut qu'on me fusille;
faites-moi fusiller, mais ne me méprisez pas. »

Les juges ne pouvaient cacher leur émotion ; lorsqu'on alla aux
voix, il fut condamné à mort à l'unanimité. Il entendit l'arrêt avec sang-
froid; puis s'approchant de son capitaine, il le pria de lui prêter quatre francs. Le capitaine les lui donna. Je le vis ensuite qui s'avançait
vers la femme à qui l'on avait rendu le mouchoir bleu, et j'entendis ces
mots : « Madame, voilà quatre francs; je ne sais si votre mouchoir
vaut plus, mais quand cela serait, je le paie assez cher pour que vous
me fassiez grâce du reste. »

Reprenant alors le mouchoir, il le baisa et le donna au capitaine :
Mon officier, lui dit-il, dans deux ans vous retournerez à nos montagnes; si vous allez du côté d'Arenberg, demandez Marie, remettez-lui
ce mouchoir bleu, mais ne lui dites pas comment je l'ai acheté. » Ensuite il s'agenouilla, pria Dieu, et marcha d'un pas ferme au supplice

Je m'éloignai alors, et j'entrai dans le bois pour ne pas voir la fin
de cette cruelle tragédie. Quelques coups de fusil m'apprirent bientôt
qu'elle était terminée.

Je revins une heure après, le régiment s'était éloigné ; tout était calme, mais suivant le bord du bois pour regagner la route j'aperçus à quelques pas devant moi des traces de sang et une butte de terre fraîchement remuée. Je pris une branche de sapin, j'en fis une espèce de croix, et je la plaçai sur la tombe du pauvre Piter, oublié maintenant de tout le monde excepté de moi et peut-être de Marie. (*Le mouchoir bleu*, par ETIENNE BÉQUET.)

PORTRAIT D'UN AVENTURIER.

M. de Marigny était distingué ; c'était l'indispensable de tous les bals, l'habitué de tous les balcons, le centaure le plus élégant du bois de Boulogne, le lépidoptère le plus richement diapré, un diamant dont Blain s'était chargé de faire ressortir les brillantes facettes ; c'était l'homme à la mode. Du reste on ne savait ce que cachaient ces brillantes réalités de luxe ; on ne connaissait ni ses antécédents, ni son origine, ni sa fortune ; mais il vivait grandement, payait de même, avait des manières exquises, de l'esprit, il était adopté : et à Paris cette adoption d'un certain monde tient lieu de tout, de fortune, de probité, d'ancêtres ; car si vous n'en avez pas, la société vous en prête. (*Le testament*, par LAUTOUR-MÉZERAY.)

TABLEAU DE LA PRISON DE L'ABBAYE EN 1793.

Les femmes les plus belles, les plus jeunes, les plus intéressantes, tombaient pêle-mêle dans ce gouffre (l'Abbaye), dont elles sortaient pour aller par douzaine inonder l'échafaud de leur sang.

Ont eût dit que le gouvernement était dans les mains de ces hommes dépravés qui, non contents d'insulter au sexe par des goûts monstrueux, lui vouent encore une haine implacable. De jeunes femmes enceintes', d'autres qui venaient d'accoucher et qui étaient encore dans cet état de faiblesse et de pâleur qui suit ce grand travail de la nature, qui serait respecté par les peuples les plus sauvages, d'autres dont le lait s'était arrêté tout à coup, ou par frayeur, ou parce qu'on avait arraché leurs enfants de leur sein, étaient jour et nuit précipitées dans cet abîme. Elles arrivaient traînées de cachots en cachots, leurs faibles mains comprimées dans d'indignes fers : on en a vu qui avaient un collier au cou. Elles entraient les unes évanouies et portées dans les bras des guichetiers qui en riaient, d'autres en état de stupéfaction qui les rendait comme imbéciles. Vers les derniers mois surtout (avant le 9 thermidor), c'était l'activité des enfers : jour et nuit les verrous s'agitaient; soixante personnes arrivaient le soir pour aller à l'échafaud ; le lendemain elles étaient remplacées par cent autres, que le même sort attendait le jour suivant. (*Mémoire d'un détenu*, par RIOUFFE.)

En terminant, nous devons inviter la jeunesse appelée à faire un jour partie du monde littéraire, à éviter surtout les bizarreries d'expressions par désir de faire image; il faut que l'imitation arrive d'elle-même, et qu'elle ne soit point forcée, autrement il y a emphase, néologisme et mauvais goût.

LIMOGES. — IMPRIMERIE DE BARBOU FRÈRES.

www.ingramcontent.com/pod-product-compliance
Lightning Source LLC
Chambersburg PA
CBHW070455030726
47503CB00004B/1057